좋은 엄마도
나로 사는
여자가 좋다

좋은 엄마도 나로 사는 여자가 좋다

1판 1쇄 인쇄 2022년 7월 27일
1판 1쇄 발행 2022년 8월 9일

지은이 강유정·김리아·김진영·박도은·최지영
펴낸이 이기준
펴낸곳 리더북스
출판등록 2004년 10월 15일(제2004-000132호)
주소 경기도 고양시 덕양구 지도로 84, 301호(토당동, 영빌딩)
전화 031)971-2691
팩스 031)971-2692
이메일 leaderbooks@hanmail.net

ISBN 979-11-90616-69-0 03810

좋은 엄마도
나로 사는
여자가 좋다

강유정·김리아·김진영·박도은·최지영 지음

리더북스

추천의 글

켈리가 했다면 당신도 할 수 있다. 그녀들이 했다면 당신도 할 수 있다. He can do, she can do, why not me? 이 책 속 옆집 언니 또는 동네에서 자주 마주치는 흔한 동생 같은 그녀들의 생생한 도전 이야기, 성장 이야기를 읽으면서 그대도 한번 꿈을 향한 멋진 도약을 하길 바란다.

- 켈리 최(켈리델리(KellyDeli) 회장, 《웰씽킹》 저자)

온갖 인생의 파도를 넘어 자신만의 두 번째 스무 살을 멋지게 만들어 낸 5명의 엄마들에게 뜨거운 박수를 보낸다. 그녀들처럼 나 자신을 키우는 게 세상에서 가장 빠른 성공법이자 가장 행복한 일이다.

-김미경(MKYU 대표)

내 인생에 이토록 '멋진'이라고 이름 붙일 수 있는 여자들을 본 적이 없다. 이 책을 집필하신 분들에게 친절한 며느리, 사랑스러운 아내, 좋은 엄마보다 '멋진 여자'라 부르고 싶은 이유는 지금 삶이 이전 삶을 모두 포용하고 있는 것이 보이기 때문이다. 나보다 멋진 여자들의 스토리가 나를 끌어당겼고, 나의 성장판을 건드렸다.

- 주인석(작가)

가만히 서 있어도 지구는 돌고, 잠깐 도망쳤다고 생각하는 순간에도 우리는 여전히 이 세상에 살고 있다. 비록 우리 힘으로 광대무변의 우주를 움직일 수 없고, 큰 세상을 흔들 수는 없어도, 사람은 스스로 바꿀 수 있다는 점에서 희망이 있다. 이 책을 쓴 여성들의 멋진 도전과 성장 이야기를 읽고 그녀들처럼 외국에 사는 사람으로서 많은 공감을 하게 되어 기쁘면서도 눈물이 난다. 이 책에는 엄마의 삶뿐만 아니라 당당하고 멋지게 사는 여자들의 이야기, 치열한 도전자의 자세가 담겨 있다. 하루하루 열심히 살아가고, 스스로 변화를 꿈꾸는 사람이라면 함께 읽고 공감할 수 있는 책이라 추천한다.

- **진준**(파고다 스타강사, 중국어 학습채널 1위 유튜버)

이 세상에 태어나 죽기 전에 꼭 만나야 할 한 사람이 있다면, 그 사람은 바로 '나'이다. 이 책의 저자들은 이 사실을 알고 실행에 옮기는 똑똑한 여자들이다. 이미 비범한, 그녀들의 삶의 여정이 놀랍다. 스스로 선택한 자신의 삶을 자율주행으로 운행하고 직업을 바꿔가며 커리어를 쌓으면서 사업가로 변신한 그녀들! 이렇게 책으로 자신의 이야기를 공유하고 선언했으니, 꿈이 이루어진 거나 다름없다. 일거수일투족 자신으로 살아가며 세상을 점령할 그녀들은 온전한 자기 삶의 책임자이며 '나 주식회사'의 경영자이다. 그녀들이 비범한 삶의 경지에 이르는 여정을 응원한다. 파이팅!

– **김영휴**(여자를 위한 사장 수업 리더, (주)씨크릿우먼 대표이사)

주어진 환경에 타협하지 않고 스스로 자신만의 길을 찾아가는 다섯 명의 저자들은 감히 그 누구와도 비교할 수 없을 만큼의 내공과 성공의 열쇠를 가지고 있다. 대한민국에서 누구보다 치열하게 사는 워킹맘의 한 사람으로서, 이 책을 읽으며 용기와 희망을 얻었고 그녀들의 이야기를 알고 난 후 더욱더 성공할 수밖에 없다는 걸 느꼈다. 아이의 좋은 엄마이기 전에 좋은 여자로 태어난 그녀들을 축복하며 열렬히 응원한다.

– **양지연**(네일프랜차이즈(반디인하우스) 이사, 부끌대학 학장)

저자 다섯 명이 각국에서 겪은 도전과 성취는 엄마라는 이름의 성장통을 겪는 모든 여성에게 큰 위로와 희망의 메시지가 될 것이다. 당신이 인생에서 엄마라는 이름을 얻었다면 그것만으로도 이미 훌륭하다. 그러나 엄마라는 책임감이 주는 무게와 당당하게 나 자신을 찾고 싶은 간

극에서 갈등하고 있다면 일독을 권한다. 주변 사람들이 나를 어떻게 생각할지 두려워하지 말라! 중요한 것은 당신이 자신을 어떻게 생각하느냐이다.

– 최서연(미시즈 퀸, 부동산법인 대표)

딸 둘을 둔 워킹맘으로서 매일같이 바쁜 일상 속에 내가 왜 이러고 살고 있나 자괴감이 들 때가 많았는데, 우연히 읽게 된 선물 같은 이 책을 통해 코끝이 찡해질 정도로 큰 위로를 받았다. 워킹맘이면서 세상 곳곳 다양한 분야에서 멋지게 성공해서 살아가는 분들도 '엄마' 역할과 '나'라는 역할에서 많은 갈등이 있었다는 생각에 괜스레 내적 친밀감이 느껴졌다. 선배 엄마들이 멋지게 이룬 꿈과 아이들을 키워온 생생한 경험을 전해 들으면서 마인드 코칭뿐만 아니라 실질적인 육아에도 큰 도움이 되었다.

– 이하은(포레피부과의원 대표원장, 10만 구독자 유튜브 <알쓸피식> 운영)

들어가는 말

알싸한 찬 바람에 볼살이 얼얼한 겨울날 새벽이었다. 여느 때처럼 새벽 조깅을 하며 숨을 헉헉대고 있었다. 스트레스를 받거나 미해결 과제가 있을 때 밖으로 뛰쳐나가 달리기를 하다 보면, 금세 머리가 맑아지고 해결할 길이 보이곤 했다. 그날은 그저 추웠을 뿐인데, 좋은 아이디어가 날카롭게 스치고 지나갔다.

'아! 그래! 세계 각지에서 열심히 사는 엄마들의 이야기를 책으로 써 봐야겠다.'

코로나 팬데믹 이후로 강의장에서 얼굴을 마주했던 학부모님들을 줌이라는 화상회의 플랫폼을 통해 만나게 되었다. 기존의 대단위 강연이 아닌 개별 상담을 하면서 엄마들의 다양한 호소를 들을 수 있었다.

"엄마가 행복해야 아이들이 행복할 수 있어요! 엄마들끼리 서로 힘을 모아야 해요!"

사교육과 다이어트, 일 중독과 우울증으로 일상의 즐거움을 잃고, 나는 어디로 가고 없고, 오로지 아이의 엄마, 아내, 며느리로만 존재하고 있는 그녀들에게 다른 세상을 보여주고 싶었다.

'나를 먼저 살피고, 체력을 기르고, 진정한 나를 찾아가며, 자신의 무한 잠재력을 좀 더 나은 세상을 만드는 데 기여하는 이야기를 들려주자! 기왕이면 지구촌 곳곳에 사는 엄마들의 독특하고 재미난 이야기로 희망을 전해야겠다. 공감이나 위로라도~ 아니면 함께 웃을 수라도 있으면 더할 나위 없이 좋겠다.'

그런데 누구나 한 번쯤 꿈꿔보는 선진국 영어권에 사는 엄마도, 낯선 아프리카 땅의 엄마도 똑같이 엄마로서 아등바등 하루하루 살아내며 육아에 지쳐 자신을 잃어가고 있었다. 반복되는 일상의 고단함으로 방황하기도 하고, 워킹맘으로 직장과 집안일의 균형을 맞추느라 정신이 없었다. 그녀들 또한 변화의 한 걸음을 내딛기 전까지는 보통 엄마와 똑같은 갈증과 만성적인 피로감에 시달렸으리라.

오래전부터 《파리에서 도시락을 파는 여자》의 저자 켈리 최 회장님이 알려주는 성공 비결을 동 시간대에 듣고, 운동과 독서를 함께 하며 인스타그램으로 연결되어 있던 당당하고 멋진 여자들(한국의 릴스 여왕, 호주의 댄스 퀸, 아프리카 부자 언니, 영국의 4남매 맘 사업가)에게 전화를 걸었다.

"우리가 변화된 과정을 책으로 한번 내볼래요? '전 세계에 살아 움직이는 마지막 자원 대한민국 엄마'를 주제로요. 어때요?"

갑작스럽고 엉뚱한 제안에 모두 얼떨떨해하면서도 하나같이 "아, 재밌겠다! 해봅시다!"하며 시원하게 응답했다.

나폴레온 힐의 《생각하라 그리고 부자가 되어라(Think and Grow Rich)》에서 읽었던 "성장을 위해서는 아이디어가 탄생한 즉시 실행 계획을 세워 아이디어에 숨결을 불어넣어야 한다."라는 구절처럼 새벽에 받은 영감을 그날 곧바로 실행에 옮기며 생명력이 생겼다.

그녀들의 긍정적인 답변을 듣고 어떻게 아이디어에 숨결을 불어넣을까 궁리하는 중에, 갑자기 SNS에서 늘 입꼬리가 거침없이 올라가며 세상 환하게 웃던 출판사 대표님이 떠올라 막무가내로 연락했다.

"저는 철인 3종 선수이며 교육자인 박도은입니다. 제가 5개국 엄마들의 5인 5색 꿈, 도전, 성장 이야기를 담은 공저 책을 내고 싶은데, 대표님께 조언을 듣고 싶습니다!"

화통한 웃음으로 '뭔 일이지?' 하시는 대표님께 '들이대 수법'으로 몇 번에 걸쳐 출판기획서를 수정하고 보완해서 보냈다. 이 책은 이렇게 시작되었다. 의식의 흐름대로 즉시 행동에 옮기면서.

대표님은 출판 베테랑답게 책의 가제를 금방 떠올리셨다! "《좋은 엄마도 나로 사는 여자가 좋다》 어때요?" 아! 입에 착 달라붙는 쫀득쫀득한 제목이었다!

드디어 시작되는 건가? 진짜 책을 출판할 수 있는 건가?

공저자 다섯 여자는 매주 줌으로 만나며 서로 이야기를 나누고, 글 소재를 찾아주고, 날것의 원고를 읽어주고 다듬어주기도 하면서 책 쓰기

작업에 몰두했다. 이 원고로는 책을 못 낸다는 핀잔을 듣기도 하고, '왜 시작했지?' 하며 자신감을 잃은 날도 많았다. 꽉 막힌 원고를 붙잡고 몇 날 며칠 밤을 지새우며 눈의 실핏줄이 터지기도 하고, 잠시 잠적해서 연락이 끊기기도 했다. 심지어 아이디어를 낸 나조차도 헤매며 자신감 상실로 '내가 정말 좋은 엄마가 맞나?' 하는 근본적인 의문에 괴로워하기도 했다.

그 고민의 시간은 우리가 스스로 더 깊숙한 내면에서 자신을 만나는 지점까지 데려다주었다. 그리고 좀 더 진솔하고 나다운 글을 쓰는 계기가 되었다. 가슴이 저리고 턱이 아린 아픔을 도려내는 듯한 암울하고 슬펐던 지난 일들을 글로 써 내려가며 저 밑바닥에 숨겨둔 자신을 마주하고 스스로 보듬어주고 위로했다. 한 번도 직접 만난 적은 없지만, 글을 쓰면서 서로를 알아가고, 울고 웃으며 우정을 쌓아가고, 어제보다 나은 오늘의 나로 함께 성장해 갔다. 이래서 책이 나오려나 싶었는데, 분량을 각자 5분의 1씩 분담하고, 서로 의지하고, 눈치 보고, 의리를 지키려고 애쓰고 용쓰고 하다 보니 정말 몇 달이 지나서 원고가 마무리되었다.

글을 쓰고 보니 각 나라의 다양한 문화 속에서도 그들만의 지혜로 당당히 살아가는 한국인 엄마만의 강인함과 모성애라는 공통점을 찾을 수 있었다. 그리고 입시와 사교육에서 벗어나지 못하고 있는 한국 엄마들에게 교육의 새로운 패러다임을 보여주기도 했다.

자라온 환경도, 살아온 환경도 다른 여성들이 시공간을 초월해 함께 성취하고 성장해 가는 이야기, 빠르게 변하는 세상의 중심에서 부지런히 삶의 즐거움과 보람, 행복을 찾아가는 우리의 이야기가 피곤하고 지친 삶에 비타민 같은 새콤한 활력이 되었으면 한다.

다섯 여자의 버라이어티하고 생생한 전(Before)과 후(After), 진솔한 터닝포인트, 계속하는 힘과 삶의 태도를 담은 이야기를 읽으며, 대한민국 엄마들이 진심으로 위로받고, 가슴속에 있는 숨겨둔 꿈과 열정을 꺼내는 계기가 되었으면 한다.

이 책을 읽다 보면, '어라? 도전과 성취는 대단한 사람들만 하는 게 아니잖아? 나도 해 볼 수 있겠다!'라는 마음이 절로 찾아올 것이다. 작고 사소한 것들을 꾸준히 해나가는 탄탄한 일상에서 도전하는 진정한 힘이 나온다는 걸 새삼 알게 될 것이다. 자신을 찾고, 깨우고, 변화를 거듭해가며 일과 육아, 자신의 성장도 함께해 나가는 엄마들을 응원한다.

마지막으로, 날 것의 이야기들을 한 권의 책으로 엮어주신 금손 리더북스 이기준 대표님께 감사의 인사를 전한다.

"큰 꿈을 심어주고, 용기를 주고, 칭찬 MSG를 듬뿍 뿌려준 시간을 잊지 않겠습니다!"

차례

1장 | 성장통을 겪고 아프리카 부자 언니로
-최지영

2장 | 20년 차 영어동시통역사에서 슈퍼커넥터로
-강유정

3장 | 수수한 엄마에서 호주의 최고 댄스 디렉터로
-김리아

4장 | 하찮은 체력에서 철인 3종 우승 강철녀, 교육 멘토로
-박도은

5장 | 4남매의 엄마에서 나를 사랑하는 사업가로

-김진영

1장

성장통을 겪고
아프리카 부자 언니로

최지영

열등감에 사로잡혀 사람들과 경쟁하던 존재에서,

마음을 열고 언제든 먼저 다가가 도움을 줄 준비가 된

열린 사람이 되었다.

이 긍정의 에너지는 나에게 지속해서

좋은 사람과 행운의 기회를 끌어당기고 있다.

결국 모든 것은 사람이고,

좋은 인연으로부터 시작된다는 것을 다시금 배우고 있다.

아스피린 대신 정글을 선택하다

서른, 성장통

누구나 한 번쯤 '내가 무슨 정신으로 그랬지?' 하는 순간이 온다. 10년 전의 나도 예외는 아니었다.

찬란하고 아름다워야 할 20대는 부질없는 스펙과의 싸움이었다. 학점 4.14, 토익 900점, 각종 쓸데없는 자격증과 인턴 경험들. 취업 컨설팅을 받으면 다들 걱정 안 해도 된다고 하셨지만, 어정쩡한 스펙으로 서울의 4년제 여대를 졸업한 나는 대기업이든 중소기업이든 들어가기가 애매했다. 결국 1년 반 동안 취업준비생으로 어둠의 터널을 쓸쓸히 걸었다.

2008년 9월, 미국의 투자 은행 리먼 브라더스의 파산으로 글로벌 금

융 위기가 불어닥쳤다. 한국 경제에도 빨간불이 켜졌다. 목표를 세우고 원하는 회사에 입사하기 위해 동고동락했던 동기들은 현실의 벽에 가로막혀 하나둘 눈높이를 낮추어 취업했고, 결국 나 혼자만 남았다. 무척 외로웠다. 낮에는 인턴으로 일하고, 밤에는 입사지원서를 쓰면서 내가 목표한 기업에 입사하려고 하루하루 버텼다. 여차저차해서 대기업에 취업했지만, 권위적이고 비효율적인 조직 문화에 질려 두 달 만에 손을 들고 나왔다. 결국 꼬박 3번의 취업 시즌을 거쳐 1년 반을 꽉 채우고, 스물일곱이라는 늦깎이 나이로 외국계 제약회사에 입사했다.

숱한 고민과 마음고생 끝에 선택한 회사는 연봉도, 직무도, 기업문화도 너무나 감사하고 만족스러웠다. 토익 점수로 줄을 세워 사람을 뽑아 놓고 입사 후에는 영어를 한마디도 써먹을 데 없는 회사가 아니었다. 회의를 할 때는 영어로 프레젠테이션을 하고, 외국 지사의 담당자와 컨퍼런스콜도 했다. 어느 정도는 내가 그리던 회사 생활과 맞닿아 있었다. 유연 시간 근무제, 눈치 보지 않고 소신껏 반차를 내고 아이 학교에 가서 급식 도우미를 하는 선배들, 평소 회식을 하지 않고 가족 시간을 존중해 주는 문화, 패밀리 레스토랑에서 즐기는 연말 파티에서조차 상사가 주는 술을 소신껏 거부하고 그것이 자연스럽게 개인의 의사로 존중받는 기업에서 일하는 것은 내게 큰 행운이고 자부심이었다. 오후 4시 반이면 타 부서 혹은 팀원들에게 말을 거는 것조차도 예의가 아닌 것으로 간주하는 분위기 속에서, 난 야근하는 고정 멤버가 되었다. 상사의 눈치가 아니라, 나 스스로 즐기는 선택이었다. 그러나 1년쯤 지났을 때 내 마음은 빨간 소리를 내고 있었다.

'야, 정말 괜찮아? 여기서 만족할 거야? 이제 곧 서른인데?'

1등을 할 수 없다면 판을 바꾸자

20대 후반에 시작한 첫 직장은 80% 이상 만족스러웠다. 그러나 슬슬 자리에 한계를 느끼고 있었다. 신입인 내게 가끔 큰 미팅에서 영어로 프레젠테이션하는 기회가 주어지고, 외국 담당자와 전화 미팅을 했지만, 해외에서 외국어로 소통하며 한국인으로서 가장 잘할 수 있는 일을 하고자 했던 나의 소싯적 목표는 여전히 마음속에서 꾸역꾸역 고개를 치켜들었다.

더 늦기 전에 도전해야겠다는 마음의 목소리는 점점 더 커져 갔다. 그러나 선배들로부터 공무원 호봉처럼 근속 연수에 따라 차곡차곡 오르는 연봉과 쌓이는 퇴직금 이야기를 들으면, 그냥 적당히 좋은 연봉 받으며 경력을 더 쌓는 게 좋지 않을까 싶은 생각이 들기도 했다. 주변 지인들에게 고민을 털어놓으면 복에 겨운 소리라는 핀잔을 듣기 십상이었고, 남자친구는 안정적이고 여성 친화적인 직장을 매우 마음에 들어 했다.

한때, 국제 미팅을 준비하는 컨벤션 기획사의 꿈을 키운 적이 있었다. 크고 작은 국제회의에서 인턴도 하고, 컨벤션 기획사 선배님들을 따라다니며 대학 시절을 전부 바쳤다. 그러나 어느 날, 내가 원하는 것은 미팅을 준비하는 것이 아니라, 준비된 미팅의 자리에 앉는 것임을 깨달았다. 결국 대학 시절의 전부였던 그 꿈을 과감히 내려놓고 뒤늦게 취업 전선에 뛰어들었었다.

내가 다니는 회사의 주인공은 내가 아니라 의사와 약사였다. 그들을 보면서, 내가 아무리 열심히 일해도 경영학을 전공한 나는 빛나는 조연은 될 수 있지만 절대로 주연은 못 할 것이라는 현타가 왔다. 무엇보다 그들과 나를 비교하는 못난 감정이 매일 자존감을 조금씩 갉아 먹기 시작했다.

'서른에는…'으로 시작하는 나이 상자에 슬슬 갇히고 있었다. 여자 나이 서른에는 연봉은 이 정도 되는 직업에, 결혼을 전제로 만나는 능력 있는 남자친구가 있어야 한다는 둥, 슬슬 주변에서 들리는 이야기에 귀가 거슬리고 마음은 조급해졌다. 더군다나, 해외에서 대학을 졸업한 것도 아니고, 그렇다고 영어를 현지인만큼 유창하게 하는 것도 아니고, 이제 갓 입사해서 내세울 경력이 없는 내가 당장 해외에서 일하기는 쉽지 않아 보였다. 현실을 직시하라는 목소리가 내 안에서 들려왔지만, '아, 그건 모르겠고, 난 해외에서 꼭 일하고 싶어!'라고 고집을 부렸다.

'그래, 여기서 1등이 될 수 없다면 판을 바꾸자!!'

뭐, 아프리카? 미쳤어?

그 후로 딱 석 달이 지났다. 비행기 안은 온통 흑인이었다. 검은 머리에 새치 올라오듯 중간중간 백인이 앉아 있었고, 중국인으로 추정되는 아저씨 세 사람이 보였다. 그리고 어린 동양 여자인 나는 호기심 가득한 눈으로 끊임없이 주변을 두리번거렸다. 난 카메룬의 두알라 국제공항에 서 있었다.

공항 안과 밖이 똑같이 덥고 후텁지근한 것을 보니 에어컨이 작동하지 않는 것 같았다. 우리나라에서 80년대에 만들었을 법한, 콘크리트에 작은 자갈이 섞인 누렇게 때가 낀 바닥, 그나마 그것은 중간중간이 패여 있었다. 강연용으로 쓰일 법한 작은 단상 두 개를 갖다 놓고 입국 심사를 하고 있었다. 입국 심사를 끝내고 밖으로 나오니 화물 컨테이너 벨트가 딱 두 개뿐이었다. 어렵지 않게 짐을 찾아 걸어가는데 수많은 눈동자가 나를 원숭이 보듯, 그러나 매우 흥미로운 듯 구경하고 있었다. 마치 "우리 집에 왜 왔니, 왜 왔니, 왜 왔니!" 하는 노랫소리가 귓속에 들리는 듯했다.

창밖으로 펼쳐지는 키 큰 야자수들과 80년대에 생산된 것 같은 낡은 차들이 풍경을 채우고 있었다. 한참을 달려 어느덧 두껍고 무거워 보이는 검은색 철문을 지나 페인트가 허옇게 바래고 군데군데 칠이 벗겨진 낡은 공장에 들어섰다. 시멘트로 바른 바닥은 중간중간 패여 있고, 아귀가 맞지 않는 삐걱거리는 문, 나무가 썩는 듯한 퀴퀴한 냄새가 나를 맞이했다.

'그래, 여기가 아프리카지!'

그날 밤, 침대 하나만 간신히 들어가는 작은 방에서 가운데가 푹 꺼진 매트리스 위에 누웠다. 천장을 바라보며 배실배실 웃음을 흘렸다. 나를 걱정하면서 아프리카행을 말리던 지인들의 얼굴이 떠올랐다.

"뭐 아프리카? 사자랑 기린 나오는 거기? 미쳤어??"

익숙한 곳에서 탈출하면 이런 기분일까. 앞으로 어떤 일이 펼쳐질지, 너무 설레고 신나서 잠이 오지 않았다.

메이드 인 아프리카

진짜 아프리카

전날 비가 왔는지 땅바닥이 질척했다. 어제는 운동화를 신고 나왔다가 지나가는 리어카에 발목을 찍힌 터라, 오늘은 무릎까지 오는 장화를 신었다. 이제는 갑자기 전기가 나가도 놀라지 않고, 아침에 물이 안 나오면 자연스레 생수병을 따서 앞머리만 감고 출근하는 생활에 익숙해졌다.

나는 현지 가발 회사의 세일즈·마케팅 매니저로 일했다. 이 일은 호기심 많고, 사람 만나는 거 좋아하는 내게 찰떡이었다. 그런데 두알라는 철저히 불어 생활권이다. 회사의 현지 직원들과 대다수 고객은 불어만 했고, 반면 내가 할 수 있는 유일한 단어는 "봉쥬르, 멕시"가 전부였다.

그러거나 말거나, 난 영어를 하는 직원 하나와 함께 매일같이 시장으로 나갔다. 고객과 시장을 알아야 뭐든 팔 수 있을 테니.

사정없이 쏟아지는 뙤약볕을 피하려고 야구 모자를 쓰고 긴 바지에 티셔츠 하나를 입었다. 두꺼운 고무장화를 신고 씩씩하게 진흙 바닥을 걸었다. 수많은 사람, 비키라는 말도 없이 앞만 보고 몰아대는 리어카에 이리 치이고 저리 치이며 간신히 고객을 마주했다. 못 알아들어도 현장에 있으면 대충 감이라는 게 있다. 아무 데나 걸쳐 앉아 대화에 끼어 있으면, 다 알아듣지 못해도 자연히 그 안에 동화되기 마련이다. 정화되지 않고 원시적인 그 느낌이 너무나 좋았다.

그러나 불어는 아무리 공부해도 통 늘지 않았다. 영어를 어느 정도 하니 금방 배우지 않을까 어설프게 기대했지만, 꾸준히 안 들렸고 말을 못 해서 처절하게 깨졌다. 불어에는 영 소질이 없어 보여 포기하려던 찰나, 어렴풋이 느낌이라는 것이 왔다. 같은 책을 3번 보고, 머리말에 CD를 틀어 놓고 잠든 지 6개월이 지날 무렵이었다. 마침내 카메룬 상륙 후 1년, 손짓 발짓을 써가며 시장에서 혼자 고객들을 상대할 수 있었다.

아프리카에서 가발 파는 여자

고객들은 낯선 동양 여자를 처음에는 엄청나게 반겼지만, 매일 시장에 얼굴을 내밀자 오히려 귀찮아했다. 뭐 하나 주는 것도 없이, 말도 제

가발회사 지역 출장 세일즈 프로모션

대로 못 하면서 제품이나 시장에 관해서 자꾸 물어보니 당연한 반응이었다. 시큰둥한 눈빛으로 저러다 말겠지 생각하던 사람들은 내가 매일 와서 자신들의 이야기에 귀를 기울이자 조금씩 마음을 열었다. 어느새 나는 그들의 '마 쉐리(Ma Chérie, 친한 사람들을 부르는 말)'가 되었다.

흔히 흑인 머리의 상징이 된 레게머리를 만드는 제품을 '브레이드'라고 부른다. 현지에서는 두 명 중 한 사람은 이 머리를 할 정도로 보편적 헤어스타일이다. 그런데, 우리 회사 제품은 민망하게도 시장점유율 꼴찌였다. 어디서든 눈을 씻고 찾아봐도 우리 제품은 없었다. 하지만 나는 오기가 생겨서 이 중요한 제품에 사활을 걸기로 했다. 반드시 우리 브레이드로 시장을 도배하리라!

짠돌이 회사를 설득하여 창립 이후 최초로 다양한 프로모션을 시도했다. 직접 고객을 만나 제품을 설명하고 테스트했다. 총 매출의 80%를 차지하는 Top 20의 대형 고객을 설득하여 그들이 관리하는 상인들에게 계속 제품을 밀어 넣게 했다. 처음에 "이딴 거 필요 없어요."라며 내가 보는 앞에서 가발을 집어 던졌던 까칠한 매출 1위 고객님은, 이제는 내가 하는 말이라면 무조건 믿고 도와주는 든든한 파트너가 되었다. 직원, 회사, 고객과 동고동락하며 하나가 된 지 1년, 우리는 전년도 총 매출의 몇 배를 한 달 만에 팔아 치우는 기적을 이루어냈다. 모두가 일치단결하여 만들어낸 눈부신 성과였다.

내 인생에서 가장 신선하고 즐거움이 팡팡 터지는 시간이었다. 매일 팔딱거리는 핏줄을 느끼며 내가 살아 있음을 새겼다. 최소 10살 이상 나이가 많은 팀원들과 우정을 쌓고, 한국에 있을 때는 전혀 몰랐던 '세계 여성의 날'에 똑같은 무늬의 옷을 맞춰 입고 거리를 행진했다. 만삭의 몸으로 매주 TV 프로그램에 출연해 제품을 홍보하고, 조금 위험할 수도 있는 지방 출장도 다녔다.

대자연을 마음껏 탐닉하고, 고산지에서 천천히 자란 달콤한 바나나를 배불리 먹고, 시장에서 목이 마를 때면 초록빛 오렌지를 반으로 뚝 잘라 입으로 쭉쭉 빨아 먹으며 갈증을 해소했다. 야시장에서 숯불에 구운 생선을 손가락으로 쪽쪽 발라 먹고, 현지인 결혼식에 가서 밤새도록 춤을 추고, 나이트에서는 헌팅을 당하기도 했다. 시장에서 누군가 내 주머니에 불쑥 손을 집어넣어 깜짝 놀랐고, 도로에서 강도를 만나 차를 뺏기고 길가에 덩그러니 서 있기도 했다. 해발 4,000m가 넘는 카메룬산의 정상에 오르기도 했다.

또한 회사와 2년 계약이 끝나갈 무렵, 다정한 중국인을 만나 비혼주의를 깨고 결혼했다. 그러면서 미지의 땅에서 제2의 인생을 시작했다. 카메룬의 태양만큼이나 나의 청춘도 뜨거웠다. 온몸을 내던져 후회 없이 사랑하고 즐겼다. 그리고 귀중한 배움을 얻었다.

'전 세계 어디에서나 진심은 통한다. 피부색이 다르고, 언어가 다르고, 살아온 환경이 달라도, 우리는 모두 심장이 뛰는 사람이기 때문이다.'

정글 출산기

"하나, 둘, 셋, 넷, 다섯… 아아아아아아악!! 의사 부르라고!!"

5번째 꽂히는 주삿바늘을 세다가 이성의 끈을 놓고 울부짖었다. 클래식 음악을 들으며 무통 천국에서 첫 아이를 낳을 때는 출산의 고통을 전혀 몰랐다. 현지 의료 수준을 고려하고 혹시 모를 위험에 대비하여 무통주사를 맞기로 했는데, 웬걸… 의사는 내 등에 바느질을 하고 있었다.

하… 이러다가 하반신 마비 오는 거 아냐? 마비될 수도 있겠다는 공포가 엄습했다. 동시에 사이비 의사에 대한 분노가 치밀었다. 하지만, 6

번째 바늘이 내 등을 뚫고 들어간 보람도 없이 뱃속에서는 믹서기가 정신없이 돌고 있었다. 아… 제기랄. 나 지금까지 뭐한 거지?

미국에서 20년 넘게 산부인과 의사로 활동하다 최근 귀국한 주치의 선생님은 임신기간 동안 든든한 친구가 되어 주셨다. 이와는 별개로 시설이 낙후된 병원의 현지 의료진들은 내 멘탈을 탈탈 털어 안드로메다로 던져 버렸다. 촉진제를 30초에 한 방울씩 떨어지게 맞춰놓고 갔는데, 중간에 바뀐 미드와이프 간호사가 링거를 쓱쓱 건드리더니 초당 한 방울씩 떨어지게 바꿔놨다. 아무리 항의해도 자기가 간호사라며 무시하고, 나를 내버려 둔 채 안으로 쏙 들어갔다. 휴식 없이 몰아치는 극심한 진통으로 숨을 쉬기조차 힘들었다. 진통을 견디려고 소리를 지르며 침대 헤드를 잡았건만, 썩은 나무는 투둑 하고 내 손에 힘없이 부러져 나갔다. 하… 너무 어이가 없었다. 하지만 소낙비처럼 내리꽂히는 진통에 어이없는 헛웃음을 지을 여유조차 없었다. 시트콤 같은 상황에 울화가 치밀었지만 분노할 겨를도 없이 밑에서 아기가 나오는 게 느껴졌다.

"헉! 헬프 미!! 아기 나온다고~~~~~~~~~~!!"

절박하게 소리를 지르며 간호사를 불렀다. 간호사는 한 손에 음식이 담긴 접시를 들고 쩝쩝거리며 어슬렁어슬렁 걸어 들어왔다.

"오~ 말도 안 돼. 엄살은."

이렇게 놀리듯이 말하며 간호사는 내 밑을 보았다. 간호사는 그제야 정신을 차리고 나보다 더 크게 고래고래 소리를 질렀다.

"Emergency!! 응급 상황 발생!! 당장 의사 불러!!!"

아 ㅆㅂ. 정말 육두문자를 마구 날려주고 싶었다. 뒤늦게 사태를 파악한 남편은 총알같이 튀어가 의사를 데리러 갔다. 하지만, 안타깝게도 의사는 차로 5분 이상 떨어진 건물에 있었다. 간호사는 급한 대로 무지막지한 힘으로 내 팔을 잡아당겨 침대에서 끌어 내린 후 나를 질질 끌고 분만실로 이동했다. 이미 아기 머리가 보이는 상황이라 제대로 걸을 수가 없었다. 짐짝처럼 끌려가다시피 하여 간신히 분만대에 눕혀졌다. 3명의 간호사가 내게 급히 달라붙었다. (음… 자세한 상황은 여러분의 정신 건강을 위해 나 혼자 간직하겠다.)

어찌어찌하여 2.5kg의 우리 효녀 아가가 쏙~ 하고 빠져나왔다. 태초의 줄을 달고 배 위로 털썩! 얹혔다. 갑자기 눈앞에 정글이 보였다. 난 한 손에 아기를 품고 넝쿨을 타는 제인이 된 듯한 착각이 들었다. 그리고 뒤늦게 안도의 한숨이 터져 나왔다. 하… 살았다!!

"잘했어, 우리 딸!! 하느님, 부처님, 살려 주셔서 감사합니다!!"

아이와의 만남은 피 튀기는 전장에서 수많은 죽을 고비를 넘기고 마침내 승리해서 만난 동지와의 재회였다. 그날 밤, 도로변 바로 옆에 있는 VVIP 특실에서 온갖 자동차 소음을 들으며 밤새 15마리의 말라리아모기를 때려잡으며 한숨도 자지 못한 것은 비밀 아닌 비밀이다.

내가 현지에서 출산한 사실을 전해 들은 현지인 친구들은 "넌 용감한 게 아니라 미쳤다."면서 고개를 절레절레 흔들었다. 나중에야 안 사실이지만, 아프리카에서는 4명 중 한 명의 여성이 출산 및 관련 질환으로 사망하고, 갓난아기 열에 하나는 죽는다. 즉, 출산 중 예상치 못한 상황이 발생하면 산모와 아기의 목숨을 보장할 수 없다. 나라마다 통계는 다를 수도 있으나, 실제 생활에서 본 사례로는 오히려 더 많다고 여겨진다.

불과 1년 사이에 상류층 지인 중 2명이 각각 7개월, 9개월 아기를 뱃속에서 잃었다. 어처구니없는 의료사고였지만, 외국에서 대학을 나오고 좋은 직장에서 고위 직함을 단 사회의 엘리트들은 무언가를 해보지도 못한 채 결과에 순응할 뿐이었다. 이 가슴 아픈 현실에서 건강하게 아기를 출산한 내가 얼마나 행운이고 축복을 받았는지, 그리고 지금껏 잘 자라고 있는 우리 아이에게 감사할 뿐이다.

'헬조선'이라는 말을 심심찮게 듣곤 한다. 한국이 헬조선이라고 여기는 분들께는 아프리카 어느 지역이든 한번 여행을 와 보시라고 추천해 드리고 싶다. 아프리카에서는 눈높이에 맞춘 직업을 찾기 위한 선택적 실업이 아니라, 제발 어느 곳이든지 들어가서 청소일이라도 하고 싶은데도 일할 곳이 없다. 설립된 회사 숫자가 너무나 적어서 어렵게 대학을 나오고도 현지 부잣집의 가정부로 일해야 하는 것이 여기 사람들의 현실이다.

최소한 한국 사람들은 노력에 따라 가까운 미래를 바꿀 수 있다. 당장엔 불만족스럽더라도 노력과 시간을 투자하면 기회는 충분히 열려있다. 하지만 아프리카 사람들은 처음부터 미래를 바꾸기 위해 노력할 기회조차 박탈당한 곳에서 태어났다. 더 슬픈 현실은, 일부 젊은 여자들의 경우 백인 할아버지의 눈에 들기 위해 몸을 사리지 않는다. 어쩌면 그것만이 해외로 갈 기회를 열어주기 때문일지도 모른다. 비자를 받을 수도 없고, 감히 항공권을 살 수도 없는 막막한 현실을 보면서 내가 한국인으로 태어난 것에 무한 감사를 느낀다. 대한민국에서 태어난 것만으로도 이미 로또에 당첨된 것이나 다름없다.

정글 생존기

가발을 벗어 던지고 자동차를 타다

가발 회사 일은 여전히 즐거웠지만, 2년에 딱 한 번, 한 달간 휴가가 주어지는 회사의 근무조건과, 다양한 경험과 여행을 추구하는 남편의 가치관은 충돌할 수밖에 없었다. 더구나 입사 첫해에만 무려 다섯 명의 사람들이 왔다 갔을 정도였으니, 군필 여부와는 상관없이 근무조건 및 직장 환경은 매우 혹독했다. 기본 계약 2년은커녕 단 몇 달도 버티지 못하고 속수무책으로 사람들은 떠났고, 어느새 나는 지사장님을 제외한 최고참 경력자가 되어있었다. 결국 이 문제로 지사장님과 충돌이 생겼고, 고민 끝에 퇴사를 결심했다. 이제는 더 큰 시장에서 나를 시험할 때였다.

때마침 집 앞에 있던 주유소가 사라지더니, 빨간 지붕을 단 한국 자동차 간판이 올라오기 시작했다. 뭐지? 기회다! 주변을 수소문해서 대표님 연락처를 구해 무작정 전화를 걸었다.

“안녕하세요, 사장님. 회사에서 일하고 싶습니다. 이력서를 보내겠습니다.”

두 번의 면접 끝에 시내 중심에 있는 세련된 쇼룸에서 마케팅 매니저로 새 출발을 했다. 다양한 색으로 경험 주머니를 잔뜩 채우고 나서, 시내 한복판에 생긴 한국 브랜드 자동차 회사로 이직한 것이다.

사무실과 문 하나로 연결된 가발 공장에서는 지독한 약품 냄새가 나고, 여기저기 구멍 난 사무실 바닥에는 귀여운 생쥐가 왔다 갔다 했었다. 그것이 아프리카의 상징인 듯 익숙하게 여기고 일했었다. 그런데 한국 자동차 회사는 현대적 쇼룸과 사무실이 갖춰져 있었다. 이미 내 마음은 새 페인트 냄새까지 향기롭게 느껴질 정도로 기대감으로 가득 찼다.

카메룬에서 자동차는 초고가품으로, 한국보다 약 2배가량 더 비싼 가격에 판매된다. 대다수 외국인처럼 책상이 아니라 직접 현지인들과 시장 바닥에서 구르고 부딪히며 현지 문화를 흡수한 나는 현지인 상류층 고객들과도 쉽게 어우러졌다. 그리고 삽시간에 회사의 마스코트로 떠올랐다.

하지만 자동차에 관한 지식은커녕 운전면허도 없었기에 조직에서 애송이 취급을 당했다. 또한 갑자기 굴러들어온 젊은 여자 매니저를 반기지 않는 회사 내 일부 세력은 시시때때로 나를 음해했다. 없었던 일을 만들어서 상부에 보고하거나, 나랑 관계없는 일에 시비를 거는 탓에 머리가 지끈거리는 일이 한두 번이 아니었다. 특히 자동차 업계에서 30년을 근무한 베테랑 세일즈 매니저 할아버지는 앞에서는 웃고 뒤에서는 늙은 너구리같이 나를 왕따시켰다. 너무 분했지만 유일한 한국인이었던 나는 그저 캔디처럼 꿋꿋하게 하루하루를 버틸 수밖에 없었다.

"외로워도~ 슬퍼도~ 나는 안 울어~~~ 참고 참고 또~~~ 참지 울긴 왜 울어~~~ ㅠㅠ"

사장님, 아기는 처음이시죠?

일에 대한 열정은 활활 타오르고 있었지만, 이제 갓 태어난 아기에게도 엄마 역할을 해야 했다. 출산 후 초기에 사장님과 출장 건으로 갈등이 생긴 적이 있었다.

본사는 250km 떨어진 도시에 있었다. 자동차로 쉬지 않고 달리면 5시간, 교통이 막히면 12시간을 차 안에 갇혀 있어야 했다. 더구나 달랑 2차선 도로에 수많은 트럭과 함께 달려야 하는 위험하기 짝이 없는 출장길이었다. 본사는 비행기로 약 40분 거리에 있었지만, 외각에 위치한 공항까지 이동하는 시간, 출발 시간을 준수하지 않아 하염없이 공항에서 대기해야 하는 사정을 고려하면 차든 비행기든 힘들긴 마찬가지였다. 한 달에 최소 두 번은 출장을 다녔다. 아침 5시에 출발해서 자정이 되어 귀가하는 강행군이었다.

그런데 출산 후 완전 모유 수유를 하는 엄마였기에 더는 출장을 갈 수 없었다. 고작 한 달에 두 번 있는 출장 때문에 모유 수유를 끊을 수도 없었고, 반대로 아기를 데리고 그 위험한 도로를 탈 수도 없는 노릇이었다. 아기는 유모의 품에 안겨 오전, 오후 한 번씩 사무실로 와서 모유를 먹고 갔다. 외부 미팅과 겹치는 날에는 달리는 차 안에서 모유를 수유했다. 그렇게 13개월을 버텼다. 일에 미친 엄마가 아기를 위해 할 수 있는 최선의 사랑이었다.

사장님은 자녀가 없는 분이라 아기를 키우는 것에 대한 이해가 전혀 없으셨다. 슬슬 본사로 출장을 오라는 압박이 시작되고 있었다. 어지간하면 상사의 요청에 따르는 한국식 사고를 하던 나는 'No'라는 말을 하기가 너무 어려웠다. 한편으로는 모유 수유를 하면서도 여전히 야근하며 열정을 불태우는 기혼 직원을 배려해 주지 않는 사장님의 처사에 서운하고 화가 나기도 했다. 이유를 둘러대며 출장을 피하고 있었지만, 언제까지 피할 수만은 없는 노릇이었다. 결국, 승부수를 던졌다.

"사장님, 안녕하세요. 인사드리러 왔어요."

본사 사장님은 아기를 들쳐 안고 사무실에 들어온 나를 보시고 아무 말씀도 못 하셨다. 눈만 끔뻑이며 나와 아기를 번갈아 쳐다보셨다. 나는 유모와 함께 아기를 데리고 새벽 비행기를 타고 본사로 향했던 것이다. 이제 막 3개월이나 됐을 작은 아기를 바라보시는 사장님의 눈에서 당황스러움과 하트가 동시에 발사되고 있었다. 앗싸, 성공!! 그 후로 사장님은 다시는 내게 본사로 출장 오라는 말씀을 안 하셨다. 감사하게도 나 대신 사장님이 직접 출장을 오셨다. 엄마인 내 상황을 이해하고 배려해 주신 것이다.

가끔 우리는 거절당하는 것이 두려워서 머릿속으로 부정적인 시나리오만 상상하다 아예 시도조차 하지 않고 많은 기회를 놓치곤 한다. 결과가 두려워서 사랑으로 아기에게 주는 모유 수유를 포기했다면, 결국 사장님과 회사에 대해 서운한 감정을 가졌을 것이고, 어쩌면 중간에 버티지 못하고 무너져 내렸을지도 모를 일이다. 모든 시도는 절반의 성공과 절반의 실패 확률을 갖고 있다. 하지만 시도조차 하지 않으면 실패는 100%의 확률이 되어 버린다. 결국 시도를 해도 얻는 것만 있을 뿐, 잃을 것은 없는 것이다.

정글에서 살아남기

"당신이 사장이라면 어떤 결정을 내릴 건가요? 내가 부재중일 때, 이 사안에 대해 어떻게 할지 생각해봐요. 그리고 그 이유는 무엇인지?"

사장님은 매니저 회의 때마다 이 말씀을 하셨다. 또한 시험 보는 것처럼 매번 부서별 보고를 듣고 질문을 퍼부으셔서 회의는 항상 팽팽한 긴장감 속에서 진행되었다. 같은 일이 반복되자 사장님의 질문을 예상하며 회의를 준비했고, 나중에야 그게 사장의 눈으로 상황을 보는 연습이라는 것을 깨달았다. 예전에는 내가 속한 팀 하나만 생각했다면, 이제는 여러모로 회사 상황을 고려해서 접근하고 해결책을 찾아갔다.

"현 상황은 이렇고, 해결 방안은 3가지가 있습니다. 제 생각으로는 첫 번째 해결 방안이 가장 적합하며 그 이유는 이렇습니다."

이렇게 보고를 하면 사장님은 내가 놓친 것을 잡아주시거나, 다른 방향으로 생각해보게 하셨다. 이런 과정이 반복되고 사장님의 조언이 짧아질수록 회사와 일에 대한 고민은 깊어만 갔다.

'1등 회사의 시장점유율이 70%인 시장에서, 가장 늦게 진출한 후발주자로서 자금이 넉넉지 않은 신생 브랜드는 어떻게 살아남을 수 있을까?'

아침에 눈을 뜨고 잠이 들 때까지 온종일 머릿속은 온통 이 생각뿐이었다. 사람들에게는 이미 '자동차=T사'라는 인식이 박혀 있었다. 브랜드는커녕 한국이라는 나라도 제대로 모르는 사람들에게 어떻게 차를 팔 것인가? 회사에는 자금이 별로 없어서 재고도 못 사는 상황인데 마케팅이라니…. 나는 뭘 할 수 있을까?

아프리카는 기본적으로 데이터가 없는 시장이다. 즉, 내가 발로 뛴 만큼, 아는 만큼만 먹을 수 있다는 의미다. 시간이 날 때마다 지나가는 차들을 주의 깊게 관찰했다. 손님인 척 경쟁사 쇼룸을 방문하여 모든 차량에 앉아보고 차량의 특징, 옵션, 색상, 시승감 등을 상세히 분석하여 우리 제품과 비교하면서 나만의 데이터를 만들어갔다.

제한된 환경에서는 가장 불길이 세고 오래 탈 장작을 골라 불을 붙여야 한다. 이것을 이전 회사에서 일하며 배웠다. 이제 시장에 승부수를 띄울 말을 신중히 골라야 했다. 도로 사정이 열악하고 가족 수가 많은 자동차 시장에서는 승용차보다는 SUV를 선호했다. 그리고 대부분은 가격을 낮추기 위해 기본 옵션만 장착되어 있었다. 그래 이거다! 검정, 흰색, 은색 외관에 천편일률적으로 관리가 편한 검은색 인테리어에 기본 옵션만 갖춘 껍데기 좋은 차를 팔고 있었다. 이 시장에서 다양한 색상과 고급 인테리어, 상위 옵션을 갖춘 모델로 승부를 걸면 어떨까? 물론 우리의 30년 베테랑 너구리 할아버지는 시장도 모르면서 누가 저렇게 비싼 걸 사냐, 저런 색상은 관리도 힘들다며 극구 반대했다. 하지만, 첫 차가 쇼룸에 도착했을 때 가장 크게 환호성을 지르며 흥분했다.

'럭셔리 시티 라이프'라는 메시지로 시장에 머리를 들이밀었고, 반응은 폭발적이었다. 그러나 자금난과 높은 외상률에 허덕이던 회사는 매달 직원 월급을 걱정해야 할 상황이었고, 사겠다는 고객이 있어도 팔 재고를 확보할 수가 없었다. 거기다가 돈을 내고 재고를 주문하면 차량 인도까지 3~4개월이나 걸려서 자금의 숨통을 더욱더 조였다. 결국 긴 고민 끝에 고객에게 도움을 청하기로 했다.

"고객님, 차가 너무 예쁘죠? 여유가 있으면 지금 선금을 내시고 석 달만 기다리실래요? 그럼, 좀 깎아 드리고, 차가 도착하면 고객님에게 가장 먼저 차를 타실 수 있는 기회를 드릴게요."

자동차를 할부로 구매하는 선진국에서는 상상도 못 할 일이지만, 어쨌든 난 그렇게 고객에게 말씀드리고 현금을 먼저 받아냈다. 그리고 그 돈으로 자동차를 주문했다.

돈을 안 들이고 할 수 있는 효과적인 마케팅을 생각하다가 시내 중심에 있는 우리의 쇼룸을 공짜 마케팅 무대로 변신시켰다. 무상으로 장소를 대여해 주고 세미나, 패션쇼 등을 개최해서 우리의 타깃 고객을 자연스레 쇼룸으로 유입시켰다. 또한 카메룬 최고 뮤지션이 우리 쇼룸에서 뮤직비디오를 촬영하는 기회를 얻어서 자연스레 나라 전체에 우리 브랜드를 알렸다. 돈은 한 푼도 들지 않았다.

모든 비즈니스가 네트워크로 연결되는 시장에서 외국인으로서 가장 부족했던 인맥을 고객으로 채워 나갔다. 그들에게 인간적으로 정성을 다했더니 기꺼이 친구가 되어주었다. 그중 다국적 기업의 현지 대표는 내가 너무 마음에 들었는지 나를 스카우트하기 위해 아프리카 총괄 사장을 동원하기도 했다. 한편, 일주일에 한 번은 현지 회사 주요 인사들과 출근 전에 간단한 아침 식사를 했고, 이렇게 쌓인 인연들은 그들 회사에서 차량을 구매할 때마다 자연스레 도움이 되었다.

이제는 애송이 취급을 당하며 혼자 울던 캔디가 아니었다. 어디를 가든 회사를 대표하는 '마담 기아'로 인정받고 내 영역을 넓히면서 경쟁사

열정을 모두 쏟아부어 자동차를 판매했다

의 신경을 건드리는 존재가 되었다.

매 순간이 즐거웠던 것만은 아니다. 나 역시 평범한 워킹맘들처럼 회사와 가정에서의 역할이 충돌할 때마다 숨이 막혔고, 마음먹은 대로 일이 풀리지 않아 눈물을 흘린 적도 많았다. 그럴 때마다 주변의 힘이 되는 여성들을 만나 고민을 나누고 서로를 격려했다. 그중 파트리시아는 거의 엄마 같은 멘토셨다.

"저는 단순히 여자로 저를 규정짓고 싶지 않습니다. 제 포지션은 회사의 대표가 되기에는 거리가 멀었죠. 하지만 포기하지 않았습니다. 회사가 기회를 주지 않는다면, 스스로 그 길을 찾아낼 거라고 다짐했습니다. 여자로서 주변에 가십이 끊이지 않았지만 신경 쓰지 않았습니다. 누구에게나 처음은 있기 마련이고, 절대로 능력의 한계는 없다고 스스로 격려했습니다. 누구에게나 자신의 전성기는 있기 마련입니다. 차분히 저의 차례를 준비하고 기다렸습니다. 그 결과 오늘 이 자리에서 카메룬 최고 회사의 부사장으로 여러분 앞에 설 수 있었습니다."

그녀의 연설은 늘 마음속에 자리 잡아 나를 채찍질했다. 또한 그녀는 내가 지칠 때마다 진심 어린 조언을 해주었고, 묵묵히 목표한 길로 걸어갈 수 있도록 격려해 주었다.

매일 4시 30분, 새벽 수유가 끝나면 자리에 앉아 노트를 펼쳤다. 우연히 김승호 회장님의 영상을 보고 '나는 ~이다.'라는 목표들을 노트에 쓰는 것으로 하루를 시작했다. 그리고 발코니로 나가 아직 깜깜한 세상을 보면서 소리쳤다.

"나는 2018년 기아자동차 카메룬의 대표이사다."

그렇게 마음을 다잡으며 한 걸음씩 앞만 보고 걸어갔다. 2018년 3월의 어느 날, 임명장이 배달되었다.

"당신을 기아자동차 카메룬의 대표이사로 임명합니다."

새로운 도전

최연소 여성 아시안 CEO

회사의 수장이 되어 정신없이 하루를 보내던 어느 날, 남편은 조심스레 말을 꺼냈다.

"나, 나이지리아로 발령 났어."

청천벽력 같은 남편의 말에 어떻게 반응해야 할지 몰라 당황했다. 남편의 입장에서는 승진이었고 더 좋은 기회였다. 다만, 나는 이제 막 회사 체계를 잡아가는 중이었고, 내년에는 더 큰 성과를 낼 거라고 의심하지 않았다. 지난 몇 년간 오늘을 위해 불철주야 일해왔고, 그 결과로 얻은 귀중한 자리였다. 무엇보다 리더로서 나를 한층 더 성장시킬 기회였다. 대부분 현지 흑인 혹은 몇몇 백인 남자로 구성된 임원 생태계에서

'최연소 여성 아시안 CEO'라는 타이틀만으로도 이미 난 슈퍼스타였다.

지난 4년간의 일들이 눈앞에 펼쳐졌다. 처음 입사했을 때 너구리 할아버지한테 괴롭힘당했던 서러움, 외국인 관리자로서 고군분투했던 외로움, 나와 한마음이 아닌 직원들을 내 편으로 만들기 위해 노력했던 시간과 귀중한 결과, 잘나가는 경쟁사들과 입찰 경쟁을 하며 가슴 졸였던 순간들이 떠올랐다. 진통이 오는 배를 달래가며 본사에 연말 보고서를 보내고 나서야 출산하러 간 일, 울면서 매달리는 아이들을 뒤로하고 문을 닫으며 출근길에 오르던 일, 미팅하기 위해 달리는 차 뒷좌석에서 수유한 일, 중요한 고객과의 미팅과 아이 학교 행사 사이에서 마음고생을 했던 워킹맘의 비애, 엄마는 회사나 가라며 소리 지르고 울던 아이를 부둥켜안고 미안하다며 함께 울던 날, 그리고 마침내 임명장을 받고 남편에게 자랑하던 그 모든 날이 한 편의 영화처럼 스쳐 갔다.

결혼 전 우리는 "어떤 일이 있더라도 가족은 항상 함께한다."고 약속했었다. 남편은 그간 나를 위해 저녁 6시면 칼퇴근을 해서 아이들을 돌봤다. 남편은 "현지 시장은 성장하기에 너무 작다."고 입버릇처럼 말해왔지만, 나는 모른 척 귀를 닫고 있었다.

고민 끝에 나의 멘토 파트리시아를 찾아갔다. 그녀는 카메룬에서 가장 큰 회사 중 하나인 SABC(Les Brasseries du Cameroun)의 부사장으로, 굵직한 회사들의 임원을 역임한 카메룬 여성들의 워너비이자 대표 여성 멘토다. 'Corporate women's in Leadership Summit'에서 같은 세션에 초대받아 기조연설자와 패널리스트로 만나 멘토와 멘티의 인연을 키워오고 있었다. 그녀는 조심스레 말했다.

"너는 남편을 따라가는 것이 아니라, 더 큰 기회와 시장을 향해 가는 거야."

온 마음을 다해 노력해서 손에 쥔 것을 내려놓아야 할까? 너무 아까워 손바닥을 펼 용기가 나지 않았다. 동시에, 새로운 나라에서 처음부터 다시 시작해야 하는 걱정과 두려움도 앞섰다. 하지만 그녀의 말을 듣고 용기를 얻었다. 철부지로 혼자 놀러 온 나라에서 남편을 만나 결혼하고 아이를 낳고 정착하며 7년 만에 커리어의 정상에 올랐다. 이제는 나의 고국보다 더 편안한 이곳을 떠나 새로운 도전을 해야 할 때였다.

회사에서는 빅 보스, 집에서는 반쪽짜리 엄마

"엄마… 이모가 여기를 이렇게 이렇게 때렸어."

눈앞에서 불꽃이 번쩍 튀면서 가슴이 쿵쿵, 귀가 웅웅 했다. 첫째 아이는 처음이라 서툴기도 하고, 어떻게 해야 할지 몰라서 온갖 유난을 떨면서 금이야 옥이야 키웠다. 손 소독제를 들고 다니며 아이를 안으려는 사람에게 뿌려줬고, 돌까지 천기저귀만 채웠다. 아프리카에 살면서도 필터로 거른 물을 데워 정확히 38도에 맞춘 물에 목욕을 시켰다. 그렇게 키운 금쪽같은 내 새끼에게 쌍싸대기를 4대나 날리다니!! 그때 아이는 겨우 만 6살이었다.

"왜 엄마한테 말 안 했어?"

"엄마는 일하러 갔었잖아."

순간 눈앞이 캄캄해지면서 누군가 무거운 돌덩이로 내 가슴을 후려치는 것 같았다. 억장이 무너지는 게 이런 건가? 마음속에서 피눈물이 흘렀다.

"미안해… 미안해… 엄마가 정말 미안해."

어린 것이 얼마나 무서웠을까. 그것도 모르고 이 미련한 어미는 유모에게 밤늦게까지 수고한다며 보너스를 듬뿍 퍼 주고 있었다. 며칠을 뜬 눈으로 지새웠다. 구정을 보내러 중국에 간 남편은 코로나로 발이 묶였다. 남편의 귀국은 기약이 없었고, 매일 야근하는 회사 생활은 나아질 기미가 안 보였다.

지난 1년은 뭔가에 쫓기듯 불안하고, 단 한 순간도 마음이 편했던 적이 없다. 남편을 따라 나라 이동을 결정하자마자 급하게 일자리를 수소문했다. 결국, 도착 이틀 만에 면접을 봤다. 가구가 실린 컨테이너를 기다리는 동안 좋은 호텔에서 마음 편히 남편, 아이들과 함께 시간을 보낼 수 있었음에도 불구하고 꽁지에 불이 난 듯 면접 볼 회사를 찾아다니기 바빴다. 당시 불안해하는 내게 멘토 같은 친구 넬슨이 말했다.

"남편이 회사에 먼저 적응하고, 아이들도 새 학교에 익숙해진 후에 네 일자리를 알아봐도 절대 늦지 않아. 지금은 네 일이 우선이 아니라 아내와 엄마로서 해야 할 역할이 먼저야. 가족이 안정을 찾은 후에 넌 훨씬 더 좋은 기회를 잡을 거야. 두려움에 쫓겨 급하게 움직이기보다 차분하게 계획을 세우고 실행해야 성공할 수 있어."

집에서 쉰다고 뭐라고 하는 사람이 하나도 없는데 난 왠지 그러면 내가 사라질 것 같은 불안감이 들었다. 평생을 가정주부로 살면서 시어머니를 모시고 3남매를 키워내신 친정엄마는 내가 아주 어릴 때부터 귀에 못이 박히도록 당부하셨다.

"결혼하더라도 집에 있지 마라. 경제적으로 독립해서 당당하게 살아라. 절대 나같이 살지 마라."

엄마의 말은 무의식에 남았는지 가정주부를 의존적이고 경제적 능력이 없는 사람으로 규정짓게 했다. 일을 그만두는 것이 마치 내가 무능력한 사람이 되는 듯한 두려움을 주었다. 회사를 떠나 가정주부가 된 나를 단 한 번도 상상해 본 적이 없다.

일을 나 자신으로 동화해서 끔찍이 사랑했다. 온몸이 부숴져라 내던지고 활활 태워서 최고의 성과가 나오면, 거기서 희열과 에너지를 느꼈다. 힘든 순간도 많았지만 성장의 과정으로 여겼고, 무엇보다 너무 즐겁고 재미있었다. 회사는 나의 분신이자 정체성이었다. 내 모든 노력과 열정을 갈아 넣어 커가는 회사를 보면 내 꿈이 함께 자라는 듯 뿌듯했다. 그 안에서 성장하는 것이 마치 나의 가치를 평가받고 내가 중요한 사람이라고 말해주는 것 같았다. 자연스럽게 커리어는 승승장구했다. 누구에게든 명함을 내밀면 "와, 대표? 너무 어려서 놀랐어요!"라는 말을 들었고 그때마다 어깨가 으쓱 올라갔다.

결국, 컨테이너가 도착하기도 전에 호텔에 머물면서 첫 출근을 강행했다. 지금까지와는 전혀 다른 산업으로 옮긴 터라 처음부터 다시 시작해야 했고, 회사에 매이는 시간이 예전보다 더 많아졌다. 퇴근하고 집에 오면 남편은 아이들을 양쪽으로 끼고 잠들어 있었다.

어느 날, 외부 식사 자리에서 만난 남편은 "오랜만이네. 잘 지냈어?"라는 농담을 했다. 그러고 보니 정말 며칠 만에 남편의 얼굴을 보는 것 같았다. 이러다 보니 남편과 아이들에 대한 내 마음은 사랑보다는 언제나 죄책감이 더 컸다. 좋은 엄마, 좋은 아내 순위를 매긴다면 아마도 전 세계 꼴찌리라. 그러나 그걸 알면서도 일을 포기할 수는 없었다. 일을 그만두는 것은 마치 나를 잃는 것 같은 두려움을 주었기 때문이다.

이사한 후 1년이 되도록 제자리를 찾지 못한 가구, 못 박을 여유조차 없어 벽 한쪽에 비스듬히 방치된 그림들을 바라보며 머릿속은 더욱 복잡해졌다.

코로나가 준 선물, 10년 만에 한국으로

인천에 도착한다는 기내 방송이 흘러나왔다. 창밖은 별을 수놓은 듯 아름답게 반짝였지만, 내 마음은 착잡하기 그지없었다. 피난을 가듯 비장하기까지 했다. 언제쯤 다시 돌아갈 수 있을까. 그 일이 있고 두 달 후, 난 아이들과 고국의 바람을 맞았다. 남편은 여전히 돌아오지 못했고, 내가 탄 항공기는 나이지리아 공항 폐쇄 직전의 마지막 비행기였다.

한국에 집이 없어서 격리를 끝내고 친정으로 갔다. 부모님은 출가 후 아이 둘을 데리고 피난 온 딸을 반갑게 맞아 주셨지만, 나는 걱정과 우려가 앞섰다. 아버지의 자기중심적이고 불같은 성미를 그대로 이어받은 자식이 바로 나다. 첫째를 출산하면서 친정에 몇 달 있었을 때 서로 인연을 끊자는 말이 나온 적도 있었다. 과연 잘 해낼 수 있을까.

어느 정도 예상은 했지만, 현실은 더 혹독했다. 독립해서 산 지 거의 20년, 그중 10년을 해외에 살면서 자식까지 낳은 성인이 된 딸과 전통적인 사고방식으로 시골에 사시는 부모님과는 하나부터 열까지 모든 것이 달랐다. 아버지는 정리 정돈을 매우 중요하게 여기시는 분이다. 매일 화장실 변기를 손수 닦고, 욕실 벽과 창틀의 물기까지 완벽하게 닦으신다. 바닥에 떨어진 긴 머리카락을 보는 것이 싫어서 딸들을 바가지 머리로 키우셨다. 그래서 난 중학교 때까지도 커트 머리였다.

반면, 해외에서 자란 우리 아이들은 자유분방했고 '눈치'라는 것을 몰랐다. 평소대로 온 집안을 휘젓고 다니며 전쟁터로 만들었다. 달라진 것이 있다면, 그걸 치우는 사람이 지난 10년간 집안일을 거의 하지 않았던 내 몫이었다는 것이다. 나름대로 부모님께 폐를 끼치지 않기 위해 열심히 했지만, 도무지 끝이 보이지 않는 아이들 뒤치다꺼리에 결국 두 손을 들어 버렸다. 부모님께는 "우리 방은 알아서 할 테니 불편하시면 문을 닫으세요."라고 선언하고 정리를 아예 포기해 버렸다. 아이들 장난감과 벗어 놓은 옷가지들로 방은 그야말로 난장판이었다. 간신히 밤에 침대만 정리하고 잠드는 수준이었다.

부모님은 "어미가 되어서는!!!"이라는 말을 입에 달고 사셨지만, 어미가 되기 전에 내가 먼저 죽을 것 같았다. 아버지는 나한테 하지 못 하는 말들을 가슴에 꾹꾹 참고 있다가 엄마에게 진한 화풀이로 대신하셨다. 모두가 불편한 아슬아슬한 동거가 이어졌다.

위풍당당
커리어우먼은 어디로?

잘나가던 나는 어디로 가고

밤새 웹소설을 독파하고 새벽 5시경 잠이 든다. 3시간 후, 8시쯤 몽롱한 상태로 겨우 몸을 일으켜 아이들을 등원시키고 핸드폰을 다시 손에 쥔다. 이후 핸드폰은 온종일 내 손을 떠나지 않는다. 아이들의 하원까지 몇 시간이나 있었는데도 회사와 집을 왔다 갔다 하며 정신없이 살았던 나는 갑자기 주어진 넘쳐나는 시간을 대체 어떻게 써야 할지 몰랐다.

사방이 산으로 둘러싸인 시골에서 시내로 나가려면 하루 5번 있는 마을버스를 타고도, 종점에서 한 번 더 환승을 해야 문명 세계를 만날 수 있었다. 그나마 코로나 시국이라 어디 갈 곳도 없었다. 부모님은 코로나로 피난 온 처지에 돌아다니는 것을 매우 못마땅해하셨다. 결국 그 아까운 시간을 동영상 시청과 온라인 중고 마켓에 흘려보내며 무기력한 생활에 익숙해져 갔다.

평소에는 관심도 없고 잘 알지도 못하는 명품 가방이 단돈 몇십만 원 하는 것을 보니 흥미가 생겼다. 하나둘씩 사들이기 시작한 것들은 어느새 방을 빼곡히 채웠고, 하루에도 몇 개씩 택배가 왔다. 몇 달간 여기에 쓴 돈이 1,000만 원이 넘었다. 그야말로 쇼핑 중독이었다.

딱히 할 일이 없으니 수시로 부엌에서 냉장고를 뒤적여 무언가를 먹었다. 배가 고파서가 아니라 그냥 눈에 보이는 대로 입에 넣었다. 그러다 보니 몸무게는 고3 때 최고 기록을 갈아 치우고 있었다.

2~3시간밖에 못 자니 머리는 멍한데다가 종일 핸드폰을 들여다보고 있으니 어느 순간부터 시야가 흐릿해지는 증상까지 나타나기 시작했다. 몸은 무겁고 이유 없이 짜증이 났다. 점점 더 예민해져서 아이들이 엄마는 매일 화만 낸다며 무서워했다.

불과 몇 개월 전 회사의 대표로, 법인장으로 화려하고 바쁘게 살면서도 자기 관리를 하던 여자는 이미 사라진 지 오래였다. 전에는 새벽 5시 반에 헬스장에서 개인 트레이닝을 받고 출근해서 점심시간에도 짬을 내서 20분씩 수영을 했다. 바쁜 와중에도 국제 여성 모임에서 위원회를 맡아 각종 이벤트를 주도하기도 했다. 그랬던 나의 과거가 먼 나라 남의 이야기처럼 느껴졌다.

난 누구지? 난 뭐지? 자존감은 바닥을 쳤고 몸무게는 나날이 최고점을 경신해 갔다.

오롯이 엄마가 되면 좋을 줄 알았다

'두근두근. 무슨 말을 해야 좋아할까? 뭘 물어보지? 음… 어떻게 대화를 시작해야 자연스러울까? 음… 이거 물어보면 너무 모르는 거 티가 나려나? 아… 어렵네….'

마치 소개팅에서나 느낄 법한 이 긴장감은 나의 심장이자 분신이라고 여겼던 첫아이와 단둘이 함께 있을 때의 내 마음이었다. 관객으로서 보기만 했던 육아라는 공연에서 대본도 없이 갑자기 무대에 올라 상대의 얼굴만 멀뚱히 바라보는 멍청한 주인공이 된 것 같았다. 어느새 훌쩍 커버린 첫째 아이는 불같은 내 성미 대신, 물 같은 남편의 성품을 쏙 빼닮았다. 감정 표현이 적고 생각이 깊은 어른 같은 아이와 그 앞에 어쩔 줄 모르고 손톱만 물어뜯는 철부지 엄마. 어색함과 긴장 속에서 강둑이 터지듯 훅 밀고 들어오는 지나간 시간에 대한 후회와 미안함으로 나는 마음속에서 땅굴을 파고 저 깊은 바닥으로 기어들어 갔다.

아이들 앞에서 오롯이 엄마라는 이름으로 처음 선 나는 행복과 감사가 아닌 긴장과 걱정을 느끼고 있었다. 내가 혼자 잘 해낼 수 있을까.

회사에 가지 않고 아이들을 위해 100% 집에 있으면 그동안 못 해줬던 사랑과 관심을 표현하며 최선을 다하는 엄마가 될 거라고 기대했다. 그러나 현실은 정반대였다. 통원 버스를 제시간에 태운 적이 거의 없다. 유치원에서 주기적으로 보내는 알림장도 읽지 않아 숲 체험 날 치마에 구두를 신겨 보내는 것은 일상이었다. 아예 밖에 나갈 생각조차 하지 못했고, 아이들은 한국에 있어도 아프리카에서와 별반 다르지 않은 생활을 했다. 아니, 오히려 더 아무것도 못 하고 집에만 있었다. 외식은커녕 아이들이 좋아하는 반찬 한 번을 만들어주지 않았다. 뭔가를 시도해 보겠다는 의욕은 사라진 채 온종일 핸드폰만 들여다봤다. 단 하나, 아이들이 사달라는 장난감은 꼬박꼬박 잊지 않고 주문해 주었고, 아이들은 집에 오면 제일 먼저 나에게 물었다.

"다녀왔습니다. 엄마, 택배 왔어요?"

엄마가 아닌, 나로 시작하는 하루

사랑스러운 내 강아지들이 눈 속에서 뛰어다닌다. 집에만 있었더니 계절감을 잃은 지 오래다. 한국에 3월에 왔는데 벌써 크리스마스 캐럴이 들려온다. 점점 더 높이 쌓여가는 가방과 먼지가 폴폴 앉은 침대, 아이들 장난감으로 잔뜩 어지럽혀진 방 안을 보고 있자니 한숨만 나온다. 방에서는 잠만 자고 거실에서 생활하기를 벌써 몇 달째다. 하루의 시간은 너무 느린데, 눈 깜짝할 사이에 연말이 다가오고 있었다. 아… 이번

연도는 망했구나.

온라인 중고 마켓에서 밤새 가방을 보고 새벽녘에 잠이 들었다. 간신히 일어나 부랴부랴 아이들을 등원시키고 다시 핸드폰을 집어 드는 규칙적인 일상이 계속되고 있었다.

어느 날 친구에게 전화가 왔다. 이사를 했다고 하길래 불현듯 나도 한국에 집을 사고 싶다고 했더니 도움이 될 거라며 '북극성부동산재테크'라는 부동산 카페를 소개해 주었다. 별 기대 없이 접속해 기초반 수업을 신청하고 1월부터 하는 미라클 모닝 스터디에 지원했다. 참가비를 입금하고 계획서 샘플을 받자 그제야 현타가 왔다. 맙소사, 내가 뭘 한다고?

새벽 기상은 이미 둘째 출산 무렵부터 시작했지만 무기력한 생활을 하다 보니 의욕이나 목표 따위는 사라진 지 오래였다. 걱정과 긴장 속에서 새해가 밝았고, 스터디는 시작되었다. 사람들은 단톡방에 사진을 찍어 인증하기 바빴다. 누군가와 같이하는 새벽 기상은 처음이라 신기하기도 하고 긴장도 되었다. 더구나 얼굴도 모르는 사람들끼리 모여서 같은 목표를 공유하고 단톡방에서 이야기하는 것은 신선한 문화 충격이었다. 거의 한 달은 긴장 속에서 편히 자지도 못했지만, 다행히 몸은 서서히 적응했고 달이 바뀔수록 무너진 생활도 하나둘 제자리를 찾아갔다.

처음에는 그냥 힘들기만 했다. 일어났다가 인증 사진만 찍고 중간에 잠든 적도 많았다. 뭘 해야 할지 몰라 이것저것 뒤적이다 시간만 낭비하기도 했다. 일찍 일어나니 온종일 피곤한 것 같고 딱히 눈에 보이는 성과가 있는 것도 아니어서 계속해야 할지 날마다 고민이었다. 그러나 열심히 사는 팀원들 사진을 보면서 조금씩 배워나갔다. '아, 저런 책을 읽는구나. 저런 것도 하는구나' 생각하고 하나씩 따라 해보면서 나만의 새벽 루틴을 만들어갔다. 아침 5시 반으로 시작한 기상 시간은 매월 30분씩 앞당겨져 마침내 4시까지 끌어 올렸다.

그 시간 동안 뭔가 대단한 것을 한 것은 아니다. 백지를 펼쳐 복잡한 머릿속을 풀어내기도 했고, 출산 후 바쁘다는 핑계로 멀리했던 책 읽기를 시작했다. 매일 일정량을 목표로 영어 원서도 읽었고, 그렇게 한 달이 지나니 한 권이 끝나 있었다. 가끔 둘째가 일어나 엄마를 찾으며 징징대는 통에 다시 이불 속으로 들어간 적도 있었지만, 아이도 나도 서서히 적응해 나갔다.

그 시간만큼은 아이들의 엄마가 아닌 오롯한 나 자신으로서 시간을 보냈다. 그렇게 매일, 나는 엄마가 아닌 나로 시작하는 아침을 열기 시작했다.

다시 차오르는 시간

처음으로 내 이름의 집이 생겼다

새벽 기상과 함께 시작한 부동산 공부는 인생의 중요한 전환점이 되었다. 이 기간 동안 돈을 대하는 태도와 시각이 완전히 바뀌었다. 과거에 나는 돈이 생기면 일정액을 남기고 통장의 바닥까지 긁어 썼다. 아프리카에 10년을 살면서 나처럼 돈을 모으지 못한 사람도 흔치 않을 것이다. 상대적으로 소비처가 없어서 대부분은 월급 액수에 상관없이 일정 수준의 돈을 저축할 수 있었다. 그러나 나는 일 년에 한두 번 떠나는 휴가에서 일반인들의 일 년 치 쇼핑의 합보다 더 많은 돈을 썼다. 기회는 내일 다시 오지 않으니 눈에 보이는 것을 무조건 샀고, 마음에 들면 색깔별로 쟁여놓았다. 아이가 생기면서부터는 예쁜 아기 옷이나 장난감을 사는 것도 즐거움이었고, 어느 순간부터 귀금속에 빠져서 집을 살 만큼의 돈을 여기에 쏟아부었다. 나를 위한 소비에서 끝나는 것이 아니라 엄마와 여동생이 가진 대부분의 가방과 귀금속까지도 내가 사드렸을 정도로 돈에 대한 목표가 없었다. 돈의 가치를 소비에만 두고 있었으니 재테크는 아예 생각조차 하지 않았다.

나는 그 흔한 부동산 앱의 존재조차 모르는 외국인 수준의 초특급 부린이었다. 일평생 단 한 번도 아파트에 산 적이 없고 전세가 뭔지도 몰랐다. 내 수준에서 투자는 언감생심이었고, 그냥 남들 다 있는 집이 나도 갖고 싶었다. 강의 수준이 올라가고 노련한 투자자들을 만나면서 투자와 소비에 대해 '생각'을 하기 시작했다. 내게 집이란 사람이 거주하는 공간 그 이상도 이하도 아니었다. 그러나 강의에서 만난 주부와 심지어는 대학생이 나도 잘 모르는 내가 사는 지역 정보를 빠삭하게 알고, 거기에 집을 소유하고 있으며, 그 규모가 전국이라는 것을 믿을 수 없었다. 완전 다른 세상의 이야기였다. 내가 목걸이, 반지 사는 데 돈을 뿌리고 다닐 때 이들은 그 돈을 투자해 몇 배를 불리고 있었다.

'상반기, 수도권 내 34평 아파트 매입'이라는 목표를 세웠다. 그러나 강의를 들어도, 임장을 가도 초보자가 볼 수 있는 혜안은 한계가 있었다. 그냥 내 눈에 대한민국은 아파트 공화국이었다. 그 많은 도시의 수많은 아파트 중 대체 뭘 사야 한다는 말인가. 한창 부동산 상승기라, 하루가 지나면 물건들이 사라지고 가격은 올랐다. 포기하고 싶었지만 그럴 수도 없었다. 지난 몇 달을 꼬박 여기에 바친 시간이 있지 않은가. 그렇다고 성격상, 남이 찍어 주는 곳을 덜컥 사지도 못했다. 하루하루가 불안했다. 매수 마지막 달에는 알 수 없는 두려움과 압박감으로 거의 매일 울면서 하루를 시작했다. 그렇게 온갖 우여곡절 끝에 마침내 첫 집을 계약했다. 그리고 일주일 만에 두 번째 집을 계약했다. 처음이 어렵지 두 번째는 쉽게 느껴졌다.

구입한 지역의 시세가 올랐는지, 내가 투자를 잘했는지는 중요하지 않았다. 이 과정에서 나는 경제를 바라보는 관점이 바뀌었고 쇼핑 중독을 끊어냈다. 돈의 가치에 대해 다시 생각하게 되었으며 재테크에 대해 본격으로 공부를 시작했다. 낯선 분야를 치열하게 공부하고 행동했고 스스로 생각해서 결단을 내렸다. 걸음마 단계의 부린이가 한국에 살면서 간접투자 경험이나 지식이 많은 다른 수강생들보다 잘한 것은 결과를 떠나 생각을 현실로 옮겼다는 것이다. 공부만 열심히 하고 정작 결정을 내리지 못해 망설이는 사람이 너무나도 많다. 아마도 내 선택에 대한 명확하지 않은 확신과 불안감 때문이 아닐까? 나 역시 그랬다. 하지만 나는 이겨냈고 두려움을 경험으로 승화시켰다. 무엇이든 한 발 떼기가 가장 어려운 것 같다.

비우니 채워지다

상반기에 내 집 마련 목표를 이루고 나자 마음이 가벼워졌다. 엄마가 아닌 나로, 건강한 마음으로 아이들을 등원시켰다. 매일 집 근처에 있는, 풍경이 예쁜 저수지로 산책하러 갔다. 마음에 여유가 생기니 그간 보이지 않았던 길가에 널브러진 쓰레기들이 눈에 들어왔다. 처음에는 가장 예쁘게 생긴 커피 병 하나를 챙겨서 집으로 돌아왔다. 일주일 후에는 일회용 비닐 팩을 들고 나갔고, 점점 봉지가 커졌다. 한 달이 지나자, 아예 부대 자루에 장갑을 끼고 전용 집게를 들고 쓰레기 수거를 하게 되었다.

그것이 하나의 습관으로 자리 잡았고, 다른 모닝 루틴과 함께 인스타그램에 올렸다. 놀랍게도 많은 사람이 관심을 가졌다. 길에 널린 쓰레기를 보는 게 불편해서 시작한 일이었고, 아름다운 저수지의 자연과 쓰레기 사진을 함께 올리면서 작은 경각심이라도 주고 싶었다. 그런데 이 작은 행동이 사람들에게 영향을 주고 있었다. 주말이면 아이들은 엄마를 따라나섰고 어느 순간부터 시키지 않아도 게임처럼 경쟁을 하며 길거리에 떨어진 쓰레기를 주워 휴지통에 버리게 되었다.

"이번 여름 휴가 때 평소처럼 버리고 왔을 쓰레기를 너 생각나서 다 챙겨왔다."는 말을 듣게 되었고, 낚시꾼 아저씨들도 주변을 알아서 정리해 주셨다. 아… 이런 게 선한 영향력이구나.

한편으로는 그동안 사들이기만 하고 한 번도 사용하지 않고 쌓아 두기만 했던 물건들을 중고 마켓에 정리하기 시작했다. 1년의 시간을 중독 수준으로 몰입했던 터라 그 경험이 물건을 재판매하는 데 큰 도움이 되었다. 물건 상태나 브랜드 인지도에 따른 가격 책정이 수월했고, 소비자의 관심을 끄는 설명을 기재하고, 고객 문의 시 어떻게 대응해야 할지 등을 잘 알고 있었다. 더불어 창고에 쌓아 놓았던 친정엄마의 오래된 유물도 함께 비워냈다. 결과적으로 처음에 썼던 돈보다 오히려 200만 원 이상 수익이 생겼다. 아이러니한 일이었다. 방에 공간이 생길수록 내 마음에도 여유가 생겼고, 날카로웠던 아버지와의 관계도 조금씩 부드러워졌다. 아이들에게 더 다정하고 자신감 있는 엄마가 되었고, 아이들은 이제 말하지 않아도 스스로 정리 정돈을 했다.

아이들도 나도 생활이 안정되어 갈 즈음 아프리카로 돌아가야 할 시간이 다가왔다.

감사와 시각화 그리고 조력 집단의 힘

드디어 1년 6개월 만에 남편이 우리를 데리러 한국에 왔다. 코로나로 생이별 후 첫 만남이었다. 아이들 학교를 정리하고, 현지 생활에 필요한 물품을 구입했다. 시골에서 혼자 심심해하는 남편을 위한 프로그램을 만들고, 국내 가족여행을 준비했다. 남편은 한국말을 전혀 못 하기 때문에 한국에서 4인 가족의 모든 일을 혼자서 처리해야 했다. 동시에 엄마의 노후를 위한 투자처를 물색하고 있었다. 쉼 없이 휘몰아치는 일정을 소화하며 자연히 잠을 줄였고, 고등학생 때부터 약했던 허리는 매일 아침 '나 좀 살려달라'고 아우성을 쳤다. 아침에 눈을 뜨면 온몸이 부서지는 듯한 통증을 느꼈으나 그 와중에 매일 복근 챌린지를 하고 승마와 골프 연습을 놓지 않았다.

출국을 앞둔 3일 전이었다. 온몸에 벼락이 치는 통증을 느끼며 앞으로 쓰러졌다. 전혀 걸을 수 없었고 극심한 통증에 눈물만 나왔다. 결국 119에 실려 갔다. MRI 촬영을 하니 디스크가 파열되었고, 그 자리에 양쪽 요추분리증이 함께 발견되었다. 흘러나온 디스크의 양이 워낙 많고 신경을 압박해서 발가락 마비 증상이 동반되었다. 의사는 현미경 시술이 아닌 양쪽을 절개해서 못을 박는 유합술을 권하셨다. 무서웠다. 일평생 건강했던 내가, 아프리카에서 생으로 애도 낳은 내가 수술이라니! 그런데 이상하게도 그 모든 순간에 "감사합니다."라고 소리 내어 말하고 가슴 깊이 감사를 느끼고 있었다.

"이만하길 정말 다행입니다. 감사합니다. 감사합니다. 감사합니다."

또한 누가 시키지도 않았는데 내 몸을 만지며 진심으로 사과했다.

"미안하다, 미안하다, 정말 미안하다. 너는 그렇게 나한테 아프다는 신호를 보냈는데, 내가 무시했구나. 이렇게 되어 정말 미안하다."

침대에 누워 온종일 수백 번씩 감사와 미안하다는 말을 반복했다. 이제는 아침 루틴이 된 켈리 최 회장님의 '아침 긍정 확언'을 들으며 두려운 마음을 긍정으로 바꾸려고 노력했다. 눈을 감고 내가 건강해져서 병원에서 걸어 나가고 달리기하는 모습을 상상했다.

우연의 일치인지 기적인지, 거짓말처럼 일주일 후에는 혼자 천천히 걸을 수 있게 되었다. 그리고 입원 2주 만에 퇴원했다. 여기서 이야기가 끝났다면 정말 기적이었겠지만, 터진 디스크가 그렇게 쉽게 회복되지는 않았다. 입원과 퇴원을 반복하면서 집중적으로 치료를 받았다. 하지만 엄지발가락의 힘 빠짐 증세는 점점 더 심해져서 걸을 때 바닥에 발가락이 걸리기 시작했다. 만약 발목까지 마비가 진행되면 보행 장애가 오기 때문에 수술은 피할 수 없었고, 그 사이에 운동 신경이 죽으면 재생이 어려워서 가능한 한 빨리 결정을 내려야 했다. 유명한 대학병원 3곳에서 진료를 봤으나, 현 상태와 외국에 거주하는 내 사정을 고려해서 모두 수술을 권해 주셨다.

마비에 대한 두려움은 나를 잡아먹었다. 수술에 관한 생각은 하루에도 100번씩 바뀌었다. 절망스러운 상황이었지만, 결국 수술 대신 보존 치료를 하겠다는 결단을 내렸다. 디스크가 발발한 날부터 관련 책과 동영상으로 병에 관한 지식을 키워나갔다. '척추질환 환우 모임'이라는 카페에서 경험담을 읽으며 사례도 함께 공부했다. 나는 치료를 포기하지 않았다. 매일 부정적으로 흔들리는 마음을 잡아주는 데는 '100권 먹어버리는 방'이라는 독서 모임이 많은 도움이 되었다. '켈리가 추천한 도서 100권을 씹어 먹는 방'이라는 뜻인데, 여기서 만난 켈리스들은 하나같이 나를 진심으로 걱정하고 기도하고 응원해 주었다. 이 책의 공저자인 박도은 님은 즉시 전화를 걸어 과거에 허리가 아팠던 본인의 경험담을 공유해 주었고, 의료인 지인에게 내 증상을 물어봐 주는 등의 즉각적인 도움을 주었다. 얼굴 한 번 못 본 사람들이 나한테 이렇게 큰 에너지를 준다는 것이 믿어지지 않았다. 이후 '켈리스'라는 존재에 믿음과 신뢰가 생겼고 긍정의 힘을 가진 이들과 주기적으로 소통하니, 자연스레 마음은 긍정적으로 유지되었다.

"선생님, 12월 말에는 출국하고 싶어요."

의자에 앉지도 못한 채 서서 진료를 보는 주제에 호기롭게 3개월 내에 출국하겠다는 목표를 세웠다. 정말 말 그대로 12월 27일, 나이지리아로 떠나는 비행기에 올랐다. 감사와 긍정의 시각화, 그리고 켈리스라는 조력 집단의 응원이 이뤄낸 기적이었다.

감사합니다. 사랑합니다. 존경합니다.

의미 없이
흐르는 시간은 없다

집에서 논다고요? 만능 서비스센터 사장의 애환

한국에서 보낸 2년은 지난 세월 중 가장 의미 없고 동시에 가장 의미 있었던 시간이었다. 처음으로 오롯이 엄마가 된 시간이자, 가장 오랫동안 부모님과 아이들을 깊이 들여다보면서 나의 정체성을 찾아갔다.

"집에서 노는 사람이 뭐가 바쁘다고 이 좋은 기회를 놓쳐요?"

곤란한 표정을 지으며 어쩔 줄 몰라 하는 여자분 표정을 보니 속에서 천불이 났다. 이미 여러 번 불참 의사를 밝혔으나 아버지 연배의 사장님께서는 유럽에서 열리는 한인 회의에 참석할 것을 계속 종용하고 계셨다. 평소 같았으면 턱을 까닥 쳐들고 상황을 지켜봤을 텐데, 나도 모르게 이미 대화에 끼어들었다.

“사장님, 제가 집에 있어 보니까요, 가정주부가 제일 바빠요! 저는 정말 회사 다닐 때가 제일 쉬웠어요!”

“아니, 그건 최지영 씨는 하는 일이 워낙 많으니까 그렇고, 이분은 집에서 살림만 하시니까….”

“사장님! 살림하는 게 얼마나 바쁘고 힘든 일인지 아세요? 회사에는 직원도 있고, 동료로 있고, 해야 할 일이 정해져 있잖아요. 살림은 집안일 해야죠, 요리해야죠, 애들 키워야죠, 거기다가 남편이며 가족 구성원 챙겨야죠, 재정관리 해야죠, 집에 문제 생기면 다 살펴보고 고쳐야죠, 생활에 필요한 거 사다 날라야죠…. 거기다가 수시로 문제 터지고… 이걸 혼자 다 하려면 얼마나 바쁜데요!!”

강경한 내 반응에 사장님은 주춤하시고, 언니들은 나를 진정시키고, 나는 여전히 분이 덜 풀려 말을 이어갔다.

“집안일이라는 게 열~~심히 해도 티가 안 나는데, 안 하면 또 기가 막히게 티나 나요. 거기다 지겹게 맨날 똑같은 일의 반복이야! 주말도 없고, 퇴근도 없고, 휴가도 없고…. 이렇게 365일 일하는데 이걸 가치 있게 봐주는 사람이 없어요!! 가정주부라고 하면 일단 무시하는 듯한 분위기? 이러다 보니 또 자존감은 떨어지고…. ‘나도 회사 그만두고 집에서 쉬고 싶다’ 뭐 이런 개똥 같은 소리나 하고 말이에요. 어휴, 열 받아!!”

언니들은 격하게 고개를 끄덕이며 GDP에 가사노동을 포함해야 한다는 기사를 읽었다고 말했다.

"맞아요, 한 1,000만 원은 해야죠!"

집에 와서 자료를 찾아보니, 2021년 통계청에서 낸 '가사생산 위성계정'이라는 보고서를 바탕으로 쓴 기사에는 월 1,000만 원이 아니라 하루 평균 4시간, 시간당 1만 원 정도의 연봉으로 책정되어 있었다. 기가 막혔다. 전업주부들이 가사일 다 팽개치고 사회에 나가면 정말 연 1,000만 원을 못 벌까? 왜 우리가 사회에 나갔을 때 창출할 수 있는 GDP에 대한 기회비용을 못 보는지 도무지 이해할 수 없었다. 난 집에서 살림하면서 마음고생을 하느니, 차라리 밖에 나가 스스로 알바라도 해서 그 돈을 버는 게 마음 편할 것 같다.

내가 직접 전업주부로 살아보니 이제는 그 어려움과 가치를 잘 알게 되었고, 예전보다 우리 전업주부 엄마들을 더욱 존경하게 되었다. 집안일을 도맡아 하고, 가족들 눈치 보고, 정신적, 육체적으로 모든 에너지와 정성을 쏟는데도 대다수는 인정을 받지 못하고 있었다. 내가 주인인 가게를 운영하면서도 마음대로 안 되고, 가장 힘들고 고된 가게를 운영하는 사장님 같은 느낌이랄까? 사장님, 존경합니다!!!

과거와 현재, 미래를 잇는 시간, 육아

"넌 어릴 때 엄마랑 어떻게 놀았어?"

시원한 바닷바람을 맞으며 진한 치즈 케이크와 새콤달콤한 파인애플 셔벗의 황홀한 맛에 취해 시작한 나의 육아 상담에 엘리스는 첫 번째 질문을 던졌다.

“음… 우리 엄마는 엄청 바쁜 분이셨어. 아이 셋을 키우면서 시어머니도 모시고, 바쁜 아빠 때문에 축사도 돌봐야 하셨거든.”

장황하게 왜 엄마가 바쁠 수밖에 없었는지를 설명하다가 문득 내가 동문서답을 하고 있음을 알아차렸다. 엘리스는 그런 나를 보며 조심스럽게 말을 이어갔다.

“음, 내 생각엔 넌 엄마의 역할을 배우지 못했던 것 같아. 거기서부터 출발해 보면 어떨까?”

쿵. 뭔가에 머리를 한 대 맞은 것 같았다. 어릴 때 엄마와 함께한 즐거웠던 추억이 하나도 떠오르지 않았다. 엄마는 늘 바빴고, 늘 우리를 혼냈고, 늘 가족을 위해 희생했고, 무엇보다 행복해 보이지 않았다. 매일 새벽에 일어나 소를 돌보고, 식성이 다른 시어머니와 아버지를 위해 같은 반찬을 2개씩 만들고, 거의 매달 휘몰아치는 제사를 감당하며 종손의 역할을 했다. 3명의 아이를 챙기고, 매일 우리의 기사가 되어 등하교를 책임졌다. 자정에 끝나는 야간 자율학습에 맞춰 태우러 온 것도, 다음 날 새벽에 일어나 새 밥과 반찬을 해서 눈도 못 뜨는 우리의 입에 넣어준 것도 엄마였다. 154cm의 작은 몸으로 그 모든 일을 혼자서 감당하면서도 단 한 번도 불평하지 않았다. 다만, 엄마의 하루는 너무 바빠서 우리의 이야기에 귀 기울여주고 함께 놀 시간은 없었다.

그제야 내가 왜 육아에 서툴렀는지 깨달음이 왔다. 내가 엄마로부터 배운 엄마의 역할은 자신은 생각하지 않고 항상 아이들을 위해 조건 없이 희생하는 사람이었다. 아내의 역할도 마찬가지였다. 자기 자신은 없었고 상대만 있었다. 그러나 현실의 나는 엄마에게 배운 역할을 완전히 부정했다. 내가 엄마로부터 배운 답은 이미 정해져 있었는데 현실의 나는 정반대이니, 그 결과 '나 혼자만 생각하고, 내 일만 중요하고, 남편과 아이들은 뒷전인 나쁜 아내이자 엄마'로 스스로 규정 지어 끝없는 죄책감으로 호되게 내몰았다. 마치 선천적으로 모성애가 부족하고 자기애가 강한 이기적인 사람으로까지 생각해왔다.

'남편에게 경제적으로 종속되지 말고 스스로 돈을 벌어 당당하게 살아라.'라는 엄마의 메시지를 극단적으로 오해해서 전업주부를 폄하하고, 일을 그만두면 마치 나를 잃어버리는 것 같고, 살림만 하게 되면 나의 능력이 평가 절하될 것 같은 불안감에 시달렸다. 그러니 아이들과 함께 있을 때조차 마음이 늘 불안했고 늘 부족한 엄마라는 죄책감에서 단 한 순간도 편하지 못했다.

한편, 지난 2년간 부모님과 함께하면서 마음속에 쌓여있던 나도 몰랐던 상처들을 끄집어내고 부딪히며 치유했다. 중2 때 찾아온 사춘기로 마음의 문을 닫고 학교에서 1년 내내 거의 한마디도 하지 않았었다. 오직 가상의 친구를 한 명 만들어 일기장에 빼곡히 아빠에 대한 애증의 감정을 쏟아내곤 했었다.

38살에 온 사춘기는 중학생 때보다 훨씬 더 강력한 폭풍으로 다가왔다. 아이를 대하는 내 모습에서 끔찍이도 싫어하는 부모님의 성향이 발견되는 날이면 가슴이 터져나갈 듯한 답답함과 무기력을 느꼈고, 인생을 바쳐 나를 잘 키워주신 부모님을 미워하기도 했다. 당시에는 하지 못했던 말을 쏟아냈고, 그 말은 그대로 상처가 되어 아버지 가슴에 박히고 있었다. 이미 장성하여 아이 둘의 엄마가 된 자식의 사춘기를 받아 주시느라 아빠는 그새 흰머리가 더 늘었다.

처음으로 아버지와 함께 있는 시간이 많아지니 그간 전혀 몰랐던 아버지의 어린 시절, 성장 과정, 지나간 이야기 등을 들으며 아버지를 더 깊이 이해하게 되었다. 아버지 역시도 할아버지로부터 아버지의 역할을 배우지 못하셨다. 아버지가 배운 역할은 오로지 가족에게 경제적으로 안정된 환경을 제공하는 것이었고, 아버지는 그 누구보다도 그 소임을 훌륭하게 해내셨다.

우리가 노는 방문을 슬며시 열고 "뭐하니?" 하시며 과자를 툭 던져 놓고 나가시던 어설픈 애정 표현, 슈퍼마켓이 없는 깡시골에 살면서도 늘 산더미처럼 과자를 사다 채워주시는 아버지 덕에 단 한 번도 슈퍼마켓의 부재를 느끼지 못했었다. 내 마음이 조금씩 아버지를 이해하고 용서하면서 제2의 사춘기가 지나갔다.

아이를 키우는 것은 정말 큰 축복이다. 아이가 없었더라면 난 이렇게까지 깊게 부모님과 그분들의 어린 시절에 대해, 나라는 인격이 어떻게 형성되었는지에 대해 깊이 생각해 볼 기회가 없었을 것이다. 이런 일련의 과정을 통해, 그동안 중심을 잡지 못하고 흔들렸던 엄마로서의 정체성을 정립했다. 집에서 아이들과 매 순간 함께할 수는 없지만, 아이들에게 내가 필요할 때는 언제든 달려가 도움을 주는 엄마가 되고 싶다. 내 사업을 하면서 행복하게 일하는 여자로서 아이들의 멘토가 되고 싶다!

육아가 힘들게 느껴질 때는 어린 시절 나를 키워준 엄마를 떠올려보면, 실마리를 찾아낼 수도 있을 것 같다. 나의 부모님은 어떤 분들이었고, 나는 어떤 말을 자주 들었고, 부모님에게 어떤 아이가 되고 싶었는지. 그리고 지금 나는 어떤 사람이고, 어떤 엄마가 되고 싶은지. 나는 오늘도 육아를 하며 나의 과거와 현재 그리고 미래를 만난다.

오직 나만을 위한 내 편 만들기

우리 집의 하루는 아침 6시에 시작한다. 알람이 울리면 남편은 부엌으로 향하고 나는 아이들을 깨운다. 남편은 아이들 점심 도시락을 싸고, 나는 간단한 아침 식사와 아이들이 학교에서 먹을 간식을 준비한다.

어느 날, 식사 시간에 큰아이가 내 눈치를 슬슬 살피며 물었다.

"엄마와 아빠 중 누가 더 요리를 잘해요? 아빠는 중국 요리를 잘하고, 엄마는 한국 요리를 잘하죠?"

난 요리를 잘하지도, 좋아하지도 않는다. 요리를 거의 하지 않는다.

모두가 답을 알고 있는데 큰아이가 어떤 의도로 묻는지 한참을 고민하다가 입을 뗐다.

"음… 엄마 생각에는 아빠가 요리를 더 잘하는 것 같아. 대신 엄마는 너희가 좋아하는 케이크나 와플 같은 간식을 맛있게 만들어 주잖아? 그래서 우리는 서로 잘하는 게 다른 것 같아."

만족한 대답이었는지 고개를 끄덕이며 환하게 웃는 아이를 보니 행복해진다. 아이는 부모를 보면서 요리는 반드시 여자가 하는 것이 아니라 성별에 상관없이 함께하는 일이라는 것을 본인도 모르는 사이에 배울 것이다. 내가 남편과 함께하는 모든 순간이 아이들의 결혼 생활을 위한 연습이라는 생각이 든다. 내가 그랬던 것처럼 아이들은 나를 통해 아내와 엄마의 역할을 배우고, 아빠를 통해 남편의 역할을 학습할 것이다. 남편에게도 같은 이야기를 해줬고, 우리는 부부 생활에 대해 전보다 더 깊은 책임감을 느끼고 있다. 우리가 아이들의 미래 결혼 생활에 거울이 될 테니 말이다.

나는 다시 직장에 매이는 대신 나를 위한 사업을 하겠다고 결심했다. '아프리카 부자 언니'라는 이름으로 SNS를 시작했고, 아프리카 관련 생활과 정보를 공유하고 있다. 또한 한국의 토종 네트워크 회사가 마침 나이지리아에 진출하여 현지에서 팀을 만들어 사업을 시작했다. 최근에는 아프리카 현지에서 제작되는 컬러풀한 천으로 엄마와 딸의 커플옷을 만드는 FineGirls Africa를 준비하고 있다. 현재 이 샘플 드레스를 입고 만 5세, 8세 딸들과 함께 말레이시아와 호주로 한 달간 여행을 하는 도전 중이다.

집에 있어도 여전히 바쁜 하루를 보내고 있지만, 그전에 가장 중요한 걸 먼저 챙겨야 한다는 것을 과거의 아픈 경험을 통해 배웠다. 그것은 바로 가족 간의 유대감을 단단히 다지고 남편과 아이들의 이해와 조력을 얻는 것이다.

언제든 내 편이 되어주는 남편은 사업을 하고 싶다는 나의 의견을 듣고 흔쾌히 본인이 할 수 있는 모든 것을 지원하겠다는 의사를 밝혔다. 본인의 꿈은 전업 남편이 되는 것이라며 힘차게 파이팅을 외쳐줬다.

아이들에게 조심스레 물어보니 엄마가 집에 있는 것이 가장 좋다고 한다. 엄마가 회사에 가면 보고 싶을 때 보지 못해서 슬펐다는 5살 둘째 아이의 말을 들으니 마음이 찡했다. 첫째 아이도 엄마와 특별히 무언가를 하지 않아도, 엄마가 집에 있는 것만으로도 안정이 된다고 했다. 이제 만 5살, 8살인 어린아이들이기에 그 마음이 충분히 이해되었다.

하지만, 아이들에게도 단순히 엄마로서의 인생이 아닌 최지영이라는 한 사람으로서의 인생이 있음을 알려주고 싶었다. 엄마가 좋아하는 일을 하면서 돈을 많이 벌고, 그렇게 살면 엄마가 더 행복해질 거라고 말해주었다. 아이들은 엄마가 행복하고 부자가 되면 자기들도 좋지만, 예전처럼 밤늦게 집에 와서 얼굴을 볼 수 없는 것은 싫다고 했다. 우리는 서로 지켜야 할 약속을 정하고 힘든 부분을 도와주기로 했다.

김미경 선생님께서 '514챌린지'에서 말씀하셨다.

"가족은 잇몸과 같다. 잇몸이 튼튼해야 그 위에 무엇이든 세울 수 있다."

나는 지금 잇몸을 단단하고 건강하게 가꾸면서 그 위에 나를 세울 준비를 하고 있다. 이전에는 혼자서 외롭게 목표를 이뤄나갔다면, 지금은 든든한 남편과 아이들의 도움을 받고 있으니 더 큰 일을 해낼 수 있을 것이다. 나는 아프리카 전체를 씹어먹는 사업가가 될 것이다. 그 꿈을 무조건 나를 믿고 지지해 주는 가족과 함께 이뤄간다는 것만으로도 이미 천군만마를 얻은 듯 든든하다.

준비 중인 FineGrils Africa에서 만든 엄마-딸 커플 옷 입고 여행

집 나간
자존감 찾기 프로젝트

일주일에 한 번, 나를 만나는 한 시간

이 책을 쓰면서 다양한 엄마들을 만났다. '자존감'이라는 단어가 불편한 엄마들도 있었고, 바닥에서 한참 헤매다가 자기 나름의 방법으로 극복하고 자존감을 되찾은 엄마들도 있었다. 그분들과 내 경험을 통해 나를 세우는 몇 가지 방법을 공유하고자 한다.

엘리스는 거의 20년을 미용사로 살았다. 20대 초반에 남들보다 일찍 결혼했지만, 아기는 30대 후반에서야 낳았다. 남아공의 미용실은 아침 8~9시에 일을 시작해서 저녁 7~8시에야 끝난다. 엘리스는 어쩔 수 없이 경제적인 이유로 출산 3개월 만에 아이를 시설에 보내야 했다. 출근

전에 잠깐 아기를 보고 유아원에 맡기면, 먼저 퇴근한 남편이 아기를 데려오고, 엘리스는 퇴근하고 잠든 아기를 볼 수밖에 없었다. 토요일에도 출근해야 하니 오후 4시가 되어서야 보고 싶은 아기를 온전히 만날 수 있었다. 일요일 하루를 아기와 같이 보내고 나면 다시 반복되는 일상이 시작된다. 엘리스는 꼬박 6년을 그렇게 일하며 아이를 키워냈다.

엘리스의 이야기를 듣는 동안 마음이 먹먹해졌다. 엄마로서 아이에게 정말 미안하고 그동안 마음고생이 심했을 텐데, 어떻게 그 시간을 잘 견뎌냈냐고 물어보니 의외의 답을 들려주었다.

"매주 일요일 오후, 카페에서 한 시간, 나 혼자만의 시간 갖기."

엘리스의 용감한 말을 듣고 내 마음에는 신선한 놀람이 번졌다. 만약, 내가 엘리스라면 일주일 중 유일하게 아기와 보내는 날의 한 시간을 뚝 떼어내서 나 자신을 만나고 위로하는 시간을 가질 수 있었을까? 아니, 난 분명히 죄책감과 미안함으로 단 10분이라도 아기 곁에 있어야 한다며 나 자신을 마음의 벼랑으로 몰아세우고 지친 내 마음 따위는 돌봐 주지 않았을 것이다.

일주일 중 딱 한 시간은, 그녀의 고된 한 주를 위로해 주고 새로 시작되는 일주일을 건강하게 살아갈 힘을 주었다. 아이만을 위해 사는 게 아니라, 자신의 마음 건강을 꾸준히 챙겨온 엘리스도, 그런 그녀를 지지해 준 남편 Bcrtus도 너무나 멋진 커플이다.

우리도 일주일에 한 시간은 오롯이 나를 위하는 소중한 시간으로 가져보면 어떨까? 일주일을 열심히 산 나에게 주는 이 작은 선물로 내 안의 러브 탱크를 가득 채워보자.

프로필 사진을 나로 바꾸기

지금 여러분의 카톡을 들여다보자. 프로필 사진은 무엇인가? 최근 다녀온 여행지? 근사한 카페에서 먹은 브런치? 혹은 남편과 아이들의 다정한 모습? 그 속에 나는 어디에 있는가? 결혼해서 아기를 낳고 엄마가 되고 나서, 내 셀피를 찍어서 프사를 장식한 것이 마지막으로 언제였는지 기억나는가?

싸이월드를 하던 시절에 징그럽게도 셀피를 찍어 올린 추억을 누구나 갖고 있을 것이다. 전 세계가 인정한 셀피 왕국의 신민들로서 45도 각도로 핸드폰을 들고 예쁜 조명이나 풍경 앞에서 주변을 의식하지 않고 꿋꿋하게 카메라를 들이대며 브이(V)를 그렸던 우리는 어디로 갔는가. 왜 내 정체성을 나타내는 프사에 다른 사람이나 의미가 없는 풍경들로 장식하고 있을까?

'내 사진을 찍어서 올리면 사람들이 뭐라고 할까 봐….'

사람들은 다른 사람 일에 관심이 없다. 내가 뭘 올리든 1도 신경 쓰지 않는다. 혹시라도 내가 올린 사진을 보고 다른 사람들이 품평회를 한다면? 그래서 어쩌라고.

주변의 잘나가는 사람들을 보면 나이에 상관없이 그 사람 자체로 빛이 나고 프사에서도 자신감 가득한 모습으로 웃고 있다. 요즘엔 보정 앱이 잘 나오는데, 우리는 왜 걱정이 많을까. 오늘은 왕년에 잘나갔던 나를 생각하며 마음에 드는 곳에서 프로필 사진을 찍어보자. 그리고 미친 척 용감하게 그중 하나로 프사를 바꿔보자. 이 별것 아닌 듯한 행위가 집 나간 자존감을 조금씩 내 안으로 끌어들일 것이다.

20분 만에 긍정 에너지로 가득 채우기

모든 문제의 시작과 끝은 체력인 것 같다. 달리는 교육자 박도은 님의 추천으로 걷기에서 달리기로 운동을 업그레이드했다. 디스크가 터진 지 불과 4개월 만이라 달리기는 무섭고 두려운 과제였다. 달려도 되나? 이러다가 잘못되는 거 아냐? 여기서는 병원 치료도 못 받는데 어쩌지?

꼬박 일주일을 걱정만 하면서 지냈다. 이 더운 아프리카에서 달리기를 한다는 상상만으로도 온몸이 피곤해졌다. 그런데 막상 달리기를 시작하니 지난 12년간 아프리카에 살면서 몰랐던 것을 알게 되었다. 아프리카에도 바람이 분다! 에어컨 실외기에서 나오는 더운 바람이 아니라, 아침저녁으로 선선한 바람이 분다는 것을 처음 알았다. 24시간 365일 나의 공기가 되어 버린 에어컨 대신 신선한 자연 공기를 들이마시며 달리는 시간이 행복해지기 시작했다.

첫날에는 난생처음 하는 달리기가 너무 싫어서 다리를 질질 끌다시피 했고, 세 바퀴만 뛰어도 배가 아파서 배를 문지르며 걸어야 했다. 한 번 달리고 나면 며칠 쉬고, 또 한 번 달리고 나면 며칠 쉬는 일이 반복되었다. 그러다가 본격적으로 〈워너비 러너〉 카톡 그룹에 참여했다. 2019년 철인 3종 우승자였던 박도은 님이 달리기로 선한 영향력을 전파해주는 모임이었다. 다른 사람과 상관없이 내가 할 수 있는 나만의 목표를 정했다. 한 달 중 15일, 누적 달리기 시간 300분으로 도전했다. 즉, 이틀에 한 번꼴로 20분만 달리면 되었다. 처음에는 조금만 달려도 배가 아팠는데 일주일이 지나자 통증이 완화되었고 2주 후에는 더는 배가 아프지 않았다.

달리기의 비밀은 살 빠지는 것에 그치는 게 아니라 뛰고 난 후에 온몸으로 퍼지는 강력한 에너지에 있었다. 내 안에서 긍정 에너지가 폭발하여 심장에서부터 온몸으로 쫙 퍼지는 강렬한 느낌을 단 20분 만에 경험했다. 박도은 님은 달리기의 가장 큰 강점으로 '자신감이 쩔어진다.'고 했는데 그 효과를 톡톡히 봤다.

《좋은 엄마도 나로 사는 여자가 좋다》 이 책을 공저로 집필하는 과정에서도 달리기는 나를 일으키는 데 한몫을 했다. 사실, 대단한 분들과 함께 책을 내는 것이 너무 감사하면서도, 막상 글을 쓰는 순간에는 한없이 초라해지며 작아졌었다. 내가 과연 책을 쓸 자격이 되는지 수시로 의심하고 구석으로 나를 내몰았다. 하지만 본격적으로 달리기를 시작하자 더는 마음의 땅굴을 파고 들어가지 않았다. 할 수 있다는 자신감이 생기고, 생각에서 행동으로 몸이 움직이기 시작했다.

달리면서 밥 프록터, 나폴레온 힐, 로버트 기요사키 등의 자기계발 강연, 켈리 최 회장님의 부자 확언을 1.5배속으로 들었다. 켈리 최 회장님의 말에서 큰 힘이 느껴지고, 다 뛰고 나면 정말 내가 부자가 될 수 있다는 강한 믿음과 신념이 생겼다. 처음에는 30바퀴만 뛰고도 헉헉거렸는데, 이제는 50바퀴를 달리고 난 다음에 곧바로 수영장에 들어간다. 또한 단톡방에서 지속해서 크고 작은 대회에서 도전하는 팀원들을 보며, 나도 얼른 디스크를 치유하고 마라톤에 참가하고 싶다는 또 다른 꿈이 생겼다.

20분의 짧은 시간을 투자해서 내 안을 긍정 에너지로 채우고 싶은가? 지금 당장 운동화를 신고 밖으로 나가서 달려보자. 지금껏 알지 못한 신세계를 경험할 것이다.

아프리카에서 가장 행복한 여자

에너지가 바뀌면 좋은 일이 생긴다

"넌 어떻게 아프리카에 살면서도 행복해 보이니? 그것도 나이지리아에서?"

한국에 사는 지인도, 나이지리아에 같이 사는 지인도 똑같은 질문을 한다. 답은 간단하다. 환경을 바꿀 수 없다면 나를 바꾸면 된다. 그 안에서 최대의 즐거움을 찾고 재미있게 살면 된다. 그래서 난 전 세계 어디에서든지 행복하게 살 수 있다.

나이지리아에 입국할 때 최대 관문은 공항 세관이다. 코로나 때문에 더욱 복잡하고 까다로워진 입국 심사를 마치고 나면 고자세의 세관원들은 경찰처럼 사람들을 잡아 세운다. 질문을 몇 가지 던지고, 캐리어를 열어서 물건을 뒤적이며 혹시라도 반입금지 물품이 있는지 하나하나 확인한다. 에어컨도 제대로 작동하지 않는 곳에서 짐을 뒤지며 시간을 잡아먹고 있는 것을 보고 있으면 저절로 인내심을 시험당하는 기분이 들곤 한다. 결과는 언제나 똑같다. 돈이다. 어떤 이유로든 구실을 만들어 벌금을 매긴다. 시간 낭비가 귀찮은 사람들은 아예 처음부터 돈을 줘버린다. 슬픈 현실이다.

누구보다 이것을 잘 알고 있는 나는 이미 한국에서 짐을 쌀 때부터 머리가 아팠다. 현지 돈도 없는데 어쩌나…. 아이를 데리고 그 더운 곳에서 실랑이를 벌일 생각을 하니 출발도 하기 전에 머리가 욱신거렸다. 그러나 비행기 안에서, 즐겁게 웃으며 공항에서 친절하게 나를 맞아 줄 사람들을 상상했다. 드디어 공항에 도착했다.

"Family here!(가족 여행객은 이쪽으로 오세요!)"

오오, 한국에도 없는 가족 우대 서비스가 언제 생겼을까? 덕분에 나는 줄을 서지 않고 곧바로 입국 심사를 받았다. 어떠한 시비도 없이 그들은 친절하고 최선을 다해 입국 심사를 도와줬다. 그뿐만 아니라 세관에서도 웃으며 맞아 주었고, 웃으면서 보내주었다. 가방은 아예 열어 보지도 않았다. 믿을 수가 없었다. 가방에는 남편과 첫째 아이가 좋아하는 냉동 한우가 몇 팩이나 들어있었다. 반입금지 물품 1위는 음식물, 그중에서도 육류였다.

집에 도착하자마자 남편이 처음 한 말은 "얼마 뜯겼어?"였다.

"0원."

"진짜?? 대박!"

분명 예전과 같은 곳에 살고 있었는데도 주변에는 좋은 사람들로 넘쳤다. 거리에서 가난한 경비원이 친절하게 전화를 빌려주고도 아무런 금전적 요구를 하지 않았다. 기존의 친구들이 코로나로 다 떠나서 아는 사람이 하나도 없는 학교에서도 기꺼이 도움을 주는 엄마들을 만나 친구가 되었다. 잃어버린 핸드폰을 찾는 기이한 경험도 했다. 웬일인지 주변에는 좋은 사람들로 가득했다.

좋은 사람들이 다시 내게 행운의 기회를 가져다주었다. 시간관리 바인더 무료 특강을 해주신 송정희 코치님은 사업을 하고 싶어 하는 내가 그토록 듣고 싶었던 김영휴 대표님의 〈여자를 위한 사장 수업〉에 도전하게끔 추천해 주셨다. 덕분에 여사수 7기가 되어 사업을 위한 수업을 받고 있다. 2년 전에 적막이 감돌았던 이웃들은 하나같이 좋은 사람들로 채워졌고, 언제든 도움이 필요할 때 서로 힘이 되어주고 있다.

요즘엔 사람들로부터 또 다른 말을 듣기 시작했다.

"에너지가 정말 좋아요."

그랬다. 주변이 변한 게 아니라 내가 변한 거였다. 열등감에 사로잡혀 사람들과 경쟁하던 존재에서, 마음을 열고 언제든 먼저 다가가 도움을 줄 준비가 된 열린 사람이 된 것이다. 이 긍정의 에너지는 나에게 지속해서 좋은 사람과 행운의 기회를 끌어당기고 있다. 결국 모든 것은 사람이고, 좋은 인연으로부터 시작된다는 것을 다시금 배우고 있다.

여러분이 활짝 피면, 나비는 저절로 날아든다. 먼저 좋은 사람이 되어 인생을 활짝 꽃피우자.

자존감은 명함에서 나오지 않는다

김희선 주연의 드라마 〈우아한 그녀〉에서 인상 깊은 장면을 보았다. 간병인이었던 복자는 신분 상승의 꿈을 이루고 사모님이 되었다. 머리부터 발끝까지 고가품을 두르고 거리를 지나다 우아진을 본다. 스스로 재벌가 며느리 타이틀을 내려놓고 평범한 주부가 되어 청바지에 티셔츠를 입고 환하게 웃는 그녀와 자기를 번갈아 보다가 자기 옷을 쥐어뜯으며 중얼거린다.

"나는 다 가지고도 이렇게 초라한데, 쟤는 왜 다 잃고도 저렇게 빛나지?"

모든 것을 다 내려놓았을 때 날 것 그 자체로 빛나는 것, 나는 그것이 자존감의 실체라고 생각한다. 한때 나 역시도 외부적으로 성공한 듯한 삶을 누렸었다. 잘나가는 커리어우먼으로 번듯한 직장에 다니는 남편과 사랑스러운 두 딸이 있었다. 정원과 수영장이 있는 넓은 집에서 요리사와 가정부가 살림을 맡아 주었다. 그리나 껍데기만 그럴싸했을 뿐, 내 안은 텅텅 비어있었다.

이 책의 공저자인 영국 끈기녀 김진영 님의 추천으로 인생 그래프를 그려 보았다. 일반적인 인생 그래프 대신, 행복-외적 성취-자존감의 항목을 만들어서 기간별로 0~10까지 점수를 매겼다.(여러분도 한번 해보시고, 현재의 나를 점검해 보길 바란다.)

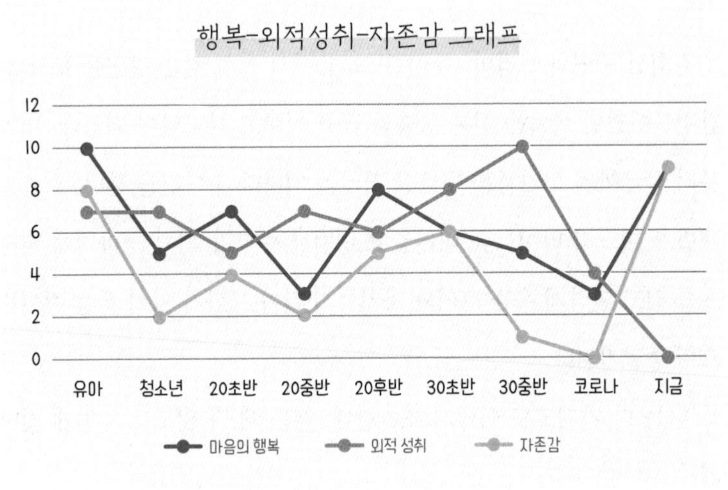

20대 후반, 열악한 아프리카의 냄새 나는 방에 살 때, 날마다 진흙을 밟고 시장에서 땀을 뻘뻘 흘리며 돌아다니면서 고작 200만 원 월급을 받았을 때 난 정말 행복했다. 반면 억대 연봉을 받고 남들이 부러워하는 외적 성취를 이룬 마지막 순간에는, 하루하루를 절망의 수렁 속에서 살았다.

지금 나의 직업은 전업주부이고, 우리 가족에게 정기적으로 가져다

주는 수입은 0원이다. 현재 수익이 나는 사업체가 있는 것도 아니고, 가정주부를 대체할 만한 커리어도 없어서 나의 외적 성장지수는 0이다. 하지만 자존감 지수는 인생 그 어느 때보다 최고점을 찍고 있다. 나를 아는 대다수 사람들은 "넌 일해야 하는데 집에 있어서 어떡하냐?"며 워커홀릭에서 가정주부가 된 나를 걱정하기도 하지만, 난 지금이 어느 때보다도 바쁘고 행복하다.

나는 단순히 가정주부로서, 아내와 엄마로서의 인생을 사는 것이 아니다. 그동안 회사만 다니느라 성장이 멈춰있던 나를 더 크게 키울 씨앗을 미래로 던지고 있다. 사업을 위한 공부를 시작했고, 각종 필요한 강의를 듣고, 책을 읽고 독서 모임을 하며 일주일에만 정해진 줌 미팅이 몇 개씩이나 있다. 전업주부가 되었어도 남편이 보는 아내와 아이들이 보는 엄마는 여전히 바쁘다. 이렇듯 내 인생의 중심에 서서 사업가로 살아갈 제2의 인생을 준비하고 있다. 다른 사람이 아닌 내 기준으로 세상을 보고 인생의 목표와 행복을 찾아낸 지금의 내가 그 어느 때보다 빛나고 있음을 잘 알고 있다.

자존감이 곤두박질치고 내 안의 차가운 지하실 바닥에서 몸을 웅크리고 있을 때 비로소 알았다. 잘나가는 S전자 부장도 퇴직하면 결국 옆집 아저씨가 된다. 모든 갑옷을 내려놓고 맨몸으로 섰을 때 나는 어떤 사람인가? 중요한 것은 타인의 인정이 아니라 나를 믿고 사랑할 때 나오는 단단한 마음, 자존감이다. 이 자존감은 절대로 명함 쪼가리에서 나오지 않는다. 내가 나를 사랑하는 당당한 마음에서 나온다. 그러니 우리 모두 셀럽이 되자! 그 누구도 아닌 나를 위한 셀럽(Self-love)이 되어 내 인생의 멋진 무대에 서자!

2장

20년 차 영어동시통역사에서 슈퍼커넥터로

강유정

자신에게 상큼한 별명을 허락해보자.

매일 조금씩 그 별명에 걸맞은 순간들을 만들어보자.

작은 행복의 순간이 쌓여감에 따라

내가 내뿜는 에너지가 서서히 바뀔 것이다.

그 변화를 가족과 지인들이 느끼기 시작하면서

에너지가 더 커지면 감정이 바뀌고 삶이 달라질 것이다.

여러분은 어떤 별명을 갖고 싶은가?

알프스 소녀는 우울했다

추억과 기억 사이

"학창 시절로 되돌아가고 싶지 않아? 그때는 정말 좋았는데."

서로 얼굴을 쳐다보며 고개를 끄덕이던 친구들은 순식간에 각자만의 과거로 추억 여행을 떠났다. 당시 좋아했던 선생님, 흠모했던 남학생, 친구들과 함께했던 일, 유행했던 음악…. 봇물 터지듯 소환된 추억 놀이는 꽤 오랜 시간 지속되었다. 전혀 공감할 수 없는 표정을 행여나 들킬까 봐 나는 고개를 숙이고 조용히 앉아있었다.

극장 무대. 무대 중앙에는 화려한 조명을 한 몸에 받는 주인공이 서 있다. 할리우드 영화에나 나올 법한 외모, 유창한 영어 실력, 뛰어난 운동 신경을 지닌 주인공은 완벽한 치아를 드러내며 세상을 다 가진 행복한 얼굴로 활짝 웃고 있다. 불과 몇 발자국 떨어진 무대 가장자리에는 사람들이 무리를 지어 서 있다. 조명을 비켜 간 어두운 곳이라 얼굴을 분간할 수는 없지만, 이들의 눈빛은 부러움에 가득 차 있다. 무리의 틈에서 주인공을 바라보는 소녀는 패배감에 휩싸여 있다. 작은 눈과 납작한 뒤통수, 짧은 다리. 노력으로 극복할 수 없는 신체적 한계를 마주할 때마다 이 소녀는 괴로웠다. 게다가 간신히 학교생활을 이어갈 정도의 영어 실력으로 사춘기 소녀는 늘 자신감이 없고 주눅 들어 있었다.

튀는 건 싫지만 주목받고 싶어

나의 학창 시절은 아무리 발버둥 쳐도 주류가 될 수 없었던 시간과 존재만으로도 특급 이슈가 되던 시기가 짧은 간격을 두고 반복되었다. 늦은 나이에 유학길에 오른 아빠를 따라 초등학교 3, 4학년 때는 미국 텍사스에서 살았고, 공무원이었던 아빠의 직장 발령으로 중학생 시절은 스위스 제네바에서 보냈다. 해외 생활 전후의 한국 생활은 적극적인 부동산 투자를 하던 엄마의 결정에 따라 잦은 이사로 채워졌다. 미국행 비행기가 앵커리지에서 중간 급유를 하고, 여권이 희귀했던 해외여행 자유화 이전 시절의 해외 생활은 극소수가 경험하는 특별한 것이었다. 하지만 특별함이 행복을 의미하지는 않았다.

사실, 미국 생활은 그리 나쁘지 않았다. 적어도 특별히 힘들었거나 괴로웠던 기억은 없다. 오히려 신기함, 즐거움, 특별함이 연상되는 시간이었다. 놀이터가 갖춰진 멋들어진 레스토랑(맥도날드였다), 생전 처음 본 피자와 도넛, 끝이 보이지 않는 사막의 지평선에서 너풀대는 소형 허리케인, 지독한 스컹크 냄새, 진정한 천국처럼 느껴졌던 디즈니랜드 방문과 같은 이색적인 기억들이 대부분이다.

반면, 중학교 3년을 보낸 스위스 제네바는, 이름에서 자동으로 연상되는 한 폭의 그림 같은 이미지와는 상반되는 온통 잿빛 기억이다. 유엔 본부 소재지이며 각종 국제회의가 열리는 국제도시임에도 불구하고 아시아, 특히 한국에 대해 아는 사람은 극히 드물었다.

"시누와!"

불어로 중국인(Chinois)이라는 뜻이다. 길을 걷다 보면 우리 가족을 가리키며 서양 아이들이 종종 소리쳤다. 그러면서 집게손가락으로 눈꼬리를 치켜올려 찢어진 작은 눈을 만들어 보였다. 그럴 때마다 나는 연기처럼 증발해버리고 싶었다. 그 아이들이 너무 미웠고, 볼품없는 아시아인이었던 내가 너무 싫었다.

"화장실은 베스룸이야, 베스룸!"

미국에서 빠른 속도로 터득한 영어는 귀국 후 더 빠른 속도로 잊었고, 3년 뒤 스위스에서의 첫 등교일에 화장실만은 꼭 잘 찾아가라며 신신당부하던 엄마의 한마디와 함께 찌질한 사춘기를 시작했다. 스위스는 유럽 중심에 있는 국가로, 맞닿은 국경에 따라 사용하는 주 언어가 다르다. 제네바는 프랑스 동남부와 국경을 공유하고 있는 불어권이다. 국제학교에 다녔기 때문에 학교에서는 영어를 사용했지만, 학교 밖에서는 불어가 필수였다. 영어 배우기도 바쁜 와중에 영어로 가르치는 불어까지 배워야 했다. 소통이 자유롭지 못하니 모든 부분에서 위축되었다. 영어 못하는 아이들끼리 뭉쳐 다니는 무리에서도 나는 늘 조용한 편이었다. 해외에서는 특히 중요한 운동신경까지 형편없던 터라 즐거움이란 당최 찾아보기 어려운 학교생활을 이어갔다.

Yoojung Kang. 강유정의 영어 스펠링이다. 불어에서 J는 묵음이어서 내 이름은 '유융캉'으로 읽혔다. "내 이름은 유정이고, 유융은 틀린 발음이야!"라는 얘기조차 당당하게 못 했으니, 얼마나 소극적이고 주눅 든 삶을 살았는지 짐작이 갈 것이다. 훗날 나는 유리(Yuri)라는 영어 이름을 사용했는데(지금도 사용하고 있다), 얼굴도 이쁘고 성격도 좋고 영어도 잘해서 핵인싸 무리에 속해 있던 일본 여자애 이름이 유리였다. 당시 일기장을 펼쳐보면 이 친구 이름이 자주 등장할 만큼 나에게는 동경의 대상이었다. 자괴감, 패배감, 답답함. 스위스는 나에게 이런 기억으로 남아있다.

친구와 절교하는 대신 나와 절교했다

한국에서의 생활은 정반대였다. 지금처럼 이사가 잦지 않던 시절에 전학생은 관심의 대상이었다. 그것도 해외에서 살다 온 애라니. 뉴스는 교내에 삽시간에 퍼졌고 쉬는 시간에는 나를 보러 전교생이 다녀갔다. 호기심은 학생들에게만 미치지 않았다.

"요들송 한번 불러봐!"

마치 약속이라도 한 듯 각 과목 선생님들은 요들송을 주문했고, 아이러니하게 스위스 생활 3년 동안 요들송을 들어본 적도 없던 나는 김원중의 노래 '바위섬'으로 화답했다.(왜 나는 그런 진지한 노래를 선택했던 걸까?)

나의 관심은 단 하나였다. 적응하기.

"누구는 학교에서 왕따래."

"결국 부적응자가 되어 다시 해외로 나갔대."

해외 생활을 했던 한국 아이들 사이에 떠돌아다니는 루머였다. 아니, 괴담이었다.

공포 스토리의 주인공이 되고 싶지 않았던 나의 생존 전략은 다음과 같다.

❶ 항상 미소를 잃지 않는다.

❷ 다른 사람의 의견을 무조건 수용한다.

❸ 부정적인 감정을 표현하지 않는다.

❹ 마찰보다는 침묵을 택한다.

❺ 손해를 볼지언정 친절을 베푼다.

1~2년 주기로 극심하게 변한 환경에 빠르게 적응하는 것이 무엇보다

중요했다. 내 의견, 감정, 생각은 사치였다. 생존을 위해 본능적으로 형성된 이 성격은, 사실 집에서 살아남기에도 쉬웠다. 우리 집은 엄마가 대소사를 진두지휘했고 반대 의견은 무시되거나 거센 후폭풍이 만만치 않았다.

"너 같은 딸은 10명도 키우겠다!"

"어쩜 너는 동생들을 그렇게 잘 챙기니? 너 같은 언니는 처음 봤다."

한 번도 누구와 사이가 틀어진 적 없는 나였다. 일평생 큰소리 내어 싸워본 적이 없다. 직장에서도 1등 직원으로 충성을 다해 일했다. '딸, 언니, 누나, 친구, 아내, 며느리, 직원'이란 단어 앞에 늘 '친절'이 따라붙었다. 나는 이게 특급 칭찬인 줄 알았다. 진정한 내 모습을 찾아 나서기 시작한 40대 중반까지 말이다.

상식을 거부했더니 '상'과 '식'이 왔다

사람은 변하지 않는다?

사람은 변화무쌍하게 바뀌지 않는다. 단, '생각과 환경이 바뀌지 않는 한'이라는 조건부 명제가 붙는다. 생각과 환경이 바뀌면 몰라볼 정도로 달라지는 것이 사람이다.

나는 1년에 책 한 권 안 읽던 사람이었다. 그런데 지금은 매주 한 권의 책을 읽고 8개의 독서 모임을 운영한다. 매주 한 권의 책을 읽는다는 것은 1년에 52권을 읽는다는 의미다. 예전 같았으면 50년이 걸렸을 일을 1년 만에 해내는 셈이다.

이런 변화가 어떻게 가능했을까? 그것도 불과 1년 만에.

아주 최근까지 어제와 오늘이 크게 다를 것 없는, 그리고 5년 후에 정확히 어디에 있을지 예측이 되는 틀에 박힌 삶을 살았다. 첫 직장에서 같은 일을 18년째 하고 있었고, 같은 친구들을 만나고 또 만났다. 아이의 학교 입학과 졸업, 이사 정도가 삶에 큰 변화였다.

그러던 어느 날, 끔찍한 상상을 하고 말았다. 어떻게 우리 집 서재에 꽂혀 있게 되었는지 기억조차 나지 않는 책 한 권을 뒤적이다 10년 후 나를 상상해보았다. 숨이 턱 막혔다. 지금과 별반 다르지 않을 것 같은 삶. 열정도 없고 희망도 없는 삶. 핑계와 남 탓하기가 일상인 삶. 지금과 10년 후의 차이라면 주름이 더 깊게 패고, 백발이 성성하고, 뱃살이 더 처진 정도일까. 무언가 잘못된 것 같다는 생각을 잠시 했지만, 더 깊이 생각할 시간도 마음의 여유도 없었다. 나는 대한민국의 워킹맘 아닌가.

하루 딱 10분

반복되는 일상을 살아내던 와중에 인스타그램을 훑어보다 '하루 딱 10분'이라는 단어가 눈길을 사로잡았다. 그 당시 유럽에서 도시락을 팔아 성공한 한국 여성 사업가인 켈리 최 회장님의 인스타를 팔로우하고 있었는데, 100일간 매일 10분씩 독서를 하고 이를 인증하는 끈기 프로젝트 모집 글을 보게 되었다. '10분'이라는 단어는 독서와 담쌓은 내게도 '한번 해볼까?'라는 용기를 불어넣었다. 인생의 거대한 전환점을 맞이하는 순간이었다.

'100일 챌린지'가 끝나갈 무렵 나는 TV 리모컨의 채널 버튼을 더는 괴롭히지 않았다. 그 대신 책을 정독하고, 선물로 책을 주고받는 사람으로 거듭났다. 이렇게 독서 습관이 자리를 잡아갈 즈음이었다. 책장에서 먼지가 뽀얗게 쌓였던 책들이 손때, 커피 자국, 과자 가루, 눈물 자국으로 옷을 갈아입기 시작한 지 10개월 정도 지났을 무렵, 생각지도 못한 제안을 받았다.

"독서 모임이요?"

켈리 최 회장님이 '부를 끌어당기는 강의' 수강생을 대상으로 12권의 책 읽기 과제를 주었다. 함께 강의를 들은 평소 친한 지인이자 켈리스(켈리 최 회장님을 팔로우하는 사람들을 지칭하는 단어) 혜선 언니가 독서 모임을 제안했다. 어차피 각자 읽어야 할 책인데, 독서 모임에서 함께 나누면 훨씬 좋을 것 같다고 했다. 독서는 습관이 되었지만 독서 모임은 또 다른 문제였다. 나에게 독서 모임이란, 박학다식한 사람들이 화려한 지식을 유창한 언어로 뽑아내는 고급 살롱 같은 이미지였다. 그런데도 흔쾌히 수락했다. 독서 모임에 참여해보고 싶다는 마음보다 기꺼이 제안해 준 혜선 언니를 존경하고 신뢰했기 때문이었다.

46세에 인생 첫 독서 모임을 시작했다. 그리고 난데없이 사랑에 빠졌다. 독서 모임의 장점은 실로 다양했다.

❶ 기한이 정해져 있어서 어떻게든 시간을 내어 책을 읽는다.

❷ 독서 후기를 나눠야 하니 주의를 기울여 책을 읽게 된다.

❸ 책의 방대한 내용을 몇 분간 발표하기 위해 정리하고 요약한다.

❹ 주어진 시간 안에 말하는 능력이 생긴다.

❺ 다른 사람의 시간을 존중하는 법을 배운다.

❻ 독서 모임에 참여했다는 뿌듯함으로 어깨 뽕 장착하고 하루를 기분 좋게 시작한다.

좋은 것은 함께하면 더 커진다. 함께하고 싶은 이름들이 머릿속에 마구 떠올랐다. 나는 그 주에 무려 3개의 독서 모임을 개설했다. 그리고 한 달 후 4개의 독서 모임을 추가로 모집했다. 배울 점이 많은 긍정적인 76명의 사람들과 매주 줌으로 만난다. 읽은 책에 관해 서로 나누고 인생 얘기도 곁들인다.

가장 많은 시간을 함께 보내는 5명의 평균이 미래의 나의 모습이라고 한다. 나의 미래 모습은 내가 원치 않더라도 우상향 중이다.

8개의 독서 모임

"독서 모임을 왜 그렇게 많이 해? 돈이 되는 것도 아닌데 좀 줄여. 몸 상해."

독서 모임으로 돈을 버는 것도, 관련된 일을 하는 것도 아니므로 이런 말을 듣는 게 당연했다. 일반 상식과는 어긋난 일을 하고 있으니 누구는 궁금해서, 누구는 걱정되어서, 누구는 별생각 없이 하는 말이었다. 그런데 묘하게 기분이 나빴다. 무례하다는 생각도 들었다.

마음속이 답답할 때 나는 의식의 흐름을 글로 끄적인다. 누구에게 보여주기 위한 글이 아니라 생각나는 대로 그냥 써 내려가는 글이다. 별다른 내용을 쓰지 않았는데도 이내 마음이 평온해진다. 키보드를 두드리는 소리가 내 어깨를 토닥토닥 두드려주는 소리처럼 들린다. 이 과정을 통해 왜 기분이 나빴는지 그 정체를 발견했다. 그 이유는 8개 독서 모임을 하는 명확한 이유를 스스로 정립하지 못했기 때문이었다. 그러니 주변에서 이러쿵저러쿵 말을 듣는 순간 의심이 고개를 쳐들었고, 불편한 감정을 건드린 상대가 미웠던 것이다. 그 누구도 아닌, 나를 위해 답을 찾아야 했다. 내가 먼저 나를 설득하지 않고는 그 누구도 설득할 수 없었다.

내면의 소리에 귀를 기울였다. 책을 읽고, 회원들과 생각을 나누고 교류하며 서로를 더욱 잘 알아가는 시간은 하루 중 가장 행복했다. 내가 펼쳐 놓은 무대에서 많은 사람이 춤을 추고 즐거워하는 모습만 봐도 행복해졌다. 그분들은 그런 무대를 만들어준 나에게 고맙다고 했다. 오로지 독서 모임이라는 시공간을 놓고 보면 나는 온전하게 행복했다.

켈리 최 회장님의 저서인 《웰씽킹》에서는 핵심 가치의 중요성을 강조한다. 핵심 가치란 우리가 생각하고 행동하도록 의사를 결정하는 기준이다. 이를 깨닫게 되면 삶의 본질을 흐리고 자기 존재의 의미를 훼손하는 일을 거부할 용기가 생긴다. 핵심 가치의 종류는 매우 다양하다.

성취, 진정성, 변화, 효율성, 유머, 아름다움, 호기심, 평등, 가족, 봉사, 부, 자유 등등.

나의 핵심 가치는 '가족, 건강, 공헌, 공동체, 관계'이다. 독서 모임은 내가 공헌하는 시간이고 공동체와 교류하며 소중한 관계를 만들어가는 시간이다. 이보다 더 완벽한 활동이 있겠는가!

한바탕 키보드를 두드리며 생각을 정리하고 난 순간, 독서 모임과 관련한 말에 면역력이 생겼다. 누군가 내 생각과 다른 얘기를 하면 담담히 내 철학을 풀어놓는다. 내가 먼저 설득되어야 상대도 설득할 수 있으리라 생각했는데, 내가 온전히 설득되니 굳이 상대를 설득할 필요조차 사라졌다.

살면서 한 번도 해보지 않았던 도전은, 그 종류나 크기와 무관하게 불편함을 야기하고, 의심과 두려움을 동반한다. 도전하기로 마음먹을 때는 치열한 고민이 뒤따르고 나만의 명확한 기준을 수립해야 하는 시점이다. 독서 모임을 1~2개 했더라면 이런 질문도, 치열한 고민도 하지 않았을 것이다. 8개의 독서 모임을 이어가는 과정에서 나의 내면을 더 깊이 들여다보게 되었고, 가치관을 더 명확하게 확립할 수 있었다.

뿌리가 단단하지 않은 나무는 지나가는 바람에도, 잠시 앉았다 가는 새의 무게에도 쉽게 흔들린다. 그 뿌리가 단단하기 위해서는 나와 만나는 시간이 꼭 필요하다. 뿌리가 단단한지를 알기 위해서는 비바람을 기꺼이 맞아 봐야 한다.

1년이라는 짧은 기간에 나는 책 한 권 안 읽던 사람에서 76명과 함께

하는 독서 모임 운영자가 되었다. 1년 전에는 전혀 몰랐던 소중한 친구들을 얻었고 다양한 기회도 함께 얻었다. 나는 이를 '상(賞)'이라 부르고 싶다. 또한, 상식 밖처럼 보이는 도전을 통해 나만의 '식((式)'을 정립했다. 이는 내 생각과 행동의 폭을 엄청나게 확장했다. '8개의 독서 모임을 하는 여자'라는 독특한 브랜딩도 사은품으로 딸려왔다.

내 생각과 주변 환경이 바뀌면 사람은 변한다. 그리고 그 시작은 아주 작은 사소한 변화이다. 하루 딱 10분의 독서처럼 말이다.

좋아하는 일을 할까요, 잘하는 일을 할까요?

세상에 공짜 점심은 없다

진로상담이나 자기계발 분야에서 자주 등장하는 단골 질문이 있다.

"좋아하는 일을 해야 하나요, 잘하는 일을 해야 하나요?"

답은 제각각이다. 질문을 하는 주체의 상황과 답하는 이의 철학, 가치관, 경험에 따라 달라지는 것 같다. 가장 이상적인 것은 둘의 교집합, 즉 좋아하는 일을 잘하는 경우일 것이다.

나는 20년 차 영어동시통역사다. 언어를 좋아하고 소질도 있다. 게다가 어린 시절에 해외 생활을 하며 언어를 자연스럽게 접할 기회도 누렸다. 미국에서는 영어를 습득했고, 스위스에서는 불어와 영어를 동시에 배웠다. 대학에서는 불어불문학을 전공했다.

외국어를 잘하면 할 수 있는 직업 중에 통역사는 선망의 대상이자 연봉도 높은 멋있는 직업이다. 통역사가 되기 위한 관문인 한국외대 통·번역대학원에 진학해 불어와 영어 통·번역을 공부했다. 대학원을 졸업하면 프리랜서, 정부 부처, 외국계 기업, 국내 대기업 등 다채로운 취업의 문이 열린다. 나는 동기 중에 가장 높은 연봉을 받으며 전 세계 3대 경영컨설팅 회사인 베인앤컴퍼니에 통·번역사로 입사했다. 최고급 인테리어로 치장한 서울 시내 랜드마크 건물에서 최고 엘리트들과 함께하는 멋있는 직장 생활을 했다. 내 직업과 직장은 모두의 부러움을 사기에 충분했다.

미국의 경제학자 밀턴 프리드먼이 즐겨 쓰던 말이 있다.

"There is no such thing as a free lunch."

'세상에 공짜 점심은 없다'라는 의미인데, 비싼 점심은 그만큼의 대가를 요구했다. 20대 후반과 30대 초반의 회사 생활은 즐거웠다. 순수한 마음으로 최고의 열정을 뿜어내며 일했고, 젊은 사람들이 많은 조직의 자유로운 분위기도 마음껏 즐겼다. 동기로 입사한 허우대 멀끔한 엘리트 컨설턴트와 사내 비밀연애도 하면서 하루하루가 들떴다.(이 사람은 현재 우리 집에 같이 산다.)

회사 모토 중에 이런 표현이 있었다.

"Work hard, play hard."(빡세게 일하고 빡세게 논다.)

빡세게 놀려면 '빡세게 일하는 것'이 선행되어야 하는 오묘한 진리를 알아차리는 데는 오랜 시간이 걸리지 않았다. 내가 일하던 회사는 '주

100시간'이라는 말을 자주 사용했다. 주 100시간은 일주일 동안 매일 14시간을 일한다는 의미다. 주말과 주중, 밤낮 가릴 것 없이 눈만 뜨면 일을 했다. 이것은 사실 통·번역을 포함한 후선 부서보다는 현장에서 컨설팅 프로젝트를 진행하는 컨설턴트에 해당했으나, 같은 조직에 있는 이상 컨설턴트의 일하는 방식과 시간대가 완전히 분리되는 건 불가능했다. 만성 수면 부족 상태로 건강을 해치며 일하는 컨설턴트 앞에서 "오늘은 일이 많아서요." "제가 지금은 바빠서요." "야근은 어려워요."라고 말하기가 쉽지 않았다.

셰일? 세일이 아니고 셰일이라고?

일반적으로 한 회사에 오래 몸담으면 비슷한 업무가 반복되므로 시간이 지날수록 일에 능숙해지고 익숙해진다. 그러나 나는 그러지 못했다. 컨설팅 회사는 고객사의 프로젝트를 수주해 짧게는 1개월에서 길게는 1년여 정도 해당 프로젝트를 수행한다. 베인앤컴퍼니는 경영컨설팅 회사로, 경영에 고민이 있는 회사가 모두 고객사가 될 수 있었으므로 각양각색의 비즈니스를 두루 섭렵해야 했다. 프로젝트별로 고객사가 다르고 주제도 달랐다.

회사에서는 다수의 프로젝트가 동시다발적으로 진행되었다. 통·번역팀은 소속 부서 없이 프로젝트의 필요에 따라 그때그때 투입되었기 때문에 하루에도 다양한 산업과 주제의 통·번역을 했다. 어제는 반도체 회사와 회의하고 웨이퍼, 적층 구조, 파운드리 등의 용어를 한글과 영어로 옮겼다가, 오늘은 바이오 회사의 중역과 체외 진단, 임상3상 결과 등 완전히 다른 주제를 다루는 회의에 참석했다. 그리고 내일 있을 신재생 산업전망 회의에 참석하기 위해 셰일가스, 굴착, 배출권 거래제에 관해 공부하는 식이었다.

'셰일가스? 세일의 오타 아니야?'

살면서 한 번도 접하지 못한, 아마도 죽을 때까지 입 밖으로 내뱉지 않을 것 같은 단어들을 몇 시간 내에 달달 외워서 '딱' 누르면 '딱' 나오게 입에 붙여야 했다. 회의가 끝나면 소모된 지식은 바로 휴지통에 버리고 그다음 지식을 머릿속에 욱여넣어야 했다.

통역은 늘 긴장의 연속이었다. 안간힘을 써서 내용을 미리 준비해도, 모르는 단어나 표현이 나올 가능성은 늘 있었다. 게다가 연사의 발음이 부정확하거나, 말하는 속도가 너무 빠르거나, 회의 내용과 관련이 없는 내용 또는 이해하기 어려운 내용이 나오면 긴장의 강도는 우주 저 멀리 치솟았다. 특히 아주 강한 악센트를 자신 있게 구사하는 외국인 연사의 말을 통역할 때는 '저게 영어가 맞기는 맞나?' 의문을 계속 품으며 안 들리는 말을 듣기 위해 안간힘을 써야 했다. 회의장을 박차고 나가고 싶은 충동을 꾹꾹 누른 적이 한두 번이 아니다.

억지로 걸린 브레이크

문제는, 업무 강도와 통역 전의 긴장감이 15년 차가 되어서도 전혀 개선되지 않았다는 점이다. 나는 마흔을 넘긴 나이에도 날씬함을 유지했는데, 이는 통역 전 긴장감으로 식욕이 증발해버려 통역이 끝날 때까지 아무것도 못 먹었기 때문이다.

2017년, 42세 나이에 자궁에 있는 암을 발견했다. 다행히 건강검진을 하면서 초기에 발견하여 간단한 수술로 끝났다. 하지만, 내 인생을 되돌아보기에 충분한 사건이었다. 이때 가장 먼저 든 생각은 '내 인생이 아깝다.'라는 것이었다. 20대에 언어가 좋고 소질이 있어서 시작한 일이었지만, 만성적인 과도한 스트레스로 언어를 구사하는 즐거움을 빼앗긴 지 오래였다. 이제는 그저 돈을 벌기 위해 나가는 직장이었다. 금요일을 위해 일주일을 살고, 일요일 오후부터 급속도로 우울해지는 삶이 반복되었다. 혹자는 배부른 소리라고 할지도 모르겠다. 하지만 그런 시선과 말은 내게 중요하지 않았다. 하루에 최소 9시간을 어쩔 수 없이 꾸역꾸역 버티는 생활, 죽음의 렌즈로 바라본 내 삶은 '후회'로 요약될 것 같았다. 당장 변화가 필요했다.

그러나 중학교 때부터 통역사의 꿈을 꾸었던 터라, 언어 외에는 할 줄 아는 게 없었다. 더 정확하게 얘기하면, 언어 외에 내가 뭘 잘하는지를 알 기회가 없었고, 딱히 궁금해한 적도 없었다. '통·번역 외에 내가 할 수 있는 일이 있기는 할까?' 이런 막막함이 발끝부터 타고 올라왔다.

아이들이 꿈이 없고 목표가 없다고 답답해할 일이 아니었다. 답을 찾기 위해 나는 정보의 바다인 유튜브에 첨벙 뛰어들었다. 혜민 스님, 켈리 최 회장, 김미경 강사, 신사임당, 드로우앤드류 등의 수많은 강의를 듣고 세 가지를 깨달았다.

❶ 다양한 경험을 하지 않아서 무엇을 좋아하는지 느낄 기회가 부족했다.

❷ 과거에 행복했던 시간을 돌아보면 내가 좋아하는 것을 발견할 수 있다.

❸ 좋아하는 것을 발견했다고 해도 삶의 의무와 책임이 금방 시선을 분산시키기 때문에 여기에 온전히 집중하기 어렵다.

과연 내가 좋아하는 것은 무엇일까?

삶의 중심에 '행복'을 세우기 위해 답을 찾아야 했다.

42세. 지금껏 살아온 날보다 앞으로 살아갈 날이 훨씬 많이 남은 나이였다.

온라인 건물주, 나도 가능할까?

인스타그램, 왜 이렇게 어려운 거야?

싸이월드에 매료되었던 시절이 있었다. 평범한 일상과 특별한 순간을 사진으로 올리고, 직접 만나지 않고도 친구들과 소통할 수 있는 신기한 공간이었다. 도토리로 아이템을 구매할 때는 박사 논문도 거뜬히 써낼 만큼의 진지한 태도로 미니홈피 스킨과 캐릭터를 고르고 음악을 깔았다. 별다른 목적 없이 친한 친구들과 깔깔거렸던, 참 즐거운 공간이었다.

인스타그램도 초반에는 싸이월드와 비슷한 느낌이었다. 싸이월드보다 좀 더 예쁘고 감각적인 사진을 올려야 될 것 같은 부담감을 빼면 말이다. 여하튼 인스타를 키우기로 목표를 잡았다. 왜냐하면, 새로 시작한 사업을 확장하기 위해 나를 알릴 필요가 있었기 때문이다. 게다가 요즘 부쩍 자주 접하는 단어가 있었는데, 바로 '온라인 건물주'였다. 디지털 시대에는 온라인상에서 나만의 자산을 가지고 있어야 하는데, 블로그, 인스타그램, 스마트 스토어 등이 그 온라인 빌딩을 세울 수 있는 수단이었다. 하나쯤 갖춰 놓으면 좋을 것 같다고 생각했다.

새로운 것을 시도하는 것은 늘 불편하고 어렵다. 우리의 뇌는 편하고 익숙한 것을 좋아하기 때문이다. 목적을 가지고 SNS를 한다는 것은 마케팅의 시작이고 브랜딩의 출발인데, 나는 평생 마케팅의 '마'자도 해본 적이 없었다. 학교에서는 모범생으로 착실히 공부했고, 직장에서는 성실히 일했다. 첫 직장을 다니다가 이직을 해본 적이 없어서 첫 직장이 마지막 직장이었다. 다시 말해, 이력서를 딱 한 번 써본 것이다. 그런 내가 전혀 모르는 사람의 관심을 끌고 소통을 하려고 하니 갑자기 모든 게 어렵게만 느껴졌다.

첫 번째 난관은 사진이었다. 모델하우스를 연상케 하는 멋진 배경에서 찍은 화보다운 사진들이 넘쳐나는 곳이 인스타그램이다. 내 집은 벽지부터 마음에 안 들었다. 촌스러운 나무색 마감재와 마룻바닥까지 더해지니 사진 앵글은 갈 곳을 잃고 허공을 헤맸다. 가구는 왜 이렇게 구식이고, 소품 하나하나가 쌈박한 게 없는지…. 아무렇지도 않던 내 공간이었는데, 아무리 봐도 맘에 들지 않았다. '이사를 해야 하나? 인테리어를 새로 해야 하나?' 생각할수록 답답함과 좌절감이 몰려왔다.

두 번째 난관은 사진 실력이었다. 마음에 안 드는 집구석을 벗어나 강남 핫플에 간다고 멋진 사진이 나오는 것도 아니었다. 분명히 같은 장소이고 분명히 같은 음식인데, 내가 찍은 사진은 뭔가 부족했다.

사진은 어찌 찍었다 치자. 이번에는 글쓰기가 내 발목을 잡았다.

'재치 있으면서도 품위 있고, 지적이면서 겸손과 사랑이 자연스럽게 묻어나는 글을 어떻게 쓰지?'

썼다 지우기를 수십 번 했다.

'내 사업과 제품을 알리고 싶은데, 지인들이 어떻게 생각할까?'

'진심으로 좋은 걸 공유하는 건데, 나를 물건 파는 사람이라고 오해하면 어쩌지?'

비공개 계정을 공개로 돌리면 시누이가 볼 수도 있고 직장 동료들도 볼 텐데, 그건 싫은데!

약은 약사에게, SNS는 SNS 전문가에게

인생에 해답이 필요할 때 나는 책과 유튜브의 도움을 받는다. 친한 친구들이나 지인들은 공감과 위로는 해줄 수 있지만, 답을 주지는 못할 때가 많다. 인스타그램의 걸음마를 뗀 건 드로우앤드류라는 유튜브 채널 덕분이었다. 프로필 설정에서부터 콘텐츠 기획, 소통 방식 등을 하나씩 배웠다. 유튜브로 누구나 볼 수 있는 내용이었지만, 아무것도 모르는 나에게는 충분히 좋은 내용이었다.

그런데, 기술적인 내용을 배워도 여전히 극복이 안 되는 부분이 있었다. 그것은 바로 다른 사람들의 시선이었다. 게시물을 올릴 때마다 왜 그렇게 신경이 쓰이는지.

'이 사진은 너무 예쁜 척했나?'

'나이도 많은데 옷차림이 주책맞다고 하려나?'

'글 내용이 재수 없지는 않나?'

게시물을 올리기 전에는 망설이느라, 올리고 나서는 반응에 신경 쓰기 바빴다. 정신적인 피로도가 만만치 않았다.

그러던 어느 날, 서점에서 책을 둘러보다 《SNS로 부자가 된 사람들》이라는 책 제목이 눈에 들어왔다. 저자인 게리 바이너척(Gary Vaynerchuk)은 러시아 이민 2세로 흙수저 출신 미국인인데, 소셜 미디어의 구루이자 미디어 회사 대표, 벤처 투자자, 베스트셀러 저자 및 강연자로 활발하게 활동하고 있었다. 이 책은 SNS로 부자가 된 사람들의 예시를 다양하게 소개하며 온라인 시대에 SNS를 왜 해야 하는지를 설명했다. 자극적인 제목에 끌려 호기심으로 집어 든 이 책에서 내가 왜 SNS를 어려워했는지 그 이유를 이해하게 되었다. 타인의 반응이 두려워 정작 내가 원하는 인생을 못살고 있다는 것이 첫 번째 깨달음이었고, 사람들은 본인 외 다른 사람들에게 큰 관심이 없고, 별생각 없이 내뱉는 말들이 많다는 내용은 큰 위로를 주었다. 이 책에는 행동함으로 성취한 많은 예시가 소개되어 있었는데, 어쩌면 이 기회가 나에게도 올 수 있겠다고 생각했고 '한번 해보자'라는 용기를 얻었다.

내가 앞으로 나아가지 못하는 이유를 파악하고 내 마음 상태를 인지

하니 용기를 내어 시작할 수 있었다. 인스타 활동을 적극적으로 하고 유튜브 채널도 즉시 개설했다.

정보 쓰나미의 세상에서 우리는 마음만 먹으면 원하는 정보를 너무나 쉽게 찾을 수 있다. 특히 비대면 삶이 일상화되면서 예전에는 만나기 어려웠던 전문가와 유명인들을 온라인으로 가깝게 만날 수 있다. 나는 김미경 학장의 MKYU에 등록해 다양한 강의를 듣기 시작했고, 임헌수 소장의 인스타스쿨과 해피스완님의 인스타 강의를 수강했다. 켈리 최 회장님의 인스타 계정을 팔로우하면서 성공에 필요한 마인드와 끈기, 실행력을 배웠다.

직업, 구하지 말고 만들어요

릴스, 숏폼 동영상 편집 기능이다. '숏폼'이란 수십 초에서 몇 분 길이의 짧은 동영상 콘텐츠를 뜻한다. 틱톡이 그 대표적인 예이다. 숏폼 영상이 대세로 자리 잡으면서 인스타에서도 틱톡과 유사한 기능을 선보였다.

유튜브를 하면서 촬영과 편집은 어느 정도 손에 익었던 터라 어렵지 않게 릴스를 받아들였다. 마침 홍보하고 싶은 립스틱이 있어서 입술 색에 맞게 화장과 옷 스타일링을 하고 방바닥에 앉아 영상을 찍었다. 화면 전환 기법 몇 개를 골라서 넣고 음악에 맞춰 편집해주니 나름 만족스러운 영상이 만들어졌다. 반응도 나쁘지 않았다. 기존의 사진 중심 소통 방식에 영상이 더해지니 신선했고, 30초 내외의 짧은 영상이라 보는 사람들도 부담이 없는 듯했다. 무엇보다, 영상을 찍고 이리저리 편집해서 나만의 작품을 만드는 재미가 쏠쏠했다. 재미가 있으니 자연스럽게 다음 영상을 만들고, 또 그다음 영상을 만들었다.

"유정아! 릴스 너무 잘 보고 있어!"

"우와, 어쩜 이렇게 잘해? 아이디어도 최고야!"

어느 순간부터 사람들은 나를 만나면 약속이나 한 듯 릴스 얘기를 꺼냈다.

"편집은 어떻게 하는 거야?"

"이거 촬영하는 데 얼마나 걸려?"

내 인생이 릴스 위주로 돌아가고 있음을 느낄 즈음, 마케팅 일을 하는 소영과 점심을 먹게 되었다.

"응? 강의를 해보라고? 내가?"

마케팅 회사에 다니면서 인스타와 블로그 강사로도 활동하며 《사이드잡으로 월급만큼 돈 버는 법》의 저자이기도 한 그녀는 내 반응이 더 의아하다는 듯 커피를 홀짝이며 얘기했다.

"응, 충분히 할 수 있을 것 같은데?"

릴스로 수익화라니! 마케팅 전문가가 보기에는, 너무나 당연하게 돈 벌 기회를 전혀 눈치채지 못하고 혼자 관종 끼를 흠뻑 발산하며 장기자랑만 열심히 하는 것이 안타까웠던 것이다.

인스타로 돈을 벌면 좋겠다는 두리뭉실한 바람만 있었는데… 이렇게 갑작스럽게, 그것도 상상도 못 해본 강의 활동으로 돈을 번다고? 뜻밖의 기회에 잠시 흥분했지만 이내 자신감이 사라졌다.

"에이, 내가 어떻게 릴스 강의를 하겠어? 아무런 경험도 없고 전문가도 아닌데…"

"그럼 일단 재능기부로 무료 강의를 해봐."

또 한 번 생각이 깨졌다. 무료 강의는 부담 없이 해볼 수 있을 것 같았다.

미리 하는 걱정은 아무런 의미가 없다. 우리의 생각 대부분은 과거에 관한 것이고, 우리의 걱정 대부분은 어차피 일어나지 않을 일이라고 하지 않던가.

무료 강의를 하면서 2시간 동안 릴스를 주제로 떠들었다. 그런 후 릴스하는 법을 알려주면 많은 사람에게 도움을 줄 수 있다는 것을 알게 되었다. 사실, 온라인 강의를 돈 내고 들어본 적이 거의 없어서 내 강의의 객관적인 현주소를 진단받을 길이 없었다. 감사하게도, 강의할 때 참고하면 좋을 것 같다며 여러 사람이 의견을 주었고, 이들의 피드백 덕분에 강의 내용을 업그레이드할 수 있었다.

아직 릴스 강의를 본격적으로 하는 사람이 없던 2021년 9월, 나는 첫 릴스 강의를 오픈했다. 프로그램 이름은 '스릴'이었다. 릴스를 뒤집으면 스릴이고, 스릴 넘치는 인스타 라이프를 만들어보자는 의미였다. 그 이후 2022년 7월에 스릴 10기 강의를 마쳤고, 300여 명에 가까운 수강생

릴스 특강 홍보 포스터

릴스 수강생들과 함께

을 가르쳤다. 아주 최근에는 릴스로 인스타 팔로워 수를 성공적으로 늘리고, 퍼스널 브랜딩을 하고 있는 대표 수강생들과 함께 5인 5색 릴스 강의를 진행했다. 단독으로 릴스 강의를 하는 코치들이 이제는 많아졌지만, 릴스 성공주자들의 협업은 대한민국 최초였고, 이 중 몇 명은 생전 처음 온라인으로 강의도 하고 수익화도 실현했다.

이렇게 나는 1년 전만 해도 세상에 없었던 일로 돈을 벌고 있다. 그리고 다른 사람의 성장을 돕고 수익화 기회까지 만들어줄 수 있게 되었다. 이 얼마나 흥분되고 가치 있는 일인가? 이것이 기적이 아니고 무엇이겠는가?

내가 특출한 재능이 있어서 또는 특별해서 이룬 것이 아니다. 빠르게 변화하는 세상 속에 과거의 것들이 많이 사라지고 있지만, 동시에 무수히 많은 기회가 창출되고 있다. 스스로 자신을 믿고 변화의 파도에 몸을 던져보자. 그 파도가 우리를 어디로 데려다줄지는 아무도 모른다.

우리 집에 엄친아가 살아요

지극히 평범했던 아이가 전교 1등

사교육에 의존하지 않고 자기주도 학습이 몸에 배어 있는 아이. 교우 관계가 원만하고 부모와 사이가 좋은 아이. EBS 특집 다큐멘터리에 나올 법한 아이가 우리 집에 산다.

2005년생, 현재 고등학교 2학년인 아들은 중학교 3학년 이후 전교 1등을 한 번도 놓친 적이 없다. 교우 관계도 원만해 2년 연속 전교 학생회장을 맡고 있다. 사춘기도 별 탈 없이 지나갔고, 잘 웃고 매우 긍정적이다.

이 결과는 내가 의도했던 것은 아니다. 오히려 그 반대이다. 우수한 성적도 선택, 대학 입시도 선택, 취업도 선택이다. 미래에 대한 걱정과 함께 세상의 변화에 관심이 많은 나는 대학 공부가 의미 없는 세상이 이미 도래했음을 직감했다. 다양한 사업 경험이 있는 남편도 취업을 위한 대학 진학에 반대하는 태도를 보였다.

아들은 초등학교 때까지만 해도 눈에 띄지 않는 평범한 아이였다. 겁이 많고 내성적이어서 나서는 것을 싫어했다. 새로운 학년이 시작되면 어김없이 열리는 공개 수업에서 늘 마지막에 발표하거나 가장 늦게 과제를 마무리하는 아이였다. 학교 성적은 중위권이었다. "왜 80점밖에 못 받았어?"라고 물으면 "50점 받은 아이도 있어."라고 답하던 아이였다.

외동아들을 둔 엄마들이 대개 그러하듯, 아이의 부족함을 만회할 요량으로 워킹맘으로 일하면서도 부지런히 학교 봉사활동을 했다. 초등학교 6년 동안 아이가 학교에서 받은 상장보다 엄마인 내가 더 많은 상장을 받았다고 하면 대충 그림이 그려질 것이다. 아이가 원치 않는 공부는 안 시키다 보니 사교육은 예체능 위주로만 했고 교습 학원은 일절 다니지 않았다.

짚라인 타는 두려움을 이겨내다

아들 민이가 초등학교 6학년 때의 일이다. 찌는 듯한 무더위가 한풀 꺾인 8월 중순, 하교 후 집에 돌아온 아들과 캐나다에서 사 온 초콜릿칩 쿠키를 나눠 먹으며 이런저런 얘기를 했다.

"엄마, 나는 캐나다 사람이 되고 싶어."

얘기 중에 아들이 갑자기 툭 던진 말이다. 이민 간 친구를 보러 캐나다에 다녀온 지 2주쯤 지났을 무렵이었다. 평소 자기 의견을 적극적으로 피력하지 않고, 특히나 꿈에 관해서는 심도 있는 대화를 나눠본 적이 없었기에 순간 내 귀를 의심했다.

나에게는 출중한 실력과 성실함에 악바리 기질까지 갖춰 대한민국 영어동시통역계를 평정했던 대학원 절친이 있다. 그녀는 통역사 경력 18년 만에 돌연 은퇴를 선언했다. 그러고는 하고 싶은 공부를 하겠다고 캐나다로 갑작스럽게 떠났다. 그 친구가 한국을 떠난 지 6개월이 된 시점에 나는 당시 초등학교 6학년인 민이의 여름방학에 맞춰 3주간 캐나다에 다녀왔다. 2주간 친구 집에 머물면서 민이는 그 집 아이들과 함께 여름 캠프를 다녔고, 마지막 한 주는 남편이 합류해 캐나다 서부 로키산맥 여행을 함께했다.

내가 조금 더 눈치가 빠르고 예민한 엄마였다면 아들의 이런 뜬금없어 보이는 선언을 예견했을 것이다. 민이는 어릴 때부터 겁이 많고 조심성이 남달랐다. 손에 닿는 건 무조건 입으로 가져가는 구순기에도 검증된 물체가 아니면 절대 입에 넣지 않았다. 엉금엉금 기어가다 문지방에 다다르면 조심스레 손을 뻗어 더듬더듬 확인 절차를 거쳤다. 5세에 미끄럼틀을 처음 탔고, 수영장에 가면 물소리와 몸에 닿는 물의 느낌에 적응하는데 최소 30분은 걸렸다. 초등학생이 되어서도 이런 성향은 크게 달라지지 않았다. "엄마가 알아서 해." "엄마가 얘기해."가 아들의 단골

레퍼토리였다.

그런데, 캐나다에 도착한 지 일주일 정도 지났을 때, 아들은 평생 들어보지 못한 말을 했다.

“엄마가 주문하지 마. 내가 할래.”

“내가 해볼게. 잠깐만!”

심지어 여기는 잘하지도 못하는 영어를 쓰는 나라가 아닌가. 내가 보기에 아들은 훨씬 적극적이고 편안해 보였다.

남편이 합류하여 캐나다 서부 로키산맥을 1주일간 여행할 때, 아들은 한국에서의 실패 경험을 성공 경험으로 극복하는 사건을 몇 번 경험했다. 그중 하나가 짚라인이었다. 우리 부부는 생전 처음 타보는 짚라인이었지만, 사실 아들은 아픈 기억이 있었다. 초등학교에서 아람단 활동을 했는데, 5학년 때 짚라인을 타러 갔다가 전체 대원 중에 유일하게 짚라인을 타지 못하고 선생님과 걸어 내려온 아이였다. 환경에 적응할 새도 없이, 마음의 준비를 할 여유도 없이, 이름이 호명되면 부리나케 안전벨트를 매고 공장 컨베이어벨트에 실려 보내듯 짚라인을 탔을 것이다. 사실, 실패하고 올 확률이 99%였는데 괜히 짚라인을 타보라고 보냈다가 상처만 준 것 같아서 엄청나게 후회했었다.

하지만 캐나다에서 아들은 깊은 산속에서 계곡과 계곡을 건너는 훨씬 더 고난도의 짚라인을 5번이나 여유롭게 탔다. 반나절 가까이 걸리는 프로그램이었기 때문에 짚라인을 타는 타이밍에 맞춰 이미 환경에 익숙해진 것이 성공의 주된 요인이었다. 두려워하는 모습을 보고 현지 코치는 여러 가지 설명을 해주며 아들이 안심하게 해줬고, 아이가 용기를 낼 때까지 묵묵히 기다려 주었다. 함께 프로그램에 참여했던 캐나다 가족 2팀도 할 수 있다며 아들에게 아낌없는 응원과 박수를 보내주었다. 짚라인을 신청하면서도 마음 한편이 불편했던 나도 안도의 한숨과 뛸 듯이 깊은 성취감을 느꼈다. 이런 순간들이 여러 번 있었다. 영화를 배속으로 재생하듯 휙휙 지나가는 순간들을 떠올려보니 캐나다 사람이 되고 싶어 하는 아들의 마음이 충분히 이해되었다.

국제학교로의 전학

놀라움도 잠시. 이때부터 우리 부부는 심각한 고민에 빠졌다.

아들이 캐나다에서 살게 된다면 한국 공교육은 전혀 필요가 없다. 하루라도 빨리 영어를 공부하는 게 낫다. 하지만 철없고 분별력 없는 초등학교 6학년생의 말만 듣고 국제학교로 전학을 보내는 건 무리였다. 그것도 단순한 전학이 아니고 교육 시스템이 완전히 바뀌는 전학이니 더더욱 생각할 게 많았다. 아들은 영어 공부는 천천히 해도 된다고 믿는 엄마 밑에서 영어 공부라고는 학교 공부가 전부였다. 국제학교에 가면, 당장 수업 내용을 하나도 못 알아듣고 힘든 시간을 보내야 할 것이 뻔했다.

'공부하다가 힘들다며 한국 학교로 다시 돌아가겠다고 하면 어쩌지?'

그러면 학습 공백도 생기고, 국제학교 입학비, 교복비, 용품 구매비 등 적잖은 돈도 버리게 될 것이다. 하지만, 우리 부부는 아이의 말을 존중하기로 하고 국제학교에 보내기로 마음먹었다.

공부 그만하고 좀 쉬어!

믿을 수 있어서가 아니라 믿기로 했기에

영어 공부도, 해외 유학 준비도 전혀 안 된 아이를 몇 개월 만에 미국 교육 제도에 편입시키기로 결정한 것은 내가 엄청난 결단력을 지녔거나 용기가 있었기 때문이 아니다. 13년간 아이를 키우면서 지키려고 노력한 시간의 합이 자연스레 길을 터주었다.

'육아의 궁극적인 목적은 독립된 인격체를 키워내는 것.' 이것이 우리 부부의 육아 철학이다. 독립된 인격체로 키우기 위해서는 어떤 경우에도 아이를 믿어주고, 다양한 경험을 통해 스스로 깨닫고 성장하는 환경을 만들어줘야 한다. 멋진 말이지만, 실생활에서 이를 지키는 것은 절대 녹록지 않다.

비유하자면, 막 걸음마를 뗀 아이가 부엌에 아장아장 걸어들어와 서랍장을 열고 그 안에 있는 냄비와 그릇을 한 개씩 다 끄집어낼 때, 아이를 번쩍 들어 올려 거실에 데려다 놓고 싶은 마음을 눌러야 함을 의미한다. 크리넥스 갑을 꺼내와 화장지를 한 장씩 쏙 뽑아 옆에 내동댕이치고 바닥이 드러날 때까지 이를 무한 반복해도 그러면 안 된다며 티슈 갑을 치워버리고 싶은 충동을 참아야 한다. 몇 시간째 닌텐도에 빠져 깔깔대다가 괴성을 지르기를 반복할 때 '인제 그만 좀 하지?!'라고 목구멍까지 꽉 찬 잔소리를 꾹꾹 눌러야 함을 뜻한다. 같이 몸으로 놀아주거나 더 재미난 흥밋거리를 제시해 자발적으로 닌텐도를 손에서 내려놓도록 노력과 정성을 들여야 함을 의미한다. 취침 시간은 다가오는데 숙제를 할 기미가 전혀 보이지 않아도, 내일이 시험인데 공부 한 자 하지 않아도, 그래서 시험을 망치고 와도 비난하지 않고 혼내지 않는 평정심을 길러야 한다.

'이렇게 놔두면 게임 중독되는 거 아닐까?'

'이러다가 공부할 타이밍을 놓쳐 열등생이 되는 건 아닐까?'

'옆집은 벌써 학원을 5곳을 다니는데 이러다가 뒤처지는 건 아닐까?'

이런 불안감이 고개를 쳐들어도 아이가 잘할 수 있는 타이밍을 기다리고 흔들리지 않음을 의미한다.

아들은 겨우 13살, 초등학교 6학년이었다. 공부, 교우 관계, 운동, 심지어 게임도, 그 무엇 하나 눈에 띄게 잘하는 게 없는 아이의 말에 따라 국제학교로 옮기기로 한 것은, 아이가 부모에게 확신을 주었기 때문이 아니라 그저 믿기로 했기 때문이었다.

자기주도 학습의 비결

아이가 사교육을 하지 않아서 우리 가족은 시간상으로 자유로웠고 국내외 여행을 많이 다녔다. 여행을 가면 관광지나 맛집을 찾아다니기보다는 체험에 주안점을 두었다. 아이가 여행지에서 어떤 반응을 보이고, 무엇을 좋아하고 싫어하는지에 대한 데이터가 충분히 쌓여 있었기 때문에 이에 대한 해석과 의미 부여가 어렵지 않았다. 분명한 것은, 캐나다에서 보인 아이의 반응이 일본, 발리, 호주, 스위스, 미국에서는 전혀 보이지 않았던 행동이었다는 점이다.

우리 부부는 아이가 실패하더라도 미치는 영향이 최소화하는 전략을 세웠다. 영어라고는 학교 수업과 방과 후 교실에서 배운 것이 전부인 아이가 갑작스럽게 모든 수업을 영어로 하는 국제학교의 중등 과정으로 옮기는 건 누가 봐도 무리수였다. 혹시라도 적응에 실패하면 한국 학교로 다시 돌아올 수도 있는 상황이었다. '어떻게 하면 실패의 위험을 줄일 수 있을까?' 고민하다가 찾은 방법이 한국과 미국의 다른 교육 체계를 활용하는 거였다. 한국은 겨울방학이 길어서 2개월 정도 되지만, 미국은 연말 2주 정도로 짧다. 겨울방학 기간에 학교를 옮겨서 몇 주라도 다녀보고 정 안 되면 돌아오겠다는 계산을 했다. 이로 인해 발생하는 금전적 손실은 감수하기로 했다.

새로 옮긴 학교에서 아이의 생활은 첫날부터 순탄치 않았다. 학교 수업 내용은 말할 것도 없고 내준 과제를 이해조차 못 했다. 과제가 뭔지도 모르는데 어떻게 하겠는가. 얼마나 긴장했으면, 평소 낮잠이라고는 모르던 아이가 집에 오자마자 대낮부터 곯아떨어졌다. 아이의 그 답답함과 좌절감을 조금은 안다. 딱 그 나이에 나 역시 스위스에서 같은 경험을 했기 때문이다. 차이점이라면, 나는 내 의사와 전혀 상관없이 해외생활을 했던 반면, 아들은 본인이 원해서 자발적으로 옮긴 게 달랐다. 자발성의 힘은 매우 커서, 아들은 영어가 익숙해질 때까지 2년여의 시간을 한마디 불평 없이 학교에 적응했다. 기특하게도 시간이 흐를수록 영어가 점점 편해졌다. 내가 과제를 봐주는 시간이 줄었고, 민이도 그렇게 새로운 시스템에 적응해 갔다.

캐나다로 이민을 갈 거라면 하루빨리 영어를 배우는 게 좋을 것 같아 옮긴 학교였는데, 아이가 공부에 재미를 붙이게 될 줄은 전혀 몰랐다. 그런데 어찌 보면 자연스러운 결과였다. 선행학습을 하고 학원에 다녀야 최상위 점수가 나오는 한국 교육 제도와 달리, 이 학교에서는 수업만 성실히 따라가고 주어진 과제만 충실하게 수행하면 높은 점수가 나왔다. 학교 성적은 굉장히 다양한 요소들이 합산되어 어느 하나가 부족해도 전체 성적이 좌우되지 않았다. 또한, 학생이 의지가 있다면 추가 과제를 수행하는 등 부족한 점수를 만회할 기회도 주어졌다.

학교 생활만 성실하게 해도 점수가 잘 나온다는 사실을 파악하자 아들은 수업을 열심히 듣기 시작했다. 그러자 학교 성적이 점점 올라갔고, 이후 최우수 점수를 유지하고 있다. 시간 관리는 아이가 알아서 하고, 나는 아이가 좋아하는 간식과 영양제, 가끔 필요한 학교 준비물을 챙겨주면 된다. 고등학생이 된 후로는 필요에 따라 사교육의 도움을 받는다. 언제 어떤 과목을 어떤 방식으로 도움을 받을지는 아이가 스스로 정한다. 적당한 학원 또는 선생님을 찾아서 연결해주면 아이가 알아서 일정을 잡고 샘플 수업을 받아보고 결정한다. 내 임무는 카드 결제로 완수된다.

결국, 지금 이 순간 행복하기

"공부 그만하고 좀 쉬어!"

이상하게 들리겠지만, 실제로 내가 자주 하는 말이다. 아무도 공부하라고 한 적 없는데 잠을 줄여가며 공부하는 모습이 기특하기도 하고 의아하기도 해서 하는 말이다. 오해하지 않기를 바란다. 내가 전달하고자 하는 메시지는 '아이를 믿었더니 우등생이 되었다.'가 아니다. 아들은 그것이 공부라는 형태로 발현되었을 뿐, 누구는 운동으로, 누구는 미술로, 누구는 사업 수완으로 나타날 수 있을 것이다. 부모는 그저 아이를 믿어주고, '나는 너를 믿는다.'라는 신호를 끊임없이 보내주면 된다. 부모의 불안감 또는 책임감을 덜기 위해 취하는 행동이 없는지 스스로 모니터링하고 자제하면 된다.

어떠한 상황에서도 아이를 믿어주고, "너는 무엇이든 원하는 것을 할 수 있다."라는 말을 듣고 자란 아이와 그렇지 못한 아이는 분명 다를 것이다. 부모가 아이의 모든 일에 간섭하고, 아이의 의견과 상관없이 부모가 옳다고 생각하는 것을 강요한다면, 아이는 '부모님은 나를 믿지 않는구나, 내 능력을 신뢰하지 않는구나, 나는 부족하구나.'라고 느낄 것이다. 이런 신호를 끊임없이 받은 아이는 인생을 어떤 생각과 태도로 살아갈까? 반면에 부모에게 무한 신뢰를 받으며 자란 아이는 단단한 자존감을 가지고 스스로 행복한 인생을 개척해 갈 수 있다고 믿는다.

모든 부모가 바라는 것은 아이가 건강하고 행복하게 자기 주도적인 삶을 사는 것이 아닐까. 그 행복은 적금을 붓고 만기에 찾는 것처럼 지금 아껴서 나중에 돌려받는 것이 아니다. 지금 아이가 행복하고 부모가 행복하고 가족이 모두 행복할 수 있는 것을 하나만이라도 찾아서 실천해 보자. 아무리 작은 것이라도 좋다.

20년 차 영어동시통역사가 알려 주는 영어 잘하는 비결

영어 실력= 관심×노력

세 사람을 살펴보자.

A는 4~6세 때 미국에서 살았다. 그 이후에는 영어를 공부하지 않았다.

B는 8~10세 때 미국에 거주하고 한국에 돌아왔다. 대학 2학년 때 다시 미국으로 유학을 가서 졸업 후 그곳에서 취업했다.

C는 미국에 10~12살 때 살았고 한국에 돌아왔다. 대학 1학년 때 다시 미국에 교환학생으로 갔고 그 이후 꾸준히 영어 공부를 했다.

❶ A, B, C 세 사람 중 영어 발음이 제일 좋은 사람은 누구일까?

영어 발음은 어린 나이에 영어를 접한 사람이 가장 좋다. 그래서 A〉

B〉C 순이다.

❷ 영어 실력이 가장 뛰어난 사람은 누구일까?

영어 실력은 영어를 처음 접한 나이와 큰 상관이 없다. 이후 영어 실력을 유지 또는 향상하기 위해 얼마나 큰 노력과 시간을 들이는지에 따라 영어 구사 능력은 천차만별이다. 꾸준한 노력은 조기 영어교육이 갖는 유리한 출발점을 추월하고도 남는다.

A는 아주 어렸을 때 영어를 접했고 그 이후 유지를 하지 않아 매우 기본적인 영어만 할 줄 안다. 원어민 발음이 오히려 부조화를 이룬다.

B는 유학과 직장생활까지 합쳐 해외 거주 기간이 가장 길다. 영어는 생활 속에서 자연스럽게 익혔고 별도로 공부하지 않았다. 모르는 단어가 있거나 표현력이 아쉬울 때가 종종 있으나 그 순간만 넘기면 큰 불편함은 없다.

C는 가장 늦은 나이에 영어를 접했지만 꾸준히 영어 공부를 해온 터라 고급 영어를 구사한다.

❸ 영어로 돈을 버는 사람은 누구일까?

A, B, C 세 사람 중 영어로 돈을 번 사람은 C이다. C는 언어를 좋아하고 소질도 있어서 영어동시통역사가 되었다. 통역사를 목표로 영어 공부를 지속했고, 통역사가 된 이후에도 실력 향상을 위해 꾸준히 공부했다.

한국외대 통·번역대학원에는 대한민국에서 영어로는 난다 긴다 하는 사람들이 모인다. 고시만큼 어렵다는 입학시험을 통과한 이들도 2년의 대학원 생활과 그 이후 짧게는 몇 년에서 길게는 20년이 넘는 통역사 경험 기간에 어떤 노력을 하는지에 따라 실력이 천차만별이다. 개선의 여지가 없어 보이는 영어 전문가들도 이러한데 일반인들은 오죽할까.

위에서 예로 든 A, B, C 세 사람은 모두 우리 가족이다. A는 막내 남동생이고, B는 나보다 2살 어린 여동생이고, C는 나다.

친정아버지의 유학으로 우리 가족은 내가 초등학교 3학년 때 미국에서 2년간 거주했다. 우리 3남매는 각자 다른 나이에 영어를 처음 접했고, 이후의 진로와 노력에 따라 영어 실력이 하늘과 땅 차이가 되었다.

남동생과 여동생의 발음은 영락없는 현지인이다. 눈을 감고 들으면 모두 미국 사람인 줄 안다. 여동생은 이후 미국 유학과 직장 생활로 소통에는 전혀 어려움이 없다. 하지만 영어 실력을 업그레이드하기 위한 별도의 노력을 하지 않아 대학생 수준의 영어에 머물러 있다. 어린 시절에 몇 년의 차이가 얼마나 큰지를 보여주듯, '나만 외국인 발음이다.' 하지만 국제 회의용 영어 스크립트를 작성하고 논문을 번역할 수 있는 탄탄한 영어 실력을 갖추고 있다.

영어유치원에 관하여

"영어유치원에 꼭 보내야 해? 민이는 영어유치원 보냈어?"

실제로 이런 질문을 굉장히 많이 받는다. 영어유치원으로 효과를 보는 경우도 많고, 돈만 버렸다고 하는 경우도 똑같이 많다. 영어유치원을 보낸다고 영어가 자동으로 해결되지는 않는다. 이는 앞에서 우리 가족의 예를 들어가며 장황하게 설명한 내용과 일맥상통한다. 영어 실력을 구성하는 것은 해외 거주 경험이나 처음 접한 시기가 아닌, 노력과 관심이다.

통·번역대학원에서 우리 기수의 최고 실력자는 미국 땅을 한 번도 밟아보지 않은 국내파였고, 우리 아래 기수 역시 그랬다. 영어 최고 실력자들이 모인 곳의 톱(Top)이 미국물을 한 번도 먹어보지 않은 순수 국내파라니 놀랍지 않은가?

물론, 영어유치원을 보내는 게 안 보내는 것보다는 도움이 될 수 있다. 특히 발음이나 언어 감각을 자연스레 익히는 장점은 분명히 있다. 하지만, 동시에 다음 요소도 고려해야 한다.

❶ 이후 유지 기간

아이를 영어유치원에 보내는 것은 영어라는 평생의 마라톤을 준비하고 시작한다는 의미다. 우리 집 남동생의 예시에서 봤듯이, 영어를 어릴 때 접한다고 영어 전문가가 되지는 않는다. 언어는 수영이나 자전거 타기와 달라서 사용하지 않으면 잊어버린다. 현재 고등학교 2학년인 내 아들의 주변 친구들만 봐도 영어유치원의 효과는 길게 가봐야 초등학교 저학년이다. 그 이후는 순전히 본인의 노력과 관심에 달려있다. 요즘은 영어유치원을 다니지 않아도 영어를 접할 기회가 너무나 많아서 발음이나 전반적인 영어 감각 등을 어렵지 않게 보완할 수 있다. 게다가 발음, 억양, 리듬 등의 요소가 잘하는 영어의 필수 조건도 아니다.(이것은 조금 뒤에 추가로 설명하겠다.)

❷ 아이의 성격

새로운 환경에 쉽게 적응하고 적극적으로 참여하는 아이가 있는 반면, 그렇지 않은 아이도 있다. 영어와 외국인 선생님이라는 새로운 환경에 호기심을 보이는 아이들이 있지만, 낯선 환경 자체가 싫거나 부담스러운 아이도 있다. 내 아들은 후자였다. 낯선 환경에 적응하는 것도 오래 걸리고, 본인이 잘한다는 생각이 들지 않으면 아예 입을 다무는 스타일이다. 영어유치원에 보내도 장점들을 충분히 누리지 못하고 올 것이 불 보듯 뻔했다.

❸ 희생에 대한 선택

유치원에서는 사회생활에 적응하는 능력을 기를 수 있다. 아이들과 함께 놀고 부딪히면서 자신의 감정 표현 능력, 대응 능력 등 사회적인 능력을 배우고 키우는 중요한 시기이다. 한국어를 배우기도 바쁜데 사회성에 영어라는 필터를 장착하면 그 배움이 제대로 이루어질 수 있을까?

나는 이것에 대해 의문이 컸다. 아이는 하루에 최소 5시간 이상을 유치원에서 보내는데, 이 시간이 거의 유일하게 의미 있는 사회적 관계를 맺는 시간이다. 그것도 전문가 선생님들의 가르침을 받으면서 말이다. 영어 하나를 얻기 위해서 잃는 것이 너무 많다고 생각했다.

❹ 부모의 동기

영어유치원에 정말 영어가 중요하다고 생각해서 또는 아이가 좋아해서 보내는가? 아니면 다른 부모들은 다 보내는데 나만 안 보내면 뒤처질까 봐, 혹은 안 보내는 것보다는 낫겠지 하는 막연한 마음에 보내는가?

동기가 잘못 설정되어 있으면 온 가족이 불행의 고속 기차에 탑승하게 된다. 그것도 아주 비싼 고속 기차에. 요즘은 일반 직장인의 한 달 월급을 호가하는 영어유치원들이 넘쳐난다. 무리해서 영어유치원을 보내고 그 보상을 받겠다는 심리가 작용하면 영어유치원은 더는 즐거운 배움의 공간이 아닌 부모와 아이가 서로 스트레스와 압박을 주고받는 버거운 장소로 전락할 수밖에 없다. 비싼 돈을 들여 아이의 영어에 대한 흥미를 죽이는 우를 범하지 말자.

진짜 잘하는 영어란?

우리가 영어에 목숨을 거는 이유는 두 가지다.

첫째, 영어가 대학 입시의 핵심 과목이라는 점이다.

둘째, 사회에서의 강력한 무기라는 점이다.

대학 입시는 논외로 하고, 직장에서 또는 사업을 할 때 영어는 훨씬 많은 기회로 이어지는 통로가 된다. 이때 가장 중요한 것은 영어 발음, 문법, 화려한 표현력이 아니다. 내가 영어로 하는 얘기가 얼마나 설득력 있고 들을 만한 가치가 있는 내용인지가 중요하다. 글로벌 컨설팅 회사에서 오랜 기간 근무하며 이런 경우를 수도 없이 목격했다. 아무리 영어 발음이 뛰어나고 화려한 표현을 쓸 줄 알아도, 자신만의 생각과 논리가 뒷받침되지 않으면 속이 텅 비어 쉽게 부서지는 공갈빵과 같다. 반면, 너무 심한 인도 악센트의 영어라도 들을 만한 가치가 있는 내용이면 상대는 온갖 인상을 찌푸려가며 한마디라도 더 들으려고 애를 쓰게 된다.

더군다나 글로벌 시대에 영어는 특정 나라에 국한되지 않는 세계어로 통용되고 있다. 전 세계 영어 사용 인구는 약 13억이다. 이 중 모국어로 영어를 사용하는 인구는 3억 정도인데 미국, 캐나다, 영국, 호주, 뉴질랜드 등이 포함된다. 다시 말해, 10억 명이 사용하는 영어는 제2외국어이고, '외국인이 하는 영어'라는 의미다. 실제로, 통역사들 사이에는 '미국 영어를 만나면 땡큐'라는 표현이 있을 정도로 이제는 실로 다양한 발음과 악센트의 영어가 일상적으로 사용된다. 한국 억양이 섞인 영어가 흉도 아니고 못 하는 영어도 아니다.

요즘에는 자동 번역과 통역이 점점 보편화되어 가고 있지만, 여전히 영어는 학생뿐만 아니라 성인에게 매우 중요한 소통의 도구다. 영어에 왕도는 없다. 옆집 아이에게 통한 방식이 우리 아이에게는 답이 아닐 수도 있다. 영어 공부는 100m 전력 질주가 아닌 장거리 마라톤과 같다. 영어를 공부하기 위해서는 장기적인 안목에서 현명하게 접근해야 한다. 아이의 성향과 역량을 제대로 파악하지 못한 채 성급하게 몰아붙였다가는 돈도 영어에 대한 흥미도 모두 잃을 수 있다.

별명 부자

강냉이와 슈퍼우먼

집에서는 엄마, 여보란 소리를 듣는다. 회사에서는 팀장님, 선배님, 통역사님으로 불린다. 동네에서는 민이 엄마, 녹색 회장님, 605호란 말이 익숙하다. 나에게는 '강유정'이라는 이름 석 자보다 친근하고 다양한 닉네임이 있다.

이름보다 훨씬 자주 불리게 된 여러 호칭은 취직, 결혼, 출산 후에 생겼다. '강유정'이라는 사람에게 다양한 네임태그가 붙었고, 그만큼 내가 수행해야 하는 역할이 많아졌다. 호칭은 다양했지만, 단순히 사회적 역할을 나타낼 뿐 강유정이라는 사람의 특징을 나타내지는 않았다.

'별명'의 사전적 정의는 '사람의 외모나 성격 따위의 특징을 바탕으로 남들이 지어 부르는 이름'이다. 나는 평생 별명이 많지 않았다. 성이 강씨라 초등학교 때 '강냉이'라는 별명이 있었고, 성인이 되어서는 대한민국 워킹맘들의 흔한 수식어인 '슈퍼우먼' 정도가 있었다. 강유정이라는 사람의 본질을 표현한다기보다는 내가 감내하는 많고 많은 역할을 축약하고 있다는 점에서 슈퍼우먼은 강냉이만큼이나 의미 없는 별명이었다.

그런데 지금 나는 별명 부자다. '릴스 천재', '릴스 여왕', '슈퍼커넥터', '나눔 천사', '인풋 변태'(새로운 것을 학습하는 걸 무척 즐긴다는 의미다.) 별명을 듣기만 해도 입꼬리가 광대까지 쓱 올라가고, 바통 터치하듯 광대는 이마를 향해 승천한다. 나만의 색을 가진 사람이 되다 보니, 나를 만나고 싶어 하는 사람도 많아졌다. 귀에 달콤한 별명이 많아지고, 인기녀가 된 것은 사실이지만, 그보다 중요한 것은 내가 행복해졌다는 것이다. 이것은 불과 1년 반 만에 생긴 변화다. 그동안 무슨 일이 있었던 것일까?

"아무거나! 너 먹고 싶은 거 먹자."

"나 켈리스는 나의 있는 모습 그대로를 사랑합니다."

켈리스 선언문의 첫 구절을 낭독하면서 왈칵 울음을 쏟았다. 있는 모습 그대로의 나를 사랑한 게 언제였던가?

내가 가진 건 당연하게 생각했고 조금도 감사함이 없었다. 나의 단점은 크게 보였고, 그러면서도 그걸 극복하지 못하는 나 자신이 한심했다.

나에게 없는 것을 가진 사람을 보면 질투가 나고 배가 아팠다. 하지만 겉으로는 좋은 사람이어야 하니 티는 못 냈다. 인정받지 못하면 불안했고, 그래서 인정받을 수 있는 행동을 최우선으로 삼았다.

그러다 보니 뭐 하나 쉽게 할 수 있는 게 없었다.

'이 옷은 너무 튀나?'

'이 화장은 너무 짙은가?'

'이런 말 하면 기분 나쁘겠지?'

'저 사람은 왜 저런 표정을 지을까?'

매사가 조심스러웠고 남 눈치 보기 바빴다. 다른 사람의 반응을 혼자 예측하고 해석하느라 머릿속은 항상 분주했다.

켈리스는 켈리 최 회장님을 본보기로 삼고 성공자의 마인드를 배우는 사람들을 지칭한다. 켈리 최 회장님은 흙수저로 태어나 그 누구보다 열심히 살다 40세에 10억 빚을 지고 극심한 슬럼프에 빠졌다가 유럽에서 도시락 판매로 일가를 이루었다. 18년간 다녔던 회사를 그만두고 사업을 하려고 전업한 시기와 코로나 팬데믹이 맞물리면서 집에서 보내는 시간이 많아진 나는 우연한 기회에 켈리 최 회장님을 알게 되었고 켈리스 활동에 매진했다. 그 과정에서 지금의 삶에 감사하고, 주어진 오늘을 최선을 다해 살며, 현재의 나를 사랑하는 방법을 조금씩 배우게 되었다. 작은 도전을 시도하는 용기가 생겼고, 다른 사람의 시선보다 내 감정을 중요하게 생각하는 지혜도 얻었다.

'이 옷은 나이 때문에 아웃!'이라고 스스로 사망신고를 내리고 옷장

한쪽에 무덤처럼 쌓아뒀던 옷들이 다시 빛을 보기 시작했다. 나만의 개똥철학을 SNS에 표현하는 데도 주저함이 없었다. "이런 옷이 집에 있어요?"라는 질문을 받을 때마다, '그래 나는 원래 이런 걸 좋아하는 사람이었지.'라고 다시금 깨달았다. 핑크 블라우스에 초록색 반바지, 핑크 샌들을 신는다고 파출소에 연행되는 것도 아니고, 빨간색 베레모를 쓴다고 뉴스에 나오는 것도 아닌데, 그동안 뭐가 그리 두려웠던 걸까.

"내가 전문가도 아니고~ 그런 얘기를 어떻게 해!"라며 겸손한 척 포장했던 말 뒤에는, 내 생각을 드러내기 두려운 마음이 컸다는 것을 알아차렸다. SNS에 나만의 인생철학을 올린 장황한 글에 오히려 사람들은 더 뜨겁게 반응했고 팬이 되어주었다. 릴스라는 인스타 숏폼 영상이 가세하면서, 더욱 선명한 나만의 컬러를 표현하기 시작했고, 컬러가 분명하고 강할수록 사람들은 나를 또렷하게 기억했고 매력적인 사람으로 반겨 주었다.

내가 빨간색 물감이라고 치자. 주변의 시선과 사회적 잣대 때문에 흰색과 파란색을 조금 섞고, 빨간색을 조금 덜어내다 보면 이도 저도 아닌 정체불명의 색이 되어 버린다. 이렇게 되면 정작 빨간색 물감이 필요한 사람은 영영 나를 찾지 못할 것이다.

"아무거나! 너 먹고 싶은 거 먹자."

직장 다니면서 입버릇처럼 했던 말이다. 먹고 싶은 게 있어도 그걸 얘기하면 상대에게 강요가 될까 봐, 또는 상대가 좋아하지 않는 음식일까 봐 나름 배려를 한 것이다. 하지만 선택지가 너무 광범위하면 상대가 힘들 수 있으니, "중식이랑 일식만 아니면 다 좋아!"라고 선심 쓰듯 한마디 더 보태곤 했다.

'배려심'이라는 보기 좋은 포장 뒤에는, 내가 제안한 메뉴를 거절당할까 봐 두려운 마음이 있었다. 또는 내가 메뉴를 제시하면 그에 따른 책임으로 음식점까지 알아봐야 하는 번거로움이 싫기도 했다. 막상 찾아갔는데 음식이 별로이면? 이 역시 내 책임이라며 스스로 자책할 게 뻔했기 때문에 상대에게 공을 넘기고 편하게 가려는 마음도 있었다. 지금 생각하면 별거 아닌 걸로 왜 그리 복잡하게 살았는지 모르겠다.

"오늘은 날씨도 쌀쌀하고 따뜻한 국물이 먹고 싶은데, 우동이나 칼국수 어때?"

지금은 이렇게 당당하면서도 편안하게 내 의견을 제시할 수 있다. 상대의 반응이 별로이면 다음에 먹으면 되고, 상대가 좋다고 하면 먹고 싶은 걸 먹을 수 있으니 문제가 없다. 혹시 상대는 예전의 나처럼 공을 던지고 편하게 가려고 하는지도 모르는 일이다. 그러면 더더욱 서로 윈-윈인 셈이다.

나는야 '슈퍼커넥터'

나의 별명 중 대부분은 다른 사람들이 지어준 것이지만, 하나는 내가 스스로 만든 것이다.

'슈퍼커넥터.'

오프라인에서 사업하면서, 그리고 인스타그램의 여러 커뮤니티에서 다채로운 활동을 하면서 무척 다양한 사람들을 만날 기회를 접했다. 이런 많은 사람을 나 혼자만 아는 것이 아니라, 서로 연결해줌으로써 차원이 다른 관계의 확장이 일어남을 경험했다. 내가 더 좋은 사람이 되고 영향력이 커지면 주변에 더 많은 도움을 줄 수 있다는 확신이 생겼고, 이를 목표로 삼기로 했다. 인스타 대문에도 나를 '슈퍼커넥터'라고 묘사했다. 그렇게 스스로 부르자 주변에서도 자연스레 나를 슈퍼커넥터라고 불러준다.

남 눈치 보기 바빠서 내 의견 하나 피력하기 어려워하던 사람이 당당하게 스스로 마케팅하고 별명까지 셀프로 붙이다니!

자신에게 상큼한 별명을 허락해보자. 그리고 매일 조금씩 그 별명에 걸맞은 순간들을 만들어보자. 작은 행복의 순간이 쌓여감에 따라 내가 내뿜는 에너지가 서서히 바뀔 것이다. 그 변화를 가족과 지인들이 느끼기 시작하면서 에너지가 더 커지면 감정이 바뀌고 삶이 달라질 것이다.

여러분은 어떤 별명을 갖고 싶은가?

3장

수수한 엄마에서 호주의 최고 댄스 디렉터로

김리아

엄마로만 사는 삶도 보람 있었지만,

빠르게 변하는 세상에서 자꾸만 뒤처지는 느낌이 들었다.

점점 작아지고 초라해져 가는 나를 느끼며 자존감마저 하락했다.

아이한테만 향해있던 시선을 나에게도 주고

나 자신에게 관심을 가지면서

진정으로 하고 싶은 것도 찾고, 이루고 싶은 꿈도 생겼다.

꿈을 이루기 위한 도전과 사랑에 빠지며 느낀 온전한 행복!

이 책을 펼친 여러분과 함께 나로 사는 행복을 누리고 싶다.

26살, 인생의 갈림길에 서다

우리 아들은 의사가 될 사람인데 댄서랑은…

"엄마 친구가 맨날 너 야무지고 예쁘다고 칭찬하면서 은근슬쩍 자기 아들 자랑하더라?"

엄마는 이렇게 말하며, 화장대에서 입술을 요리조리 옮겨가며 얼굴을 당겨 파운데이션을 톡톡 펴 바르신다. 보일 듯 말 듯한 엷은 미소와 함께 입꼬리 삐죽하며 본인은 그 집 아들이 별로라는 듯 장난스럽게 어깨춤을 추신다. 하나뿐인 외동딸을 향한 관심이 싫지는 않으신 듯했다. 심지어 은근히 즐기시는 것으로 보였다, 엄마의 단골을 만나기 전까지는.

잘 알지도 못하는 나에 대해 어떤 자랑을 들으셨는지는 모르겠지만, 그분은 내가 과연 의대 다니는 아들의 배필감이 될 만한 여자인지 꽤 궁금하셨나 보다. 직접 엄마의 옷가게까지 친히 찾아오신 걸 보면.

"따님 직업은 뭐예요?"

"우리 딸, 선생님이에요."

"어머! 정말요? 무슨 과목인가요?"

"춤 선생님이에요."

"네? 춤이요? 아… 그럼 뭐…"

두 눈을 똥그랗게 뜨고 관심을 보였던 여자분은 순간 힘을 빼고 고개를 뒤로 젖히며 눈을 편하게 풀었다고 한다. 곧이어…

"우리 아들은 의사가 될 사람인데 춤추는 사람이랑은 글쎄요…"(웃음)

처음 봤다. 단골과의 대화를 재연하던 엄마가 그렇게 실망한 얼굴을 한 모습을….

별말씀은 없으셨지만 무언의 표정에서 메시지가 음성지원 되는 듯했다.

'네가 대학을 졸업하고 안정된 직장에만 다녔어도….'

'내가 딸을 잘못 키웠나?'

엄한 나의 자격지심일 수도 있지만 나는 생각이 많아졌다. 선생님이라는 직업은 인정을 받는데 '춤 선생님'은 당연히 제외되는 야속한 사회와 현실이 도저히 이해되지 않았다. 춤을 춘다는 이유로 늘 이렇게 말도 안 되는 편견과 오해에 시달려야 하는 것도 지긋지긋했다. 너무 억울하고, 화가 나고, 분하고, 짜증이 났다.

그렇게 엄마의 자존심에 상처를 낸 단골을 향해, 그렇게 나를 사뿐히 밟은 그분을 향해 한마디 시원하게 해주고 싶었다. 하지만 뭐라고 해야 했을까. 먹먹한 가슴이 커가는데도 입은 떨어지지 않았다.

차가운 현실의 벽 앞에 돌을 던져보지도 못하고

댄스 레슨이 없었던 어느 날, 습관처럼 엄지발가락으로 컴퓨터를 켜고 의자 맨 앞 끝자락에 엉덩이를 붙이고 앉았다. 책상 오른쪽 끝에 반듯하게 누워있는 안무 노트를 집어 들었다. 한 해 동안 열심히 일한 흔적이 고스란히 묻어 있었다. 나만 확인할 수 있는 단어, 표시와 부호들로 옹기종기 몇십 가지 동작을 그려놓은 내 예술혼이 깃든 졸라맨 안무 노트. 그러나 그날은 안무 구상을 하려던 게 아니라 생각을 정리하기 위해서였다.

안무 노트에서 눈길을 거두고 무심코 고개를 들어 책장을 바라보았다. 문화예술제 댄스 부문 1등상, 청소년 가요제 2등상 등등 언제 받았었나 싶은 상들과 트로피가 눈에 들어왔다. 학교에서 받은 우등상은 하나도 없네? 모처럼 분위기 잡고 서정적으로 흘러가던 감정의 흐름은 순간 바사삭 깨졌고 피식 코웃음이 났다. 그러다가 맨 앞에 있는 대학교 댄스동아리 회장, 카드 속 내 모습과 눈이 마주쳤다. 옅은 한숨이 코끝에 아직 간질간질 조금 남은 웃음기를 부드럽게 밀어냈다.

애초에 나를 책상 앞으로 안내했던 그 생각이 드디어 등장했다.

'춤… 이제 정말 그만할 때가 되지 않았나?'

생각하는 힘은 참 크다. 웃음기가 사라진 지 채 1초도 되지 않았는데 벌써 콧등이 쓰라렸다. 눈이 화끈거리더니 이내 콧속도 뜨거워졌다. 힘없이 떨구어진 고개, 그리고 눈앞의 안무 노트 속 졸라맨들이 흐리게 보이기 시작했다. 가끔 선명해졌을 땐 아이들이 춤을 추고 있었다. 뚝뚝 떨어지는 눈물에 잉크가 번져 하나둘씩 웨이브와 업다운을 해대고 있었다.

몸도 허약하고 내성적이고 낯가림도 심했던 나를 훨씬 건강하고 밝고 자신감 넘치게 만들어줬던 춤. 나에게 춤은 음악에 몸을 맡기고 움직이는 것 그 이상이었다. 학교에 다니면서부터 늘 머리가 안 좋고 공부도 못한다고 비교당하고 놀림당했던 내가 처음으로 잘한다고 칭찬받았던 건 바로 춤출 때였다. 춤은 사기와 폭행으로 영혼을 다쳐 대인기피증에 걸렸을 때 세상 밖으로 나를 다시 끄집어내 준 구세주이기도 했다. 은따였던 2년간의 대학 생활을 짜릿하고 보람차고 아름다운 추억으로 기억할 수 있었던 것도 춤 때문이었다. 처음 내 손으로 돈을 벌어 본 것도, 부모님께 용돈을 드릴 수 있었던 것도 춤 덕분이었다. 이 정도면 거의 운명 아닌가?

왜 현실은 이럴까?

왜 나는 다른 재능 말고 춤추는 재능을 갖고 태어났을까?

왜 나는 춤 빼고 잘하는 게 없을까?

왜 그렇게 바보같이 사기를 당해서 대학도 졸업 못 하고 이런 신세가 되었을까?

이런 나 자신이 너무나도 한심했다. 댄서라는 이유로 색안경을 끼고 보는 사람들 앞에서 항상 머리 숙이고 언행을 조심해야 하는 건 늘 자존심 상했었다. 무대의상을 입은 모습을 보고 '딴따라'라며 혀를 끌끌 차고 위아래로 훑는 시선을 견뎌야 하는 것도 씁쓸했다. 혹 실수라도 할까 봐 노심초사하고 잘하든 못하든 항상 다른 사람들의 평가에 노출되어야 하는 것도 지겨웠다. 게다가 세계적인 실력을 자랑하는 것도 아닌지라 눈앞의 길이 더는 잘 그려지지 않았다. 솔직히 그리기 싫었던 건 아닐까? 결과적으로 내가 오기와 욕심으로 계속 춤을 춘다고 해도 결코 행복할 것 같지 않았다.

'그래. 그만하자!'

26살, 그렇게 인생 제1막 커튼을 조금 일찍 닫아 버렸다.

다음은 어떤 스토리로 꾸며갈지 진지한 고민도 함께 하면서.

신의 실수? 아니면 신의 한 수?

운명의 장난일까? 가끔 우리는 희한한 발상으로 인해 어이없는 실수를 하거나 착오를 겸한다. 그리고 더 어이없게는 그 말도 안 되는 경박한 선택이 신의 한 수가 되어 새로운 세계로 인도하기도 한다. 진로를 바꿔 영어 선생님에 도전한다면서 난데없는 아이엘츠 학원에 다니려고 했던 게 바로 그런 경우가 아닐까 싶다.

아이엘츠는 유학 및 이민을 위한 영어능력평가 시험으로, 국내 영어 교사 자격증과는 별개다. 영어 선생님이 되기 위한 절차와 필요한 자격증은 어떤 것들인지 잘 알아보지도 않고 무턱대고 아이엘츠 잘하는 학원에 등록했다. 유학 갈 생각도 딱히 없었으면서 학원 다닌 지 3개월 만에 아이엘츠 테스트를 하는 똥배짱까지 겸비했었다.

그래도 유학을 꿈꾸는 어린 친구들 틈에서 뒤처지지 않기 위해 3개월간 했던 노력은 쓸 만했다.

❶ 핸드폰 언어를 영어로 바꾸기

❷ 노래는 무조건 팝송으로 듣고, 가사를 들으며 따라 적고, 틀린 건 적어놓고 암기하기

❸ 드라마는 무조건 미국 드라마를 보며, 발음을 따라 하고 명대사는 적어두기

❹ 아이엘츠 강사님들 중 두 명의 강사와 개인적으로 만나 영어로 대

화하기

❺ 일기를 영어로 쓰기

❻ 영어 소설책 보기

공부를 재밌게, 꾸준히, 열심히 할 수 있도록 내가 좋아하는 것들과 내 적성에 맞는 나만의 방식을 찾아 최대한 언어환경을 만들었다. 부끄러운 점수지만 호주 대학 언어학원에 신청할 수 있는 턱걸이 점수인 5.0을 받아 호주 유학을 가게 되었다.

나의 전부였던 무언가를 과감히 포기하고 새로운 인생을 그리기로 했던 간절함 때문이었을까? 무식하고 경솔했던 그 실수는 그야말로 신의 한 수였다.

어서 와! 호주는 처음이지?

도피 또는 독립

유학행은 나에게 완벽한 자유와 멋진 독립을 향한 꿈틀거림이었다. 그다지 기억하고 싶지 않은 과거들을 무작정 외면하기 위한 도피도 한 소끔 포함된다. 졸업 후 딱히 뭘 해야겠다는 목표는 없었지만, 그냥 유학만 가면 다른 길이 열릴 것만 같았다. 가는 김에 취직도 해보고, 영주권도 따고, 가정도 꾸리고 행복하게 살고 싶었다. 사실, 말이 유학이지 내심 이민을 원하기도 했다.

오매불망 기다리던 비자가 나왔다. 열흘 내에 갈 수 있는 항공권 중에 가장 싼 거로 끊고 바로 떠났다. 개학까지 2개월이나 남았음에도 불구하고 누가 부르기라도 한 듯 급하게 떠났던 건 분명 빠른 적응을 핑계로 자유를 갈망한 탈출이었다.

호주에는 아는 사람이 한 명도 없었지만, 두려움이나 걱정보다는 설렘과 기대감으로 가득 찼다. 오직 내 의지로 만든 희로애락을 누릴 준비가 되어 있었다. 브리즈번에 도착했을 땐 태어나 처음 보는 돌덩이만 한 우박이 내게 열렬한 환영식을 열어주었다. 한때 유행했던, 커다란 양동이에 담긴 얼음물을 머리에 확 퍼붓는 아이스 버킷 챌린지처럼 우박은 무자비하게 쏟아졌다. 나는 차 유리라도 깨질세라 잔뜩 몸을 웅크리고 불안에 떨며 '집'으로 향했다. 그런 나를 달래주기라도 하듯 꽤 거칠었던 환영식은 짧고 굵게 끝났고, 하늘은 신기하게도 서서히 맑게 개어가고 있었다. 차에서 내리니 눈앞의 작은 야자수 잎에 맺힌 빗방울이 햇빛을 받아 반짝반짝 빛나며 내게 인사했다.

'어서 와! 호주는 처음이지?'

'이제 너의 인생 제2막도 이렇게 반짝반짝 빛날 거야!'

달라서 귀하다

"Everyone is different!(우리는 저마다 달라요!)"

유학 생활 중 학교에서, 남자친구였던 지금의 남편에게서 자주 들었던 말이다. 의사, 서비스 종사자, 심지어 산부인과 산파(Mid-wife)도 자주 얘기하고 강조한다. 솔직히 처음에는 단지 자기주장을 책임지지 않으려는 일종의 밑밥을 까는 말처럼 들렸다. 이는 마치 '나는 당신을 사랑합니다. 하지만 우리는 서로 다르니까 그걸 믿든 말든 당신 마음이지요.'라는 어처구니없는 책임회피형 화법 같았다. 그런 식의 얘기를 듣다 보면 속으로 '사랑한다는 거야 만다는 거야' 하듯 와닿지 않았고 이해가 잘 안 되었다.

이해할 수 없는 게 어디 그뿐이겠는가. 동네 한 바퀴를 산책하다 보면 그 많은 단독주택이 하나같이 다 다르게 생긴 걸 쉽게 볼 수 있었다. 지붕 색도 모양도 제각각, 외관 설계도 제각각, 정원도 제각각이었다. 집 방향도 제각기여서 호주에 온 뒤로 동서남북을 종종 잊고 살았다.

가장 의아했던 건 장애인들이 매우 많다는 것이었다. 그분들은 일을 평범한 사람처럼 하고 있었고, 시각장애인들은 안내견을 데리고 대중교통을 자유롭게 이용했다. 다운증후군이 있는 아이들도 휠체어에 앉아 자유자재로 학교에 다녔다. 휠체어나 다른 용품들은 굉장히 고급스럽고 기능이 많았다. 나중에 알게 된 사실은, 호주에 유독 장애인이 많은 게 아니라 장애인들도 일반인들과 똑같은 일상을 누릴 수 있는 복지시설이 갖춰져 그분들도 편하게 다닐 수 있었던 것이었다.

유행을 따라가는 걸 싫어하지만 또 너무 요란하게 튀는 것 또한 부담스러운 나에게 호주인들의 패션은 참 흥미로웠다. 마음에 쏙 들었던 건 저마다 본인들의 전통의상, 서로 다른 문화가 추구하는 패션, 또는 자기만의 스타일을 고수하다 보니 유행이라는 것 자체가 없었다. 옷가게만 30년 넘게 하신 엄마가 처음으로 호주에 오셨을 때 하셨던 말씀이 "와!

여기는 20년 전 옷을 입어도 아무도 모르겠다!"였다.

이렇게 눈에 띄게 다른 문화가 흥미로웠지만, 사실 나를 신선한 충격에 빠뜨리게 했던 건 따로 있었다. 그건 바로 사람들의 마인드였다. 주위 시선과 편견 따위는 전혀 신경 쓰지 않고 있는 그대로의 모습을 솔직하게 또 당연하게 드러내는 것이 신기하면서도 부러웠다.

몇 년 전 마트에서 만났던 종업원을 잊을 수가 없다. 대학생이었는데 아르바이트를 하고 있었다. 주말이라 사람이 정말 많았고 그 아르바이트생은 거의 온종일 서 있었다고 한다. 하지만 진심으로 즐거워 보였다, 그 짧은 시간에도 손님 한 분 한 분과 개인적인 얘기를 할 만큼. 남편이 전공에 관해 물었더니 이렇게 답했다.

"회계학을 배우고 있어요. 저는 돈을 좋아하거든요! 여기서 일하면서 좋아하는 돈을 실컷 만져보고 사람들이 무엇에 소비를 많이 하는지 알아가는 것도 재밌어요!"

나는 넋 놓고 그 당돌하고 멋진 아가씨를 바라보았다. 당찬 성격만큼이나 힘 있는 용수철 곱슬머리, 대학생 전용 뿔테 안경과 치아교정기…. 평범한 학생의 모습이었지만 그녀는 머리부터 발끝까지 광이 났다. 너무 예뻐 보여서 내가 싱글 남자였다면 당장 전화번호라도 물어봤을 것이다.

때마침 마트 안에선 경쾌한 음악 소리가 울려 퍼졌다. 바로 맞은편 옷가게 직원은 노래에 맞춰 처음 보는 멋진 그루브 넘치는 걸음으로 옷

걸이에 걸린 청바지를 챙기러 갔다. 그러더니 자연스러운 춤동작으로 연결해서 쇼핑백에 담고 있었다. 그러면서 애정 어린 눈으로 고객에게 인사했다. 멀어져 가는 고객도 그 직원도 곡에 맞춰서 엉덩이를 실룩실룩 흔들며 음악과 함께하는 순간의 감정에 충실했다.

'왜 이렇지?' '어떻게 이럴 수 있지?' 나는 몹시 궁금했다. 이 사람들은 자기의 생각, 자기가 느끼는 감정을 망설임 없이 표현하고 서슴없이 드러내는데, 그 이유는 뭘까? 이 사람들은 도대체 어릴 때부터 어떤 교육을 받았기에 이런 것들이 가능할까?

아이를 낳고 키우면서 문화센터, 복지시설, 학교 교육, 정책, 역사, 사람들의 인식 등을 오감으로 직접 경험하고 서서히 알게 되었다. 호주라는 나라, 문화와 삶에 관해 깊숙이 이해하면서 이들처럼 보고, 느끼고, 생각하고, 즐기고, 표현하고, 다가가고, 나누고 누리는 가운데 그 궁금증에 대한 답을 찾을 수 있었다.

세계에서 가장 다문화인 사회, 다름이 당연하고, 다름이 존중받을 수 있고, 다름이 곧 정체성인 이곳에서 배운 건 '세상의 모든 것은 저마다 다르고 또 달라서 진귀하다!'는 것이었다.

자기방어의 끝은 상처, 무장해제의 끝은 행복

태평양 건너, 모든 게 낯설고 새롭고 색다른 호주. 대자연이 풍성한 대륙에서 나는 알 수 없는 익숙함과 편안함을 느꼈다. 공기, 냄새, 눈앞에 보이는 풍경이 다 다르지만 뭔가 예전에 오랫동안 살았던 곳에 다시 온 듯 편했다. 마치 내가 있어야 할 곳에 마침내 온 것처럼.

그렇다고 어릴 적 내가 살던 동네가 브리즈번처럼 숲이 우거지고 초록 잔디 무성한 아름다운 자연을 담은 곳은 절대 아니었다. 닭, 개, 고양이 말고는 다른 동물들을 길에서 찾아볼 수 없었다. 반면에 이곳은 동식물의 천국이다. 내가 살았던 동네와 풍성한 자원을 자랑하는 이곳은 전혀 다르지만, 자꾸 머릿속에 어린 시절의 내 모습이 영상화되었다. 아마도 오래간만에 제대로 느껴보는, 어린 시절에 누리던 여유로움과 자유로움 때문이 아닐까 싶다.

그때는 너도나도 작은 단독주택에 살았고, 이웃 주민들과 너무나 가까이 잘 지냈고, 아이들과도 자주 뛰놀았다. 하지만 그 여유와 자유는 재개발과 함께 새로 지어진 아파트 단지에서 자취를 감추고 말았다. 경제는 점점 좋아지는데 시름은 늘고, 싸늘한 콘크리트 바닥처럼 사람들의 마음도 꽁꽁 굳어버렸다. 늘 경계심을 갖고 가시를 뾰족하게 세우고 다녔다. 전투력 수치는 늘 가득했고 갱들이 활보하는 영화처럼 언제든 싸울 태세였다. 어쩌다 눈이라도 마주치면 '오냐, 너 잘 걸렸다.' 하며 시비가 붙을 정도였으니….

반면, 브리즈번 사람들은 표정이 참 온화했다. '난 당신을 사랑할 준비가 되어있습니다.'라고 말하듯 서로에게 친절했고 금방금방 잘 웃고 삶을 여유롭게 즐겼다. 그런 사람들 사이에서 나는 습관적으로 이마에 '나 건들지 마쇼'라고 써 붙인 듯 차가운 무표정으로 다니기 일쑤였다. 그런 나를 향해 행인들은 눈만 마주치면 늘 편한 표정으로 환하게 웃으며 인사했다. 처음엔 당황스러워 아무 말도 못 하고 황당해했는데, 그러는 사이 사람들은 이미 저만치 멀어져 갔다.

어느 날, 어쩌다 용기를 내서 얼굴 벌게지며 같이 인사했다. 태어나서 처음으로 그런 따뜻함, 감사함, 감동 등 복합적인 감정에 휩싸여 꽤 당혹스러웠다. 그와 동시에 명치 위 텅 빈 가슴에 따뜻한 계란찜이 끝없이 채워지듯 몽글몽글하고 심장이 두 배는 커진 듯한 꽉 찬 행복감을 느꼈다. 그리고 알았다.

'아! 자기방어의 끝은 상처인데, 무장해제의 끝은 행복이구나!'

두 눈썹 사이의 한껏 긴장된 근육을 풀고 어릴 때처럼 잘 웃기 시작했다. 사람들한테 마음의 문을 삐걱삐걱 열기 시작하니 세상이 아름답게 보였다. 그림처럼 예쁜 파란 하늘부터 키다리 쑥대머리 야자수, 복슬복슬 부드러운 잔디마저 다 감사했다.

남편은 몸무게만 바뀌었지만, 난 인생이 바뀌었다

산후조리? 미역국 먹는 거?

유학 중에 예상치 못한 임신을 했다. 초반엔 부모님과 그 당시 남자 친구였던 지금의 남편 포함 지인들이 전부 우려하는 목소리가 컸다. 하지만 시간이 지나면서 응원의 목소리들이 더 컸고 심지어 친구들은 호주에서 예쁜 혼혈 아기를 키우게 됐다며 나를 부러워하기까지 했다. 나 역시도 모든 게 참 신기했고 행운의 여신이라도 된 듯 감사했다. 아이를 낳으면 꼭 해외에서 학교 다니게 하고 싶었으니까.

그러나 세상에 완벽한 건 없듯이 완벽한 곳도 없다. 천국 같은 곳에서 살면서도 지옥은 얼마든지 경험할 수 있다. 첫아이를 낳고 퇴원 후 첫 일주일이 내게 그랬다.

"산후조리 진짜 잘해야 해! 산후풍 걸리면 큰일 나! 여자가 산후조리 잘 못 하면 평생 골골해."

귀에 못이 박히도록 들었던 얘기였는데, 유감스럽게도 첫아이를 낳고 산후조리를 잘 못 했다. 아니, 내 딴에는 나름 했다. 모유를 먹이겠다는 단순한 의지 하나로 미역국만 6개월 동안 주야장천 열심히 끓여 먹었다. 그 때문에 지금은 미역 자체를 쳐다보지도 않지만.

호주를 포함한 대부분의 유럽이나 서양권 국가에는 '산후조리'의 개념이 거의 없다. 자연분만은 출산 후 하루나 이틀, 제왕절개를 하면 3~4일 후에 퇴원하는 게 일반적이다. 반면에 한국에서는 절반 이상이 산후조리원에서 산후조리를 한다. 한국의 엄마들은 임신·육아 커뮤니티에 너도나도 산후조리원에서 해주는 보양식 사진을 올렸고, 난 그것을 보면서 부러움과 서러움에 목이 막혔다. 집에서 산후 도우미를 쓰는 엄마들도 세상 편해 보였다. 하지만 나는 자연분만하고 3일째 되던 날 퇴원했다. 하필 복층으로 된 집에 살아서 첫날부터 아픈 골반을 질질 끌며 오르락내리락하다가 급기야 제대로 걸을 수조차 없게 되었다.

엎친 데 덮친 격으로, 엄마는 비자가 기각되어 호주로 오지 못하셨다. 예쁜 아기를 낳은 딸이 여자로서 가장 보살핌을 받아야 할 시기에 아무런 도움도 주지 못하자 엄마는 가슴이 아파 매일 눈물로 지새웠다고 한다. 시어머니와 남편은 서로 안 보고 살던 시기여서 시어머니의 도움을 받는다는 것은 꿈도 꾸지 못했다. 2주간 남편과 구글 검색에 의지

하며 좌충우돌 부모가 되어갔다. 그리고 남편의 복직과 함께 독박육아가 시작되었다. 그렇게 부럽다고 하던 친구들도 괜찮냐는 문자마저 감히 못 했다.

그 힘든 시기를 아이 아빠 덕분에 견딜 수 있지 않았나 싶다. 옆에 부모님이나 친척, 친구도 한 명 없이 이국땅에서 엄마가 된 여자친구에게 지금의 남편은 최선을 다했다. 한국식당에서 꼬리곰탕을 사 오고, 팔목 보호대, 수유 쿠션, 유축기 등 그때그때 필요한 것들은 다 채워 주었다. 산모가 마음 편하게 지낼 수 있게 산후 한 달이 되기 전엔 형제들 그 누구도 방문하지 못하게 했다.

참 생뚱맞긴 하지만, 호주에서 본격 애 키우는 엄마가 되면서 얻은 깨달음이 있다. 외국에서 산다고 다 멋있고 우아하고 호화롭진 않다는 것이다. 어디에서 사느냐보다 어떻게 사느냐가 더 중요하다.

아이는 예쁘지만, 내 정신은 어디로 갔지?

아기가 태어나고 우리 가족만의 보금자리가 필요함을 절실히 느꼈다. 그때 살던 집은 남편의 친구 집이었다. 우리는 월세로 단칸방 두 개를 침실로 사용하고, 화장실과 주방, 거실을 같이 썼다.

친구의 엄마는 인도네시아에서 아들을 보러 가끔 오셨는데, 우리 커플을 예뻐해 주셨다. 맛있는 음식을 종종 해주셨고, 혼자 사는 아들이 걱정되었는데 우리가 같이 있어서 고맙다고도 하셨다. 하지만 아기가 태어난 후 그분의 반응이 달라졌다. 빨래를 자주 돌리고, 주방과 거실에 우리 물건이 자리를 많이 차지한다는 이유로 싫은 소리를 하기 시작했다. 몸도 약해지고 수면 부족에 신경이 날카롭고 예민했던 나는 그분이 집에 함께 있는 게 상당히 불편했지만 어쩔 수가 없었다. 그냥 하루빨리 집을 구해서 편하게 우리끼리만 살고 싶었다.

한두 번의 오해는 점점 큰 오해를 낳았고 몇 번 상한 감정은 격한 감정싸움으로 번졌다. 그 결과 우리는 남편의 친구로부터 2주 안에 방을 빼라는 통보를 받았다. 화가 난 남편은 다음 날 곧바로 이삿짐센터를 불러 방을 뺐다. 우리는 남편의 큰누나 집에서 신세를 지게 되었다.

죽으라는 법은 없나 보다. 남편은 우리 가족이 살 집을 열심히 물색했다. 어느 날 드디어 괜찮은 집을 세 군데 골라냈고 우리는 두 번째 집을 선택했다. 일사천리로 일이 진행되었다. 시누이 집에서 신세를 진 지 10일 만에 우리만의 보금자리에서 새 출발을 할 수 있게 되었다.

세상을 다 얻은 것처럼 행복했다. 이제 누구의 눈치도 안 보고 자유롭게 살 수 있다는 것, 누구의 싫은 소리도 안 들을 수 있다는 것, 우리도 집이 생겼다는 사실에 날아갈 듯 홀가분했다. 그런데 딱 3일, 그렇게 정확히 딱 3일간의 행복이었다.

그때 나는 산후 6개월째였다. 그전까진 그래도 잘 버텨주었는데, 결국 산후우울증에 걸려버렸다. 내 집이 생기면 잘살 것 같았는데, 천국일

줄 알았는데, 세상에서 가장 행복한 여자가 될 줄 알았는데 현실은 그렇지 않았다. 살게 될 집을 처음 봤을 때 하얀색 은은한 인테리어와 넓은 거실과 주방이 마음에 쏙 들었었다. 하지만 어느새 온통 흰색의 차갑고 텅 빈 큰 집에 쓸쓸하게 나 혼자라는 외로움에 사무쳐 밀려오는 우울감을 견딜 수가 없었다.

남편을 빼닮은 귀여운 아들 시은이. 방긋방긋 웃으며 이유식도 잘 받아먹고 잘 자주면 너무나 사랑스러웠다. 그런 아이와 함께일 땐 더없이 행복했다. 그러나 아이가 조금만 떼를 쓰고, 울면서 소리 지르고, 잘 안 먹고 잘 안 자면 미쳐버릴 것 같았다. 아이 앞에서 눈알 튀어나올 것처럼 열을 올리며 버럭버럭 소리를 질렀고 행동도 격해졌다. 점점 아이의 먹고 자는 시간에 집착했고 내 정신은 한 발 한 발 성큼성큼 가출했다.

지금 생각해보면 나도 아이도 안쓰럽다. 하지만 그런 시기가 필요했던 이유가 있지 않았을까? 예를 들면, 정신과 상담을 받으며 나도 모르게 속에 엉킨 채 쌓였던 응어리들을 푸는 계기가 되었다든지. 아니면 훗날 악조건에서도 꽃을 피울 줄 아는 긍정의 싹을 키우게 되었다든지.

나만 힘든가?

코로나 팬데믹이 잠잠해지자 아이들을 학교에 보낸 엄마들이 오랜만에 다시 뭉쳤다. 그동안 쌓인 불만이 여간 많은 게 아닌가 보다. 남편들은 귀가 가렵지 않았을까.

세 아들을 둔 엄마가 말했다.

"나 저번 주에 코로나 걸렸었잖아. 남들은 별다른 증상이 없다는데 애 셋을 6년 동안 키우면서 몸이 망가졌는지 엄청 심하게 앓았어. 허리 디스크까지 터져서 죽는 줄 알았잖아. 아프니까 엄마가 왜 그렇게 보고 싶던지…. 엄마는 목소리만 들어도 내가 아픈 거 다 알잖아, 남편은 말해야 아는데. 여기서 이렇게 '나'라는 사람은 없이 일도 못 하고 애들만 바라보는 것도 힘들고, 엄마랑 떨어져 사는 것도 너무 힘들어서 한국에 다시 가려고 했어. 다시 안 올 생각도 있었는데, 여권이 유효기간이 지나서 못 갔어. 나 스트레스 과다 때문에 공황장애인 것 같아."

이 말이 끝나기 무섭게 아들 둘, 딸 하나를 둔 엄마가 바통을 이어받았다.

"나는 온종일 애들이 돌아가면서 '엄마! 오빠가…', '엄마! 형이…', '엄마!' '엄마!' 하니까 그 소리를 들을 때마다 미쳐 버릴 것 같은 거야. 나 좀 내버려 두라고! 너희들끼리 알아서 해결하라고 좀! 애가 둘이었을 때랑 셋이었을 때랑은 천지 차이야. 일하고 들어오면 쉴 틈 없이 또 밥하고 집안일 해야 하고. 남편은 그 와중에 축구 한다고 주 5회를 나가. 나만 죽어나는 거지."

이 말을 듣고 옆에서 한숨만 내쉬던 아들 하나 딸 하나 둔 엄마가 푸

념하듯 말했다.

"생각해보면, 남편은 연애할 때도 그렇고 7년이 지나 두 아이의 아빠가 된 지금도 계속 똑같이 회사 다니잖아. 물론 육아도 있긴 하지만 그래도 크게 바뀐 건 살 많이 찐 거? 근데 내 인생은 180도 바뀌었어. 외모적인 것부터 옷 입는 스타일, 직업, 생활방식, 일과, 취미, 친구에 수입까지. 남편이 이런 거 좀 알아줬으면 좋겠어."

집에만 있을 땐 '나만 힘든가?' 싶었는데, 조금만 시선을 다른 사람들 삶에 녹여보면 그들도 다 똑같이 힘들거나 오히려 더 힘들었다. 우리는 아프리카의 기아 아동에 대한 걱정보다 내 아이의 간식을 챙겨주기에 더 급급하고, 러시아와 우크라이나의 전쟁보다 내 남편과의 갈등이 더 위급하니까.

오늘도 열심히 최선을 다해 자기 역할을 차근차근 해내고 있는 엄마들에게 토닥임과 함께 힘내라는 말을 전하고 싶다. 당신은 혼자가 아니라는 말도.

오늘은 남편한테 당당히 요구하는 건 어떨까?

"여보가 막내 재워줄래? 막내가 아빠랑 자고 싶다는데."

나에게 던진 백만 가지 질문

시선을 아이에서 나에게로

한동안 거울을 멀리하던 시절이 있었다. 수면 부족으로 피부는 늘 칙칙하고 탄력을 잃었으며, 다크서클은 광대까지 내려갔다. 거의 날마다 피곤함에 절어있는 표정을 한 내 얼굴을 마주하는 게 힘들었다. 밖에서 거울을 보게 되면 항상 시선을 아래로 향해 어깨까지만 머무르게 하고, 옷매무새만 대충 확인하고 휙 지나치곤 했다.

둘째 아이가 두 살이 될 무렵이었다. 정말 오랜만에 옷 쇼핑을 했다. 튀지 않으면서 예뻐 보이는 옷을 고르고, 아이의 손을 잡고 설레는 발걸음으로 탈의실에 함께 들어갔다. 딸은 양면 거울 속 자기 모습이 신기해서 왔다 갔다 하며 까르르 웃었다. 그 모습을 흐뭇하게 바라보다가 얼른

새 옷을 입어보려고 신나게 탈의했다. 요즘에 핫한 SNS 속 짧은 영상을 보면, 웃는 얼굴을 가렸다가 0.5초 만에 표정이 확 변하는 익살스러운 모습들이 많다. 옷을 벗은 뒤 내 표정이 딱 그랬을 것이다.

양면 거울 덕분에 처음으로 나의 진정한 뒷모습을 정면으로 봤다. 육아와 삶에 찌들어 눈에 띄게 휜 어깨와 등, 앙상한 갈비뼈에 비해 불룩 튀어나온 옆구리, 처진 엉덩이까지…. 천천히 돌아서 보니, 탄력을 잃은 채 내장 기관에 지방이 쌓인 배는 더 가관이었다. 들이마셨던 숨이 코끝에서 채 나오지도 못하고 맴돌고 있었다. 충격이었다! '이게 나라고?'

쇼크로 초점을 잃은 나와는 별개로 아이는 옆에서 해맑게 웃으며 맛있게 간식을 먹고 있었다. 아이와 눈이 마주쳐서 가볍게 웃어 보이는 반응을 해주었지만, 이내 거울 속 내 모습을 보고 표정이 서서히 굳어졌다.

"불쌍한 것!"

이 말이 나도 모르게 갑자기 튀어나왔다. 뇌가 왜 '불쌍하다'는 단어를 던져줬는지는 모르겠다. 나는 알 수 없는 미묘한 감정에 휩싸였다. 멋진 인생을 그리며 호주에 홀로 왔다가 화목한 가정을 꿈꾸며 아이들을 낳고 키웠는데, 지금의 나는 전혀 멋있지 않았다.

이것은 분명 실패감은 아니었다. 단지 내 인생에서 가장 중요한 무언가가 빠졌다는 걸 그제야 발견한 허무함이었다.

'나!'

예쁜 그림에 꼭 있어야 할 주인공이 빠져 있었다.

살면서 가장 행복했던 순간

자기계발에 꽂혀서 열심히 운동하고, 독서하고, 강연도 듣곤 했지만 늘 일시적이었다. 자아가 빠진 자기계발은 속이 텅 빈 부활절 토끼 초콜릿처럼 약간의 충격으로도 쉽게 찌그러졌다. 종종 '이게 맞나?' '나 잘하고 있는 걸까?' 하는 불확실성에 휘말렸고, 나만 자꾸 뒤처지는 것 같아 슬럼프에 빠지곤 했다. 사실 자기계발보다는 자기 발견이 우선이었다. 그래서 일명 '나를 찾기 프로젝트'가 시작되었다.

우선 커다란 글씨로 내 이름 석 자를 또박또박 예쁘게 적었다. 내 이름을 쓰는 일이 이렇게 숭고했었나? 늘 아이에게만 집중되었던 시선을 나에게로 옮기면서 오만 가지 질문이 떠올랐다. '나는 누구인가?'라는 질문을 스스로 하고, 나이, 출생지, 가족, 학력, 취미, 특기, 성격 등에 하나씩 답해 나갔다. 나 자신에게 관심을 두니 객관적인 관찰을 할 수 있었다. 머릿속에 떠오르는 단어나 이미지들을 생각 필터를 거치지 않고 그대로 종이에 쓱쓱 빠르게 써 내려갔다. 그러다 속도가 현저히 느려지면서 한 단어에서 멈췄다.

'꿈.'

눈동자가 갑자기 길을 잃고 허공에 별자리를 그렸다.

생각해보니 살면서 크고 작은 목표는 많았지만, 궁극적인 꿈은 없었던 것 같다. 어렸을 때는 누군가가 꿈이 뭐냐고 물으면 1초 만에 "가수요!" 했었는데, 왜 지금은 이토록 막연하고 추상적일까? 엄마들 대부분이 그렇겠지만, 하루하루 버텨내는 것만으로도 바빠서 꿈이고 뭐고 잊고 살았다.

별자리 너머 은하수를 그리며 둥둥 떠다니는 시선을 다시 아래로 내려 노트에 쓴 '꿈'을 뚫어지게 바라보았다. 딱히 떠오르는 게 없으니 지금이라도 정해봐야겠다고 생각했다. 그러고는 내가 가장 좋아하는 것과 잘하는 것을 적어보았다. 기가 막히게도 공통으로 들어가는 게 한 가지 있었는데, 그것은 다름 아닌 '춤'이었다. 허! 내가 얼마나 어렵게 결정하고 춤을 포기하며 여기까지 왔는데, 다시 춤으로 무언가 해보겠다는 건 미친 짓이지. 게다가 서른을 넘은 나이에 애가 둘이나 있는 아줌마 몸으로 새파랗게 어리고 날아다니는 댄서들과 경쟁할 수나 있을까? 당연히 자신 없지!

질문을 조금 바꾸어 보았다.

'살면서 가장 행복했던 순간은?'

가끔은 평소에 하지 않던 질문을 스스로 던짐으로 인해 솔직한 내면의 목소리를 듣는 것도 꽤 바람직하다. 내 안에서 이런 소리가 들렸다.

'내가 가르쳤던 어린 친구가 공연장이 터져나갈 정도로 환호성을 들으며 춤추는 걸 무대 뒤에서 지켜봤을 때 세상을 다 가진 듯 행복했지.'

'내가 직접 리폼해준 의상들을 입고 내가 짜준 안무로 멋지게 퍼포먼스를 하는 후배들을 지켜봤을 때 그 성취감은 말로 다 할 수 없었어.'

신기하게도 행복했던 순간들은 내가 직접 무대에서 춤추거나 공연하거나 시합에서 상을 받을 때가 아니었다. 오히려 내가 가진 재능으로 누군가의 어깨에 날개를 달아줬을 때 행복했다. 묘한 깨달음이었다. 내 머리로 솜사탕을 만들고 있는 느낌이었다. 뱅글뱅글 위로 당겨지는 싱숭생숭한 느낌에 허리를 곧게 세우고 앉았다. 이유 없이 자꾸만 광대를 향해 올라가는 입꼬리를 내리고 입을 오므렸다.

귀밑까지 전해져오는 심장 박동수를 즐기며 스스로 질문하고 적은 답을 쭉 훑어보며 느꼈던 건 완전한 행복이었다.

가슴 뛰는 꿈을 찾다

우연히 한 초등학교 행사에 놀러 갔다가 학생들이 무대 위에서 춤추는 걸 보았다. 고만고만한 수준인 학생들 사이에서 시선을 확 사로잡을 만큼 실력을 뽐내는 친구들이 있었다. 기본기가 정말 탄탄했음에도 퍼포먼스 자체는 너무나 아쉬웠다. 안무, 구성, 의상, 선곡, 표현력이 뒷받침되었더라면 더 좋았을 텐데. 이런 훌륭한 인재들을 썩히고 있다는 느낌마저 들었다. 아까워서 발을 동동 구르며 눈을 질끈 감았다.

호주 댄스계에 대해서 잘 알아보지도 않았으면서, 이렇게 잘하는 친구들이 훌륭한 디렉터를 만난다면 호주에서 최고가 될 수도 있겠다는 망상을 감히 하고 있었다. 하지만 망상이 환상이 되는 데에는 한 가지 질문이면 충분했다.

'그 디렉터가 나라면?'

쿵쿵! 쿵쿵쿵쿵! 그 질문이 머릿속에 떠오르자마자 내 가슴에는 지진이 일어났다. 그리고 그 지진은 꽤 자주 몇 개월간 지속되었다. 나는 드디어 확신했다!

'그래! 다시 춤추자! 사람들을 위해 춤추자! 호주 최고의 댄스 아카데미를 만들자!'

꿈이 있는 엄마는 섹시하다

똥궁리로 기적을 이루어낸 소녀

혹시 여러분이 평소에 생각이 많은 편이고, 특히 잠자리에 들면 잡생각이 꼬리에 꼬리를 물고 이어져서 불면증에 시달린다면?

잡생각이 많은 게 아니라 상상력이 풍부한 것이다. 다채로운 생각 중에는 아마도 어마어마한 잠재력을 발휘할 수 있는 씨앗들이 한가득 소용돌이치고 있을 것이다.

나 역시도 똥궁리 좀 하는 사람이다. 내 똥궁리에 심취하다가 울적해져서 눈물 한 바가지를 쏟기도 하고, 갑자기 빵 터져서 옆집에서도 다 들릴 만큼 돌고래 소리를 내며 깔깔 웃기도 한다. 그렇게 섬세한 감정으로 이어진 상상은 신비한 힘을 갖고 있다. 처음에는 우연인 줄 알았고,

운이 좋았던 것뿐이라고 생각했지만 《생각의 힘》, 《내가 상상하면 이루어진다》, 《시크릿》 등의 책을 보고 확신했다. 똥궁리도 꽤 쓸만하다는 것을. 어쩌면 우리한테 정말 필요한 황금 도구라는 것을 말이다.

사실 지금 우리 가족의 모습도, 딸의 외모도, 갑상선 기능항진증이 3개월 만에 말끔히 나았던 것도, 기적 같은 귀인들과의 만남, 원하는 곳에서 댄스강사로 일하게 된 것도, 댄스 아카데미를 운영하게 된 것도, 꿈에도 생각지 못했던 유능한 파트너와의 온라인 커뮤니티 사업, 지금 독자가 읽고 있는 이 책을 쓰는 것까지 다 허구한 날 앉아 온갖 생각을 하면서 낄낄거렸던 것들이었다. 물론 부정적이고 기분 나쁜 생각들이 그대로 현실이 될 때도 당연히 있었다. 론다 번이 쓴 《시크릿》에서는 기적도 만드는 힘을 가진 생각은 바로 그 감정과 연결돼 있을 때 무한한 에너지를 창조한다고 강조한다. 기억은 한계가 있어 시간이 지나면 그 상상이 영상에서 점점 사진으로 바뀌지만, 감정은 그대로 남아있기 때문이다.

요즘 떠올리기만 하면 가슴 벅차게 하는 똥궁리 한 개만 공유하려고 한다.

호주 최고의 아카데미가 될 '1B Dance academy'는 댄스 수업을 접할 기회가 없는 시골에 사는 아이들마저도 춤을 즐길 수 있도록 스튜디오뿐만 아니라 어린이집이나 학교에 댄스 프로그램을 제공하는 아카데미이다. 호주 전역에 스튜디오를 다닥다닥 오픈한다는 건 현실적으로 불가능한 일이지만 각 지역의 강사들을 모집해 지역 학교나 단체에 보내는 건 충분히 가능하다. 그렇게 5년, 10년, 20년, 나아가 정부와 손잡고 100년이 넘도록 건재하는 호주 국민 댄스 아카데미로 키우고 싶다. 10억이 넘는 아이들이 몸과 마음과 뇌가 하나가 되어 신나는 음악에 맞춰 내 모습 그대로 솔직하게 표현했던 추억이 살면서 큰 원동력이 되는 기억 중 하나가 되길 바란다. 이제 눈치챘겠지만, 1B는 10억 즉 1Billion의 약자다.

지금이 2022년이니 2027년에 '1B Dance academy'가 어떻게 되었나 한번 찾아보길 바란다.

댄스 수업

그리고 지금 이 글을 쓰고 있는 날 바로 아침에 이뤘던 상상 하나도 끄적여본다.

작년 7월부터 운영을 시작했던 온라인 댄스 수업 수강생들은 거의 다 켈리 최 회장님의 멘티들이었다. 나이대가 3, 40대이다 보니 이분들이 가장 좋아해 주셨던 프로그램은 주로 90년대 댄스곡으로 선곡해 30분간 신나게 춤추는 댄스파티 이벤트였다. 함께 땀 흘리며 익숙한 노래와 재밌는 가사를 자유로운 몸짓으로 표현하고 진심으로 즐기는 상기된 표정들을 보고 있으면 이 후끈후끈한 열기와 에너지를 더 많은 켈리스들과 나누고 싶다는 생각을 안 할 수가 없었다. 그리고 내가 짠 안무를 켈리 최 회장님도 특유의 밝은 미소와 함께 멋지게 춤추시면 얼마나 감동적일까 상상했었다. 그럴 때마다 자연스럽게 꼭 두 손을 가슴 앞으로 모으고 양어깨가 양 볼까지 승천하며 아이처럼 좌우로 흔들며 '아이좋아!'했다. 댄스파티를 처음 선보였던 게 8월 31일… 1년이 채 안 된 7월 9일 오늘! 나는 100명이 넘는 켈리스들과 100일 운동 끈기 프로젝트 완주 기념 댄스파티를 하게 되었다. 물론, 켈리 최 회장님도 함께!

'우리 아이만 유별난가?' 이런 모범 엄마들의 단골 고민은 잠깐 밀어내보자. 대신에 내가 진짜 원하는 삶, 이루고 싶은 것, 되고 싶은 모습에 관한 짜릿한 똥궁리로 가득 채워보자. 그리고 하나씩 다 이루어내는 건 어떨까?

도전과 사랑에 빠지다

나는 안정성을 1순위로 추구해왔다. 모험과 도전은 늘 '두려운 것'이었다. 이루고픈 꿈이 생긴 뒤에도 머릿속의 휘황찬란한 환상을 현실화하기 위한 발걸음은 쭈뼛쭈뼛하면서 바닥에서 쉽사리 떨어지지 않았다. 만나는 사람마다 '이렇게 해봐라, 저렇게 해봐라' 하며 건의를 많이 해줬지만 오히려 내 마음은 자꾸만 뒤로 물러났다.

'애 키우면서 그게 쉽나?'

'SNS 한다고 핸드폰만 붙들고 있는 모습을 아이한테 보여주기 싫어!'

'육아와 일을 동시에 한답시고 스트레스받아서 아이한테 막 짜증 내면 어떡해?'

'그러다 실패하면 어떡해?'

나름의 핑계를 대고 합리화하면서 아이를 내세워 그 뒤에 비겁하게 꼭꼭 숨었다. 사실은 내 온몸 세포 하나하나가 진작부터 나에게 말하고 있었다.

'변화가 필요해!'

나도 알고는 있었지만 자꾸 머뭇거렸다. 더 솔직히 말하자면, 꿈은 큰데 지금의 내 상황과 거리가 너무 멀어서 어디서부터 시작해야 할지 감이 오지 않았다.

그러던 어느 날, 아나운서로 일하는 친구한테 잔소리를 잔뜩 들었다. 언짢은 마음과 갈팡질팡하는 이성 사이에서 한 가닥의 오기가 생겨 무작정 책상 앞에 앉았다. 막막하거나 답답할 땐 늘 노트를 펼치고 펜을 집어 드는 습관이 있는 나는 그날도 역시 그랬다. 책상 위에 반듯하게 놓인 노트를 펼치고, 해바라기 씨를 입안에 잔뜩 욱여넣은 햄스터처럼 양볼 한가득 바람을 채워 넣었다가 후 뱉어냈다. 딸깍하는 경쾌한 소리와 함께 볼펜 심이 빼꼼 고개를 내밀었다.

'호주 최고 댄스 아카데미.'

볼펜으로 쓱쓱 선명하게 꿈 자국을 남겼다. 그 꿈을 이루기까지 내가 생각한 절차들을 하나하나 역순으로 적어봤다. 마지막 두세 번째 단계는 춤을 다시 잘 추는 것, 어디든 강사로 취직하기였다. 그러려면 우선 약해진 몸을 다시 건강하고 단단하게 만들어야 했다. 그래서 매일 운동하는 도전이 시작되었다!

다시 춤추기 위해 운동하는 과정에서 눈에 띄게 변하고 있는 내 몸과 정신건강 덕분에 자존감도 같이 올라갔고, 뭐든 할 수 있다는 자신감도 흔들어 깨웠다. 그때는 몰랐다. 그 코딱지만 한 도전이 사소한 일도 일개의 사건이 아닌 기회로 포착할 수 있는 시야를 장착하게 해줄 줄은….

하나를 붙잡은 기회는 더 많은 기회를 열어주었다. 그 신기한 매력에 흠뻑 빠진 나는 더 과감한 도전도 서슴없이 하게 되었다. 그중 가장 흡족한 결과물을 안겨준 건 댄스 유튜버로서의 도전이었다. 영상을 모니터링하면서 내 강점과 부족한 점을 객관적으로 파악했고 나와 잘 어울리는 댄스, 표정, 패션도 알게 되었다. 나에 대해서 더 깊게 더 자세히 알게 된 계기였다. 꾸준히 차곡차곡 쌓인 피트니스 댄스 영상은 나를 생각지도 못한 다양한 기회들과 만나게 해주었다. 아직은 여린 날개지만 앞으로 찬란하게 펼쳐질 수많은 도전으로 더 단단하고 강인해져 당당하고 힘찬 날갯짓을 할 자신감이 생겼다.

《좋은 엄마도 나로 사는 여자가 좋다》라는 책 제목에 이끌려 이 글을 읽는 여러분도 이미 나로 살기 위한 변화를 선택했고 크고 작은 도전도 할 준비가 되어 있다고 감히 말하고 싶다. 아주 하찮은 한 걸음이라도 좋으니 그 시도와 사랑에 빠져보시길. 도전은 흥미진진하고 성과는 무궁무진하다!

수수한 엄마에서 섹시한 여자로

"Excuse me!(저기요!)"

바로 뒤에서 들리는 청아하고 상냥한 목소리를 듣고 자연스럽게 머리가 돌아갔다. 찰랑찰랑한 긴 생머리 흑발이 매력적인 남미 여성이었다. 그녀는 풍성한 속눈썹 아래 그윽하고 반짝이는 두 눈으로 싱그럽게 웃으면서 하얀 종이 한 장을 건네주었다.

"You dropped the receipt.(영수증 떨어뜨리셨어요.)"

"Oops, thank you so much!(어머, 감사합니다!)"

"No worries, see ya~.(별말씀을요, 또 봐요~)"

"Bye!"

10초도 채 안 되는 스쳐 지나가는 짧은 인연이었지만 난 그녀의 섹시함에 매료되었다. 쭉쭉빵빵하고 화려한 외모의 남미 여성들도 많지만, 그녀는 꽤 마르고 수수한 편이었다. 그 여성의 섹시함은 육감적인 몸매와 의상이 아니라 당당함과 자신감에서 흘러나왔다. 그녀가 어떤 일을 하든 어떤 삶을 살든 중요하지 않았다.

'난 그냥 나예요. 내가 좋아요. 나를 사랑해요! 진정한 나로 살고 있어요!'

이렇게 말하듯 멀어져 가는 그녀의 뒷모습을 보니 나긋나긋 자신감이 뿜어져 나오고 있었다.

건네받은 영수증에서 옅게나마 그녀의 온기가 느껴지는 듯했다. 갑자기 가슴 한쪽에서 금 캐러 갔다가 세상에서 가장 빛나는 다이아몬드라도 발견한 듯 성취감과 희열감이 스멀스멀 올라왔다.

나는 눈을 똥그랗게 치켜뜨고 쇼핑센터 안 화장실로 들어갔다. 허리를 최대한 꼿꼿이 세우고 가슴을 활짝 폈다. 바짝 긴장한 채로 잔뜩 올라간 어깨도 아래로 내리고 거울 속 내 모습과 당당히 대면했다.

'나도 이제 수수한 엄마에서 섹시한 여자로 다시 태어나는 거야!'

'내 이름은 시은 맘이 아니라 리아야!'

턱을 15도 정도 올려 자신 있게 두 눈을 보며 눈썹 한번 올려주고 씨익 웃었다.

준비된 자에겐 길이 알아서 열린다

남편을 설득하는 자, 세상을 지배하리라

요즘은 인터넷으로 할 수 있는 것들이 어마어마하게 많다. 엄마들이 사회에 진출할 수 있는 진입장벽도 그만큼 낮아졌다. 덕분에 집에서 아이들을 돌보면서 일을 할 수 있는 다양한 직업들이 속속 등장했다.

"누구네 엄마는 쇼핑몰로 대박을 터뜨렸대."

"누구는 인스타그램 인플루언서가 되어 돈을 쓸어 담는다네."

"내가 아는 누구는 파워 블로거가 됐대. 제페토 아바타 의상 판매로 꽤 쏠쏠하게 번대."

이런 말을 들을 때마다 솔깃하면서 '그럼 난 뭘 할 수 있을까?'라는 생각 한 번쯤은 해봤을 것이다. 이건 대박 아이템이다 싶어 흥분하며 주위 사람들한테 말하면, 부모님이나 친구, 지인을 막론하고 진심으로 '걱정' 하며 하지 말라고 말린다. 특히 남편은 더하다. "어때?"하고 물었을 때 "한번 해봐!" 하는 남자가 있다면, 축하한다! 그런 남자는 꽉 잡길 바란다. 하지만 아쉽게도 대부분의 남편은 "뭔 소리 하는 거야." "당신이 그걸 어떻게 해." "똥궁리 하고 있네." "꿈 깨!" 하는 부정적인 반응뿐이다.

내가 존경하는 켈리 최 회장님은 부정적인 남편에 대한 댓글을 보고 답장으로 이런 얘기를 해주셨다.

"남편을 설득하기가 가장 어렵지만, 남편만 설득할 수 있으면 다른 사람들을 설득하기가 훨씬 더 쉬울 거예요."

어느 날, 그룹 대화창에서 누군가가 왁킹 댄스 영상을 보내며 배우고 싶다고 했다. 30초짜리 영상이었는데 10초도 채 안 보고 내가 해보리라 덥석 기회를 물었다. 기본 동작이어서 난이도는 낮았지만, 이왕 가르치는 거 제대로 잘하고 싶었다. 기본기부터 익히려고 튜토리얼 영상들을 찾아봤는데, 왁킹에서 가장 중요한 요소 중 하나인 손동작을 다들 다르게 해서 헷갈렸다. 어렴풋하게 그 당시 유명했던 왁킹 댄서 이윤지가 떠올라 무작정 인스타그램 계정을 찾아보고 다이렉트 메시지를 보냈다. 그랬더니 며칠 뒤, 마침 호주 시드니로 와서 워크숍을 한다는 것이 아닌가! 팔에서부터 등골까지 소름이 쫘악 돋았다.

이건 꼭 가야 했다. 왁킹을 제대로 배워보고 싶은 게 아니었다. 한 분야에서 최고가 된 사람한테서 노하우를 전수받고 싶었고, 최고가 되기 위한 노력과 삶의 태도를 배우고 싶었다. 하지만 한 번도 애들만 놔두고 먼 길을 떠나본 적 없었던 나는 감히 상상도 할 수 없는 일이었다. 그래도 혹시나 일만분의 1의 가능성을 기대하고 남편한테 물어봤다. 하지만 1초 만에 "NO!"라는 답이 돌아왔다. 이미 이베이(eBay) 아동복 판매, 핸드메이드 액세서리 사업에 실패해 손실을 적잖게 본 적이 있어서 나의 사업수완에 믿음을 상실한 남편이었다. 아직 시작도 제대로 안 한 사업인데 굳이 애들까지 놔두고 워크숍에 꼭 가야 하냐며, 거길 한 번 갔다 온다고 뭐가 도움이 되겠냐며 결사반대했다.

그동안 남편이 반대하면 주눅이 들어 그냥 포기했었다. 하지만 내 꿈에 한 발 다가갈 수 있을지도 모르는 기회였다. 배꼽 아래 단전에서부터 오기가 올라와 자세를 바로잡고 앉아서 한마디를 했다.

"그분이 대단한 건 확실하지만, 나도 워크숍 한 번 다녀온다고 뭔가 극적인 일이 일어나길 기대하는 건 아니야. 하지만 한 분야에서 최고가 된 분이니 분명 엄청난 영감을 주실 것 같아. 그리고 워크숍에 참가하면서 누군가를 알게 될 수도 있고, 좋은 기회가 생길지도 모르는 거잖아. 난 지금 다시 춤을 추기로 어렵게 결정했고 호주 최고의 댄스 아카데미를 만들고 싶은 꿈도 있어. 하지만 맨날 집에서 애만 보고, 간간이 운동하고, 춤 연습하고, 이렇게 똑같은 걸 반복하면서 어떤 큰 변화를 기대하는 것이야말로 망상이 아닐까? 새로운 변화를 원하면 새로운 시도를 해야 한다고 생각해. 그리고 나에겐 이게 그 시도야!"

눈빛이 흔들리던 남편은 다음날 시드니로 가는 항공권과 워크숍 참가 비용을 결제해주었다.

새끼발가락이라도 집어넣으면 설 자리가 생긴다

인스타그램으로 시작한 운동과 댄스 영상들이 피트니스 댄스라는 방향성을 낳았다면, 피트니스 댄스 계정인 유튜브는 온·오프라인 수업이라는 가지를 키워냈다.

온라인 기반의 모든 일은 신뢰가 바탕이 되어야 한다. 시간과 정성을 많이 들여야 하고 그렇게 얻은 이미지는 생명과도 같다. 아무런 보수가 없거나 미미한 보수만으로는 절대 쉽지 않은 일이다. 그 여정을 위해서는 장기간 버텨줄 만한 수입원이 있어야 했다. 그 수입원은 남편의 경제적 지원이 아닌 내 힘으로 멋지게 만들고 싶었다. 하지만 호주에서 나는 댄스강사로서 아무런 경력도 인지도도 없는 생초짜였다. 내가 학원 원장이어도 나 같은 사람을 안 써줬을 것 같은데 누가 나를 믿고 받아주겠는가.

바닥부터 다시 시작하는 마음으로 댄스학원에 댄스 영상을 보내 지원을 하거나, 댄스학원들을 직접 방문해 시장조사도 하고, 지인들에게 공짜로 레슨을 해주기도 했다. 경력과 경험을 쌓기 위해 무료 온라인 수업도 계속 진행했다.

육아와 살림을 병행하다 보니 지칠 대로 지친 무렵, 한 요가 필라테스스튜디오 사장이 올린 채용공고가 눈에 확 꽂혔다. 단지, 요가와 필라테스 강사를 구한다는 내용이었지만, 내가 반응도 하기도 전에 심장이 이미 요동치며 눈치 없이 먼저 나댔다. 아등바등하는 가슴을 쓸어내리며 사장님께 일단 들이대기로 했다. 새끼발가락이라도 집어넣는 심정으로 차곡차곡 내 소개서와 함께 피트니스 댄스의 장점을 열거하고, 이 수업이 스튜디오에 가져다줄 이익도 제시하기로 했다. 그렇게 피트니스 댄스 수업을 스튜디오에 정식 수업으로 선보일 기회를 주십사 장문의 문자를 사장님 연락처로 보냈다.

줌바? 사장님은 답장에서 줌바를 가르칠 수 있냐고 물어봤다. 어차피 줌바도 피트니스 댄스의 일종이니 당연히 할 수 있다고 큰소리쳤다. 며칠 후 사장님 앞에서 첫 테스트를 받았다.

"이분들은 운동하러 온 거지 춤 배우러 온 게 아니에요!"

첫 테스트 수업은 아쉽게 실패했다. 하지만 사장님은 강사로 오래 일했던 경험에서 나오는 진행력과 춤 실력은 인상적이었다며 한 번 더 기회를 주셨다. 본격적으로 줌바 자격증을 따고 지난번 참여했던 수강생들 수준에 맞춰 열심히 18곡의 안무를 짜고 준비해서 두 번째 테스트 수업에 임했다. 사장님이 보시고 이렇게 말했다.

"다음 주 수요일 7시부터 할 수 있죠?"

그렇게 정식으로 줌바강사로 채용이 되었다. 수업 영상들은 SNS에 차곡차곡 쌓여 내 커리어의 포트폴리오가 되어주었고 그렇게 한 곳이 열리니 기회는 점점 더 많아졌다.

댄스 영상을 보내 K-pop 댄스강사를 지원했다가 탈락했던 곳에서 연락이 와서 기존의 다 죽어가던 수업을 멋지게 부활시킬 수 있었던 기회, 시연이가 다니던 어린이집에도 철판 깔고 과감히 들이대 어린이 피트니스 댄스 수업을 따낼 수 있었던 기회 등.

냅다 들이밀었던 새끼발가락 주위엔 나를 위한 영역이 조금씩 넓어졌고 드디어 두 발을 딛고 설 수 있게 되었다. 거절에 대한 두려움 따윈 잠깐 옷장에 처박아 놓고 눈 딱 감고 여기저기 새끼발가락을 들이밀자!

슬럼프는 '안 하던 짓'으로 극복

슬럼프는 왜 오는 것일까? 이게 슬럼프일까? 아니면 우울증 때문일까?

억 소리 나는 프로젝트의 완성이 목표든 아이 통잠 재우기가 목표든 우리는 목표를 달성하기 위해 이글거리는 열정으로 열심히 한다. 그리고 마침내 그것을 이루었을 때의 짜릿함은 해본 사람만이 느끼는 특화된 감정이다. 하지만 의아하게도 3일 정도 지나면 종착역이 사라진 것에 대한 상실감이나 허무함을 느끼곤 한다. 또는 정작 이루고 나니 그다지 행복하지도 않은 공허함으로 인해 종종 슬럼프에 빠질 때가 있다. 슬럼프에 대처하는 법은 사람마다 다르다. 하루 만에 '아자!' 하고 다시 일어서는 오뚝이파가 있는가 하면, 흐물흐물한 무기력에 빠져 바닥에 한 번 내려가면 잘 떨어지지 않는 슬라임파도 있다.

참 안타깝게도 나는 슬라임파다. 감정 기복이 심전도 수준이어서 열정이 팡팡 샘솟다가도 손가락 하나 까딱하기 싫을 정도로 의욕을 상실한다. 워킹맘으로 산 6년 동안 자잘한 장사부터 시작해서 지금의 댄스 강사 및 공동대표로 회사경영을 하기까지 꽤 많은 우여곡절이 있었다. 빠르면 3일, 길면 2년까지 무슨 생리 오듯이 슬럼프가 자주 왔다.

"슬럼프는 노력하는 자에게만 오는 특별한 선물이다."라는 말이 있다. 불청객 같은 슬럼프와 배틀하며 깨달은 게 있다. 슬럼프가 왔다는 건 새로운 것에 도전하고 성장을 하다가 잠시 멈췄다는 것이다. 즉 새로운 배움과 성장이 필요한 시기라는 의미다. 슬럼프가 자주 왔다는 건 그만큼 자주 도전했다는 뜻이고, 그만큼 많은 노력과 함께 폭풍 성장을 했다는 의미이기도 했다.

축 처진 슬라임이 가끔 단단한 오뚝이가 되는 때도 있었는데, 내가 평소에 잘 안 하던 짓을 할 때였다. 새로운 걸 배운다든지, 새로운 책을 본다든지, 색다른 경험을 해본다든지, 몇 달간 내팽개쳤던 옷 정리를 한다든지, 몇 주 만에 차 내부를 깔끔하게 닦는다든지, 오랜만에 친구를 만난다든지, 자기계발을 한답시고 쳐다도 안 보던 예능을 본다든지…….

생뚱맞게 의도치도 않은 곳에서 영감을 받아 의욕이 다시 불끈불끈 차고 넘칠 때도 있다. 또는 아이와 오랜만에 함께 간 집 앞 놀이터에서 따뜻한 위로를 받으며 다시 힘을 내기도 한다.

지금 여러분이 읽는 이 책의 한 문장, 한 단어로 인해 여러분의 가슴에도 꿈을 향한 열정이 다시 화르르 솟기를.

내가 나의 워너비가 되자

잊고 있던 나를 찾아드립니다

"춤추고 나서 더 행복하고 자유로워졌어요!"

"30~50대에 맞는 춤을 만들어주셔서 아침부터 춤추고 나면 온종일 기분이 너무 좋아요."

"아이들과 춤추면서 분위기가 좋아졌어요. 춤이 틀리든 말든 하나도 신경 안 쓰고 즐길 수 있게 되었어요. 스트레스도 쉽게 풀어요!"

"워너비 댄스를 만나고 더 활기차고 자신감도 생겼어요."

"고마워요, 리아님. 수업이 너무 재밌어요. 아이 낳고 코로나 때문에 집 밖에도 못 나가고 정말 우울했었는데, 학창 시절에 따라 불렀던 노래를 들으면서 춤을 추니 뭔가 잊고 있던 나를 다시 찾은 기분이었어요!"

수업에 참여했던 분들이 보내주신 문자 중 일부이다. 특히 '뭔가 잊고 있던 나를 다시 찾은 기분이었어요!'라는 문자에 시선이 꽂혔다. 정지 화면이라도 된 듯 한참을 그대로 멍하니 있었다. 그리고 '자유'와 '자신감'이라는 단어가 머릿속에서 맴돌았다. 기분이 이상했다. 왜냐하면 이 온라인 수업을 기획할 때 딱 그렇게 되길 바라는 마음으로 만들었기 때문이다. 선곡을 그때 그 시절 우리가 즐겨듣던 노래로 해서 그랬을까? 안무를 익숙한 동작들로 만들어서 그랬을까? 감사하게도 그 마음을 꾹꾹 담아서 수업을 짠 진심이 전해진 게 아닐까 짐작해본다.

사실, 애초에 온라인 댄스 수업을 만들었던 건 코로나 때문이었다. 도서관, 문화센터 등의 시설들이 문을 닫게 되어 심심해할 아이들을 위해 시작했다. 책을 읽어주고, 춤도 가르치면서 아이들이 집 안에서 잠시나마 몸을 움직이는 놀이를 할 수 있게 해주고 싶었다.

댄스 수업이 익숙해질 무렵, 내 눈에 서서히 엄마들의 모습이 또렷하게 들어왔다.

춤을 낯설어하는 딸아이가 관심을 두게 옆에서 오버 액션을 하며 부추기는 엄마, 아이가 열심히 춤을 추자 본인이 더 신나서 같이 춤추는 엄마, 아이가 댄스 수업에 열중하는 동안 잠깐 커피 마시며 쉬는 엄마, 15분 이상 집중이 어려워 컴퓨터 화면 밖으로 사라지는 아이를 뒤쫓아가며 설득하는 엄마, 대화를 하기 위해 수업이 끝나면 다른 사람들이 다 나갈 때까지 기다렸다가 조심스럽게 말을 꺼내는 엄마…….

10주간의 무료 수업을 성황리에 마쳤다. 시원섭섭한 마음을 달래며 그간의 수업 영상들과 사진들을 보며 흐뭇하게 정리했다. 그러다가 문득 또 하나의 결심을 하게 되었다.

화면 가득 채운 아이들의 익살스럽고 사랑스러운 모습들을 보면서 나도 모르게 엄마 미소가 새어 나왔다. 그러던 중 아이의 옆에 또는 뒤에 화장기 없는 모습으로 환하게 또는 어색하게, 또는 손으로 얼굴을 반쯤 가리고 웃는 엄마들을 보는 순간 내 심장이 머리를 향해 이런 말을 전했다.

'오로지 엄마들을 위한 수업을 해야겠다. 내가 그랬듯, 육아와 가사로 인해 자아를 잃고 자존감이 바닥을 친 엄마들을 위한 수업 말이다. 엄마들이 춤추며 활기를 되찾고, 건강한 심신도 되찾고, 자신감도 장착하여 자기 자신을 되찾았으면 좋겠다!'

심장이 하는 말을 듣고 머리가 답했다.

'그래! 하자!'

춤추자, 나를 사랑하자

춤에는 오만 가지 종류가 있고, 춤을 추는 이유 또한 천차만별이다. 춤이란 내면의 감정과 세계를 음악과 리듬에 맞춰 가장 순수하고 솔직하게 몸으로 표현하는 행위라고 정의 내리고 싶다. 어렸을 적에 나에게 춤은 멋있는 것, 잘 춰야 하는 것, 늘 경쟁해야 하는 것이었다. 그래서 자존심은 하늘을 찔렀던 반면 자존감은 늘 바지 끝자락에서 헤맸다. 지금의 나는 춤을 대하는 태도가 180도 달라졌다. 춤은 있는 그대로의 나 자신을 표현하는 도구였다. 굳이 누구처럼 출 이유도 없고, 누구와 비교하거나 경쟁할 필요도 없다.

제대로 된 춤을 추면서 가장 좋았던 점은 내 몸 구석구석에 다 관심을 두게 된다는 것이었다. 어떤 운동이든 활동이든 춤을 출 때처럼 온몸의 세세한 관절이나 근육을 쓰지는 않는다. 하지만 춤을 추게 되면 머리부터 발끝까지 안 움직이는 곳이 없다. 그렇게 춤추다 보면 내 몸 좌우 중 어느 쪽이 힘이 더 좋아서 동작이 잘 되는지, 어떤 부위의 근육이 약해서 특정 동작을 하기 어려운지, 어떤 동작을 할 때 내 몸이 예뻐 보이는지 자세하게 알게 된다.

음악을 들으며 박자에 맞춰서 기억해낸 동작들을 온몸의 관절과 근육을 움직이며 그 순간의 감정을 몸으로 표현하는 순간, 우리의 뇌 신경에 차원이 다른 자극을 준다. 무엇보다 끊임없이 거울 속 내 모습을 객관적으로 바라보며 나 자신과 소통하다 보면 나의 장단점, 표현력, 표정, 습관이나 버릇마저 포착하게 된다. 춤추는 모습을 영상으로 담아 확인해보면 더 적나라하게 보인다. 참 별로인 습관이나 버릇도 보이고, 의외의 재능이나 예쁜 모습도 발견하게 된다.

나는 내 몸에 관심을 가지면서 O형 다리도 1자로 교정하고, 뻣뻣한 몸도 꾸준한 스트레칭으로 유연하게 만들고, 늘 구부정하던 자세도 곧게 바뀌었다. 쭈글쭈글했던 내 자존감은 곧게 펴진 내 상체만큼이나 쫙 쫙 펴졌고, 늘 활기차고 긍정적이어서 사람들과의 관계도 크게 개선되었다. 당연히 자신감도 넘쳤다. 무엇보다 밝은 에너지를 발산하니 귀한 인연들을 더 많이 끌어당기게 되었다.

예쁜 곳, 못생긴 곳, 잘하는 것, 부족한 것 상관없이 그냥 있는 그대로의 매력과 사랑에 빠지면서 점점 나 자신을 사랑하게 되었다.

엄마들이여, 우리 같이 춤추자! 그리고 나에게 스스로 반하자!

나의 워너비는 나 자신이다

'워너비 몸매', '모든 여성들의 워너비', '워너비 직업' 이런 말들을 종종 들어봤을 것이다.

워너비의 본뜻은 명사형(Wannabe)으로 쓰이면 유명인을 동경하는 사람, 되고 싶은 사람을 동경하며 행동, 복장 등을 그들처럼 따라 하는 사람을 뜻한다. 또는 Want to be의 속어(Wanna be)일 경우 '되고 싶은' 이라는 뜻으로 사용된다. 요즘은 따라 하고 싶은 유명인이나 연예인을 일컫는 신조어가 되었다. 롤모델과 같은 맥락이다.

우리는 왜 특정한 다른 사람들을 동경하고 그들처럼 되고 싶어 할까? 그냥 내가 될 수 있는 최고의 내가 되면 안 되나? 내가 나의 워너비가 되면 안 되나?

엄마들을 위한 피트니스 댄스 수업(Wannabe DanceFit)으로 시작해 온라인 커뮤니티가 된 워너비 월드(Wannabe World)라는 이름도 그래서 그렇게 지었다. 슬로건도 '내가 나의 워너비가 되자!'이다.

엄마들이 오로지 나 자신을 위한 시간을 갖고, 춤이라는 도구를 이용해 즐겁고 신나게 움직이며, 나를 당당하고 자신 있게 표현하고, 긍정적인 에너지가 넘치는 사람들과 같이 성장하며, 나 자신의 가치를 성장시키길 바란다. 그래서 워너비 월드에 놀러 오신 모든 분을 워너비님들이라 부른다. 〈워너비 모닝〉에 참여하는 워너비님들은 매일 새벽 5시 30분이면 일어나 스트레칭으로 몸과 마음을 깨우고 신나는 피트니스 댄스로 총 20분이라는 짧은 시간 동안 기분 좋게 땀 흘리며 활기찬 에너지를 만들어 내신다. 그리고 그 상쾌한 에너지와 새벽부터 무언가 해냈다는 성취감은 거의 온종일 유지된다. 이렇게 한 조각씩 모인 성장 퍼즐들이 모여 워너비님들 모두 되고 싶은 최고의 자아가 되어 스스로 워너비가 될 것이다.

'내가 필요한 곳에서 은은하게 때로는 눈부시게 빛나며 그 빛으로 세상을 밝히는 사람.'

오늘도 나의 워너비가 되기 위해 음악을 틀고 몸을 풀며 거울 앞에 선다.

괜찮아,
이미 충분히 잘하고 있어!

아내의 긍정이 남편을 움직인다

다들 한 집안의 가장은 남편이고 남편이 무너지면 가세가 기운다고 한다. 하지만 집안에서 가장 중요한 역할을 하는 건 사실 아내들이다. 엄마가 아프면 집안 전체가 흔들리고, 엄마가 화나면 적막감에 오금 저리고, 엄마가 즐거우면 온 가족이 화기애애하고, 엄마가 행복하면 세상의 모든 복이 눈덩이처럼 가족에게 쏟아진다.

큰애가 두 돌이 될 무렵, 남편이 하루아침에 실업자가 되었다. 가뜩이나 빠듯한 살림에 모아둔 돈도 없었던 우리는 그 당시 수중에 50만 원도 없었다. 집 대출 갚는 걸 3개월 연기해야 할 정도로 경제적으로 어려운 시기를 겪었다.

야간 공장에라도 나가 어떻게든 돈을 벌어야 했던 남편에게 내가 할 수 있는 건 맛있는 밥을 정성껏 해주는 것, 힘든 얘기를 들어주며 안아주고, 희망을 품고 버틸 수 있게 용기를 주는 것이 전부였다. 하필 그 시기에 손주 생일이라고 먼 호주까지 왔던 우리 부모님은 변변한 대접도 못 받고 가야 했던 서운함을 숨기지 못했다. 그때 나는 엄마와 역대급으로 심하게 사이가 나빠졌다.

얼마 후 남편이 다행스럽게 취직하여 축하 파티를 하며 행복해했다. 그러나 1년 뒤 남편은 스트레스로 인한 우울증 진단을, 나는 갑상선 기능 항진증이라는 진단을 받았다. 그 무렵 내가 했던 액세서리 사업도 잘 안 됐고, 설상가상으로 유산까지 하면서 심장을 도려내는 아픔을 감내해야 했다. 엎친 데 덮친 격이라는 말의 의미를 제대로 체감했다.

힘들고 지쳐서 코를 골며 곤히 자는 남편 옆에서 소리 없이 베개를 축축하게 적시며 이불을 꽉 깨물고 혼자 울지언정 버텨내야 했다. 그 상황에서 나는 밝은 에너지를 총동원해 아이에게는 재밌게 잘 놀아주는 친구 같은 엄마가 되어주고, 남편에게는 밖에서 아무리 스트레스받고 들어와도 언제든 기대어 안길 수 있는 작지만 큰 아내가 되어야 했다.

'이게 밑바닥이니까 이제 올라갈 일밖에 안 남았어.'

'이렇게 고생한 거 다 책에 써야지.'

'성공 스토리가 더 빛나려면 이런 고난과 시련쯤은 있어야지.'

우울함에 빠져 주저앉아 울다가도 일어설 수 있는 두 다리라도 있음에 감사했다. 왜? 나는 엄마니까!

그 무렵 나는 더 긍정적인 생각을 하려고 필사적으로 노력했다. 설거지를 하면서 깨끗한 접시에 사랑과 정성이 담긴 요리를 담아 먹는 건강한 가족의 모습을 떠올렸다. 청소나 정리를 할 때는 깔끔해진 집 안 곳곳에 행운이 깃들기를, 내 손이 닿는 곳에 좋은 기운이 피어나길 기도했다. 남편 와이셔츠를 다리면서도 오늘 이 옷을 입고 출근하는 남편이 좋은 사람들을 만나고 행운 가득한 하루를 보내길 바랐다. 없는 살림이었지만, 그마저도 안 쓰는 물건이나 옷들은 좋은 곳에서 꼭 필요한 주인을 만나길 바라며 기부했다.

긍정적으로 생각하고 마음 씀씀이를 넉넉하게 해서였는지 우리 집에는 조금씩 좋은 일들이 생기기 시작했다. 간절히 원했던 소원들도 하나둘씩 이루어졌다. 남편은 결코 쉽지 않은 CPA(공인회계사) 과정을 멋지게 마쳤고, 두어 번의 힘든 직장생활 끝에 마침내 긍정적인 기업문화가 인상적인 대기업에 취직했다. 나는 옆에서 잔소리 대신 사기를 북돋아 주는 칭찬을 해준 게 전부였지만 남편은 그마저도 참 고마워했다.

어느 날 오후, 낯간지러운 말을 잘 못 하는 남편이 한 통의 문자를 보냈다.

"자기야, 고마워! 자기의 사랑과 지지가 없었으면 못 해냈을 거야."

그날 밤, 퇴근하고 들어온 남편 품에 안겨 아이처럼 앙앙 울었다.

아이한테 미안해하지 않아도 돼

부모님은 본인이 누리지 못했던 걸 자식들한테 해주거나, 못다 이룬 꿈을 자식들이 이뤄주길 바라며 대리만족하려는 경향이 있다. 생각해보면, 두 아이의 엄마가 된 나 역시도 내가 갖지 못했던 걸 해주려고 애썼던 것 같다.

어렸을 적에 엄마는 일하느라 늘 바빴다. 방과 후 또는 주말이나 방학에도 혼자 노는 게 너무 싫었다. 엄마랑 손잡고 놀러 다니거나 쇼핑을 하는 친구들이 너무나 부러웠고, 집에 늘 엄마가 있는 게 좋아 보였다. 학교 준비물을 혼자 챙기다 보니 가끔 빼먹게 되면 선생님께 호되게 혼났다. 학교 행사 때 사회를 맡아 화장하고 예쁘게 꾸미고 가야 하는데 늦게 일어나 세수도 못 하고 가서 창피를 심하게 당했다. 방과 후 집에 혼자 있는 게 싫어서 가끔 엄마한테 전화해 머리가 아프다며 집으로 빨리 오라고 한 적도 있고, 일부러 몸에 상처를 내서 피가 나게 하고는 피가 안 멈춘다며 병원에 가자고도 했다. 커서도 한동안 병원을 참 좋아했다. 병원에서 링거 맞는 동안에는 부모님이 맛있는 간식을 사 들고 와서 옆에 있어 줬으니까.

내가 이런 얘기를 하면 엄마는 "혼자서도 야무지게 잘하니까 신경 안 썼지. 그래서 자랑스러웠는데."라고 하셨다. 그때는 그 말이 무책임해 보였지만, 지금 생각해보면 조금 다른 의미로 다가온다.

우리 아이들은 좀 다르게 키우고 싶었다. 말이 잘 통하는 친구 같은 엄마가 되기 위해 아이가 말할 땐 꼭 눈을 마주치며 열심히 들어줬고, 늘 재밌는 놀이를 생각해내서 함께 까르르 웃으며 짝꿍처럼 신나게 놀아줬다. 큰애가 학교에 가면서부터는 숙제, 준비물, 교복, 책, 물, 도시락, 가방을 정말 꼼꼼하게 다 챙겨줬다. 하지만 문제가 생겨버렸다. 내가 새벽까지 일하는 날이 많아지면서 아침엔 늘 정신이 몽롱하니 하나둘 준비물을 까먹고 못 챙겨주거나 행사를 빼먹고 못 가기 일쑤였다. 아들은 엄마가 꼬박꼬박 챙겨줬으니 스스로 챙길 생각 자체를 아예 안 했다. 엄마가 재밌게 잘 놀아줘서 그런지 두 아이는 집에만 있으면 엄마랑 놀고 싶어 했지만 바빠서 못 놀아주니 무척 심심해했다.

문득 이런 생각이 들었다. '어쩌면 엄마가 나를 혼자서 알아서 하게 놔뒀기에 자립심을 키울 수 있었겠구나. 좋은 게 꼭 좋은 게 아니고 나쁜 게 꼭 나쁜 게 아니구나.'

지금 내가 이렇게 글을 쓸 수 있는 이유도 사실 어렸을 때 부모님과 대화가 적었기에 일기장에 생각을 담는 습관이 생겼기 때문이다. 자유로운 영혼으로 독특한 아이디어를 내고 안무를 짜는 것도 집에서 맨날 혼자만의 시간을 가지며 똥궁리를 많이 해서다. 플래너를 활용하여 시간 관리를 하고 스케줄 관리를 하는 것도 늘 스스로 챙기고 준비해야 했기에 가능했을 것이다.

우리 아이들에게도 스스로 할 수 있는 배움의 기회를 줘야겠다는 생각이 들었다. 실수도 해보고, 실패도 해보고, 선생님과 친구들한테 싫은 소리도 좀 듣고 말이다. 상처받을까 봐 아예 그런 경험 자체를 차단해 버리기보다 그런 경험을 하고 집에 온 아이를 따뜻하게 안아주고 다시 용기를 낼 수 있는 힘을 기르게 하는 것이 진짜 엄마의 역할이 아닐까?

딸이 3살 때 아슬아슬하지만 그래도 컵을 잘 들고 있었다. 위험하다며 괜히 손을 뻗어 잡아주려는 순간 내 손에 닿은 컵이 떨어지며 깨져버리고 말았다. 가끔은 엄마가 도와주려다가 깨져버린 컵처럼 그걸 지켜보는 아이나 엄마의 마음은 더 엉망이 된다. 지켜보는 마음은 조마조마할지라도 컵을 보지 말고 아이의 환한 미소에 시선을 돌리자. 실수와 실패를 두려워하지 않는 아이로 잘 자랄 수 있게 믿어주자! 아이를 못 챙겨줘서 미안해하기보다 아이가 충분히 스스로 배울 기회를 못 준 것에 미안해하자!

나는 가치 있는 사람이야

나는 뜬구름 잡는 소리를 잘한다. 망상도 자주 하지만 그만큼 상상력도 풍부하다. 생각에 그치지 않고 머릿속에 두둥실 떠다니는 말풍선을 끌어내려 입 밖으로 쏟아내기도 한다. 무슨 뇌 질환 이상증세처럼 옆에 있는 사람한테도 다 들리게 실제로 중얼중얼 혼잣말을 한다.

물론 이상하게 쳐다보는 주위 사람들의 시선에 부끄러움을 느낄 줄 아는 성인인지라 자제한다. 주로 혼자만의 공간에서 투명 인간 같은 상대와 진지한 대화를 나눈다. 의학에서는 이것을 어떻게 해석하는지 모르지만, 나는 그렇게 대화하며 스트레스를 풀고, 지치고 힘든 나 자신을 위로하고 눈물도 닦아준다. 가장 행복한 순간은 원하는 삶을 멋지게 사는 성공한 나 자신과 만날 때이다.

내 머릿속에, 때로는 내 마음속에 자리 잡은 그 존재는 그때그때의 내 상황, 감정과 생각에 따라 자주 변한다. '오프라 윈프리 쇼' 버금가는 미국의 인기 토크쇼 '엘렌 쇼'의 엘렌(Ellen)일 때도 있고, 큰언니 같은 켈리 최 회장님일 때도 있고, 언론사의 기자일 때도 있고, 자지러지게 재밌는 게이 친구일 때도 있다. 이 책 한 페이지 분량이 다 넘어갈 정도로 많다.

그중 한 분이 나에게 자주 하는 얘기가 있다. 그 얘기를 지금 터무니없는 한 몽상가의 글을 읽는 여러분께 전하고 싶다.

넌 어마어마한 가치가 있는 사람이야!
넌 이 세상에 엄청난 사명을 갖고 태어난 귀한 존재야!
세상 사람들도 다 각자의 사명을 안고 살아가니
굳이 비교할 필요도 없이
크든 작든 넌 네 것만 잘 완수하면 돼.
네가 키가 162cm인 것도, 그런 몸을 갖고 태어난 것도,
지금의 부모 밑에서 자라게 된 것도 다 이유가 있어서야.
남자 때문에 흑역사를 갖게 된 것도, 호주에 이민 간 것도,
지금의 남편을 만난 것도, 시은이, 시연이 엄마인 것도 마찬가지지.

춤을 포기하게 된 것도, 또다시 춤추게 된 것도 다 이유가 있어서고

다 너의 사명을 완수하기 위한 성장 중에

반드시 있어야 할 요소들이야.

넌 스스로 생각하는 것보다 훨씬 더 위대한 존재이고

스스로 알고 있는 것보다 훨씬 더 가진 게 많은 사람이야.

그동안 고생 많았어!

혼자 힘들었지?

잘하고 있어. 잘했어!

그리고 잘 버텨줘서 고마워!

아이들 잘 키워줘서 고마워!

사랑해!

4장

하찮은 체력에서 철인 3종 우승 강철녀, 교육 멘토로

박도은

분명 또 다른 호기심에 이끌려 어딘가로 훌쩍 떠날 수도 있고,

새로운 것을 배울 수도 있고, 새로운 일에 도전할지도 모르겠다.

하지만 변하지 않을 거라고 확신하는 게 있다.

지금 한 걸음, 오늘 하루를 100% 전력투구하며

스스로에게 정직하려 한다.

어느 순간이든 '나'라는 존재를 절대 잊지 않고,

나 자신에게 다정할 것이다!

생각보다 꽤 서먹한 나 자신에게

좋은 딸에서 좋은 엄마로

"엄마! 또 우는 거야? 우는 거 아니지? 엄마! 엄마!"

한여름 뜨거운 햇살이 내리쬐는 날이었지만, 바람막이 점퍼를 입고 스카프를 하고 공원 벤치에 앉아 있었다. 하늘만 멍하니 올려다보는 나를 아이가 흔들었다.

"아… 미안… 서원이, 물 달라고?"

친정 엄마는 워커홀릭으로 밤낮없이 일하며 건강을 잃은 딸과 어린 손주를 돌보다가 갑자기 세상을 떠났다. 그로부터 한 달여가 지난 날이었다.

눈물이 흐르는 줄도 모르고, 누가 내게 말을 하는지도 몰랐다. 순간

순간 깊은 상실감과 슬픔에 빠져드는 날들이었다. 가끔 제정신이 들게 해주는 것은 4살 된 아이였다. '아 참! 난 서원이 엄마였지!'

15살을 기점으로 오직 아빠에게 자랑스러운 딸이 되기 위해 살았다. 그리고 남편을 잃은 상실감에 하루하루를 슬픔으로 보내는 엄마를 부양하는 가장의 삶으로 바뀌었다. 내 나이 스물아홉. 엄마가 허망하게 세상을 떠난 후 그토록 거부했던 5살 아이의 주 양육자가 되어야 했다. 지금껏 부모님께 훌륭한 딸이 되려고 안간힘을 썼던 내가, 이제는 한 아이의 엄마가 된 나 자신을 받아들여야 했다. 나도 우리 엄마처럼 아이를 잘 키울 수 있을지 자신이 없었다.

나 혼자 어떻게 키우라고?

친구들이 임용고시를 한창 준비할 때, 교육사업을 시작했다. 엄마를 부양하기 위해 급여보다 많은 현금수익이 필요했다. 무엇보다 3년간 회사에 다니면서 직장 생활은 내 몸에 맞지 않는 옷처럼 불편했다. 조직의 구성원보다는 의사결정권과 주도권을 가진 리더가 되기로 했다.

20대에 겁 없이 사업을 시작했다. 직장에 매이지 않는 자유로움이 좋았지만, 조금이라도 느슨해지거나 게을러지면 생계를 위협받는 부담감이 뒤따랐다.

2000년대 초반에는 '자기주도학습', '멘토링'이라는 단어가 생소했다. 교육학, 자기계발, 코칭 이론 등을 융합해서 학생과 학부모, 직장인, CEO들의 마인드를 바꾸는 프로그램을 기획하고 교육과 강의를 했다. 강사를 하기엔 어린 나이였지만, 이미 결혼했고, 한 아이의 엄마였기에 특히 학부모를 대상으로 교육활동을 하는 것에는 무리가 없었다. '나도 한 아이의 엄마입니다.'라며 명분만 있는 엄마였다는 사실을 주양육자가 되고 나서야 비로소 알게 되었다. 현실 육아에서는 모든 것이 서툴렀다.

많은 책과 자료들을 잘 정리하고 학부모들 앞에서 파워포인트와 다양한 영상자료를 보여주며 강의하는 것은 어렵지 않았지만, 막상 나 자신이 좋은 엄마가 되려니 막막했다. 공부한 이론과 현실의 괴리감이 너무 컸다.

아이를 위해 음식을 만들고, 함께 놀아주고, 책을 읽어주고, 무한 반복하는 아이의 이야기를 들어주는 것이 만만치 않았다. 심지어 아이가 알아서 잘 노는 놀이터에 따라가는 것조차도 고단했다. 아이와 함께 놀이터에 나와서 노는 모습을 지켜보며 자연스럽게 웃고, 손을 흔들어 주고, 간식을 챙겨주는 엄마들이 어쩜 그렇게도 능숙하고 대단해 보이던지….

다른 엄마들처럼 아이를 돌보며 즐거워야 하는데, 미지의 세계에 혼자 덩그러니 서 있는 것처럼 낯설고 두려웠다. 그럴 때마다 이런 나를 혼자 남겨두고 홀연히 떠나 버린 엄마에 대한 원망과 미안함, 참을 수 없는 그리움에 목이 메고 코끝이 시큰했다. 그동안 일에만 몰두하며 아이와 소소한 일상을 함께하지 못했던 후회와 고생만 시킨 엄마에 대한 죄책감으로 일상이 큰 바위를 얹어놓은 것처럼 점점 무거워졌다.

아무렇지 않고 싶어 시작한 작은 걸음

심리학을 공부하면서 프로이트 이론을 통해 누구에게나 '상처받은 내면 아이'가 있음을 새삼 깨달았다. 지금 내 감정과 행동의 원인을 찾을 수 있었다. 융의 성격유형 이론을 통해서도 나의 밝은 면 뒤에 어두운 그림자가 있다는 것을 알았고, 있는 그대로의 나의 모습을 인정해야겠다고 마음먹었다.

'그래, 왜 그런지 원인도 알고, 그것을 인정하겠는데 그래서 어떻게 하라고? 혼자서 아이를 키워야 하고, 어떻게 해야 할지 막막하기만 한데?'

그런 나를 우울함의 구렁텅이에서 건져 올린 사람은 아들러였다. 프로이트나 융보다 더 행동 중심의 목적론을 펼친 아들러의 이론을 만나면서 조금이나마 정신을 똑바로 차릴 수 있었다.

'나를 더 적극적으로 공감하고, 용기 내어 구체적인 행동을 하는 것!'

학창 시절에 힘들 때마다 작문 노트에 글을 쓰며 나를 위로했듯, 뭐든 노트에 적어보자.

가장 먼저 엄마에게 편지를 썼다. 따뜻하게 말하지 못한 미안한 마음, 내가 성공해서 엄마 눈도 치아도 고쳐준다고 했을 때 나를 믿어준 엄마에 대한 고마움, 서원이를 건강하고 예쁘게 키워준 감사함 등을 노트에 써 내려갔다.

어린 서원이에게도 편지를 썼다. 일일이 말할 수 없는 미안함 때문에 눈물이 앞을 가렸다. 세 살까지는 아이의 자아가 형성되는 가장 중요한 시기인데 함께 해주지 못한 것, 엄마 따라가겠다고 우는 아이에게 아이스크림 가게에서 만나자며 거짓말하고 일하러 가버린 일 등이 떠올랐다.

그렇게 하나하나 써 내려가다 보니, 밑바닥에서 허우적대던 마음이 조금 고요해졌다. 내 상황이 더 객관적으로 보이고 복잡했던 감정과 생각들이 가지런해지기 시작했다. 그리고 하나씩 실마리가 풀려나갔다.

엄마의 좋은 딸이 되려고만 했지, 아이의 좋은 엄마가 되는 것을 거부했던 나의 솔직한 마음과 대면했다. 아플 때마다 죽음에 대한 두려움이 너무 커서 삶을 포기하려고 했었던 나의 태도를 인정했다. 내가 슬프고 힘든 것은 편안한 익숙함에서 벗어나 새롭게 도전하는 것을 불편해하고 두려워했던 것임을 다시 깨닫게 되었다. 강의 때마다 언급했던 이론처럼 완벽한 엄마가 되어야 한다는 부담감이 나를 납작하게 누르고 있었던 것도 발견했다.

큰 종이를 절반으로 접어 지금 내가 할 수 있는 일과 할 수 없는 일을 적었다. 할 수 없는 일은 누구에게 어디에 도움을 요청할지 그리고 지금 당장 나와 서원이에게 필요한 것은 무엇인지 등을 정리해 보았다. 그러고 나니 지금 당장 할 수 있는 것, 내일부터 무엇을 해야 할지가 구체적이고 선명해졌다. 아주 단순한 시도였지만, 그것을 반복하며 나의 하루하루가 심플해졌고, 무거운 감정으로부터 점점 자유로워졌다.

서원이와 나는 일상에서 긴장되는 순간이나 특별한 일이 있었던 날은 빼먹지 않고 글을 쓴다. 종이에도 쓰고, 노트북에도 써서 저장해둔다. 우리의 수많은 기록들은 기억이 희미해질 때쯤 다시 꺼내 볼 수 있는 추억창고 역할을 했다. 기쁜 일은 감동과 감사를 일깨워주었고, 슬픈 일은 서로 위로했고, 불안과 긴장은 편하게 얘기하며 해소했다. 서로 말할 수 없었던 감정을 알아차렸고 그것은 우리를 연결해 주는 데 큰 몫을 했다.

서원이가 울산에서 서울로 고등학교 입시를 보러 가는 KTX 안에서도 최고조의 긴장감을 글쓰기로 달랬다. 둘 다 안절부절못하다 '10년 후의 나'라는 제목으로 다이어리에 글을 썼다. 서로 쓴 글을 읽고 키득키득 웃기도 하고, 왜 그런 글을 썼는지 묻기도 하고, "할 수 있어!" 하면서 북돋아 주기도 했다. 기차 안에서 고개를 푹 숙이고 깨알처럼 써 내려갔던 꼬불꼬불 문장은 불안에 떠는 내가 아닌, 진정 내가 바라던 모습과 마주하게 했다.

'원하는 것을 이루게 해주는 종이 위의 기적처럼!'

울더라도 정확하게 말해

울고 싶을 때마다 만난 친구

"목숨 걸고 낳았는데, 아들로 태어났으면 좀 좋아."

"병원에서 인큐베이터 안에 들어가야 산다고 했잖아. 돈이 어딨어. 그냥 집에 데려왔지. 근데 시루에서 콩나물 자라듯이 잘 크더라고. 얼마나 고마워!"

어린 시절 친척분들과 엄마가 자주 나누던 대화였다. 이런 이야기를 듣고 자라다 보니, 밝고 건강한 모습만 보여줘야 사랑받을 수 있다고 생각했다. 행복하고 즐거운 감정은 올바른 것이고, 슬프거나 화내거나 억울한 감정은 잘못된 것으로 생각했다. 그래서 내가 표현 할 수 있는 긍정적인 감정이 아닌 그 외 감정은 마음 깊숙한 곳에 넣어 두고 침묵으로 대신했다.

화장실에 갈 때마다 거울 속에 비친 여자아이를 보며 물었다.

"너는 누구니?"

"왜 여기에 와 있어?"

"그런데 왜 너는 여자아이야?"

그토록 늦둥이 아들을 기다렸던 중년 부부는 딸이 태어나자 기쁨보다는 실망이 더 컸을 것이다. 7살 여자아이는 혼자만의 공간에서 거울 속의 자신을 바라보며 숨 고르기를 했다.

내가 다닌 중학교에서는 일주일에 한 번 글짓기를 하는 작문 시간이 있었다. 작문 시간과 그 외에도 나는 노트에 뭔가를 빼곡히 적곤 했다. 특히 누구에게도 말할 수 없었던 내 존재에 대한 불안감, 뭐라고 표현하기 힘든 한없이 깊은 우울감, 늘 상처받는 나약한 내 마음의 얘기를 써 내려갔다. 그 노트엔 뭐든 쓸 수 있었고, 그 누구의 의견도 듣지 않아서 좋았다. 쓰고 나서 며칠 후 읽어보면, 어느새 그 감정은 사라져 있곤 했다. 무엇보다 안전했다. 그래서 두 손바닥만 한 작문 노트는 진정한 마음을 털어놓을 수 있는 나의 유일한 친구가 되어 주었다.

글은 꽤 진지하고 심각하게 썼지만, 학급에서는 항상 까르르 웃으며 명랑한 아이였다.

"도은이는 화낼 줄 몰라!"

"맞아, 도은이는 화를 안 내! 그래서 우리가 좋아하잖아. 까르르."

친구들에게 그런 소리를 들을 때마다 더더욱 슬픔과 상실감으로 멍든 내 마음은 깊숙이 구겨 넣었다. 그저 한없이 밝고 유쾌한 모습만 보여주고자 애썼다.

부모님을 하늘나라로 떠나보낸 이후로는 녹록지 않은 삶을 살아내며 글로 만나던 나와는 점점 멀어져 갔다. 텅 빈 모습은 외면하고 밝고 씩씩한 모습만 남았다. 그 시간 동안 숨겨놓았던 상처들은 차곡차곡 쌓여서, 희소병과 함께 삶과 죽음의 경계에 데려다 놓을 줄은 상상도 못 했다.

글로 쓴 지구 한 바퀴 프로젝트

코로나 팬데믹으로 세상이 멈춰 버린 것 같았던 2020년 3월 이후, 2018년 여름에 13살 아이들과 47일간 미국 일주에 도전했던 열 번째 '지구 한 바퀴 프로젝트' 이야기를 책으로 엮었다. 그때 나의 첫 번째 책 《길 위에서 자라는 아이들》을 마무리하면서 얻은 것은, 글을 쓰면 삶이 어떻게 달라지는지를 알게 된 것이다.

한 달 보름 동안 약 A4 150쪽의 글을 써냈다. 우리가 미국에서 겪었던 많은 일과 다양한 감정 그리고 그 시간이 우리에게 준 의미를 기획자이자 인솔자인 내가 바라본 시점에서 쓴 글이다. 원고를 다 쓰고 나니 후련했다. 나도 모르게 마음속 깊숙이 숨겨놓았던 단단한 응어리들이 뚝 떨어져 나가는 느낌이었다. 한여름의 하루가 어떻게 지나가는 줄도 모르고, 하루 8시간씩 머리칼을 산발한 채 캠프 자료를 뒤적이고 노트북 키보드를 두드리며 한바탕 사투를 벌이고 나니 머리가 맑고 깨끗해졌다. 내 마음에 더 많은 사람과 상황을 받아들일 수 있는 공간이 생긴 듯했다.

처음엔 나와 함께한 아이들을 위해 추억을 남겨두려고 시작한 일이었다. 그런데 정작 글을 쓰면서 그 시간을 차분히 곱씹고 가지런히 정리하다 보니 깊은 위로를 받았다. 47일 동안 혼자서 버스를 운전하고, 10명의 대식구를 챙기며 2,000마일이 넘는 미국 땅을 돌아다녔다. 그 고단함과 수고스러움을 글로 쓰면서 스스로를 헤아려 주었다. 뉴스 보도를 하듯, 아이들의 부모님들께 설명해주듯, 함께하지 못한 아이들에게 자세히 들려주듯 글을 한 줄씩 써 내려갈 때마다 혼자 울고 웃으며 또 한 번의 미국 일주를 다녀온 기분이 들었다. 미국에서는 낯선 곳에서 부딪치며 치열하게 경험하며 해냈다면, 그 이야기를 글로 쓰는 시간은 여정의 의미와 해석으로 그 경험이 가지런히 정돈되었다.

세상에서 가장 엄격한 사람이 나 자신이고, 가장 무서운 존재가 바로 나라고 하더니, 정말 내가 스스로 하는 위로는 찐 위로였다. 특히 말보다 더 자세하고 꼼꼼한 글쓰기는 만병통치약처럼 탁월한 효능이 있었다.

사춘기에 마음이 어두워지면 작문 노트를 집어 들고, 슬프고 힘들거나, 선택의 갈림길에서 종이에 글을 썼듯, 나는 글쓰기를 통해 보이는 내가 아닌, 진짜 나를 만났다. 그래서 삶이 달라지기를 바라는 사람들에게 글쓰기를 권유하게 되었다. 특히 사랑하는 사람들에게는 글쓰기를 적극적으로 권유했다.

내가 운동을 시작한 후에 몸이 건강해지고, 마음이 밝아지고, 늘 기분이 좋아져 사람들에게 적극적으로 운동을 권유했듯이, 글을 쓰는 것은 마음의 운동과 똑같다. 웜업(Warm up) 하는 시간이 필요했고, 웜업이 되면 어느새 고구마 뿌리가 줄줄이 뽑히듯, 저절로 페이스가 올라가면서 내 안의 다양한 이야기들이 쉴 틈 없이 흘러나온다. 강의할 때 처음 만나는 청강자분들과 아이스 브레이킹을 통해 서로 신뢰감을 형성하는 임계점을 넘기고 나면, 어느새 그들이 나의 강의에 몰입되는 것과 같은 원리였다.

많은 분들이 자기 이야기를 스스로 듣는 시간을 자주 가졌으면 한다. 세상에서 나에 대해 가장 관심이 많은 사람, 내 생각을 제일 많이 하는 사람은 바로 나이니까!

내면의 목소리를 자주 듣다 보면, 자기 내면을 글로 쓰는 깊은 몰입을 경험할 수 있다. 그리고 새로운 자신을 입체적으로 만날 수도 있다. 글쓰기는 단순하지만, 속 깊은 친구인 나를 만나는 시간이다.

글쓰기로 연결된 우정

두 번째 책을 쓰기 시작했다. 이번에 함께 쓰는 책은 지구촌 곳곳에 사는 5명의 엄마이자 당당하고 우아한 여자들의 이야기이다. 그녀들을 실제로 만나본 적은 없다. 문명의 혜택으로 줌(Zoom)이라는 세계를 통해 만났고, 함께 책을 읽고 얘기를 나누며, 춤도 같이 춘다. SNS 계정의 사진과 글을 통해 소통한다. 그러다 보니 그들이 좋아지고, 더 가까워지고, 더 깊이 알고 싶어졌다. 그녀들을 사랑하기에 글쓰기를 통해 자신을 만나는 귀한 시간을 선물하고 싶어졌다. 같이 맛있는 음식을 먹을 수도 없고, 신나게 뛰어놀 수도 없는 아쉬움을 책을 함께 쓰며 달래기로 했다. 무모하지만 설레는 도전이다. 밝고 열정적이며 따뜻한 그녀들의 에너지를 세상의 많은 사람들과 나누고 싶었다. 지구촌 엄마들과 공감하고, 서로 위로하고, 한목소리를 내는 동지가 되었으면 했다.

나를 위한 글쓰기에서 우리를 위한 글쓰기로 나아갈 때 더 몰입하고 교류도 넓어질 것 같다. 내 글도 조금은 사회적으로 매너와 예의를 갖추고 교양을 겸비해 가지런해질 것 같은 예감이 든다. 그녀들과 함께 새로운 경험을 하고, 시공간을 초월한 인연의 확장으로 더 나은 세상에 일조하는 계기가 되길 소망한다.

사랑할 수 있는 체력

인생은 점수 따기인가?

내가 진심으로 사랑스럽고, 자랑스럽고, 대견했던 순간은 언제였을까?

부모의 칭찬이나 사회의 인정을 떠나서 나 자신을 스스로 인정하는 그런 감동적인 순간 말이다.

어릴 적, 집에서는 부모님께 인정받고 싶었다.

"엄마! 청소하면 100점 준다고 해보세요."

언니들은 나름 최선을 다하는 나를 자주 놀려대곤 했다.

학교에서는 선생님께 인정받고 싶었다. 운동회 때 달리기 시합을 하면 무조건 3등 안에 들어야만 "참 잘했어요" 도장을 받을 수 있었다. 그래서 악착같이 달렸다. 유독 잘하지 못했던 만들기 과제도 점수가 걸려 있으면 밤을 새워서라도 완성하려고 했다. 특히 가정 시간에 블라우스 만들기 실기시험은 난관의 연속이었다. 바느질은 정말 소질이 없었다. 미칠 것같이 싫었지만, 몇 번을 풀었다 꿰맸다를 반복했다. 나중엔 바느질 구멍이 커져서 바늘구멍이 들어갈 틈이 없을 정도였다.

"도은이는 점수를 준다고 하면 밤을 새워서라도 다 해! 없는 능력도 만들어내!"

친구들은 나름 최선을 다하는 나를 놀려대곤 했다.

또 사회에 나와서는 직장 상사에게 인정받으려고 애를 썼다. 그들에게 인정받으면 그것이 곧 내 존재를 인정받는 것이라고 생각했다.

엄마가 되어서도 역시 인정받고 싶었다. 하지만 실상은 좌충우돌하며 우여곡절이 많았다. 엄마 역할은 여전히 서툴렀지만, 아이는 초등학교에 입학했고 자동으로 '학부모'가 되었다.

5월 어느 날이었다. 학교 운동회가 열렸다.

"서원이 엄마가 제일 젊으니까 백군 선수로 나가면 되겠네!"

"그래! 나가서 한번 신나게 달려봐. 서원이한테 점수 좀 따!"

아이들 틈에서 서원이를 찾느라 까치발을 하고, 머리를 내밀며 정신없던 나를 향해 모여 있던 엄마들이 학부모 릴레이 경기 선수로 나가라고 했다.

'이렇게 많은 사람 앞에서 달리라고? 연습도 한 번 안 했는데?'

이미 꽉 찬 인파에 기가 눌려 잔뜩 주눅이 들었다. 하지만 아이한테 점수를 따는 좋은 기회라는 말이 귀에 꽂혔다. 시원한 대답 대신 운동화 끈을 고쳐 맸다. 손발 말초신경까지 전달되는 떨림을 모른 체하고 운동장 안으로 걸어 들어갔다.

학창 시절에 좀 달려봤다는 키 큰 학부모들을 올려다보며 서 있자니 가슴이 더 떨려왔다. 차례를 기다렸다가 바통을 이어받았다. 앞서 달리는 청군 엄마를 추월해 남은 반 바퀴를 달려 마지막 주자 백군 아빠에게 바통을 전해주었다. 다리는 후들거리고 심장은 터질 것 같았다. 호흡을 가다듬고 있는데 "백군 승리!!"라는 말이 들렸고, 환호 소리가 운동장을 덮었다.

"엄마! 엄마! 역전한 엄마가 우리 엄마야!"

관중석에 오글오글 앉아 있는 아이들 틈에서 서원이가 소리쳤다. 서원이를 보는 순간 턱이 아리고 목이 울컥하며 메이는 느낌이 전해졌다.

'아! 나 괜찮은 엄마가 된 건가?'

이날을 계기로 아이는 밖에 나가기만 하면 달리기 시합을 하자고 했다. 한동안은 걸어 다니는 일이 없었다. 서원이는 놀이터, 마트에 갈 때, 심지어 등굣길에도 가방을 메고 "엄마! 준비됐어? 가로수 두 개까지 가는 거야! 준비, 출발!" 하며 신나게 달려 나갔다. 어느 날부터는 친구들까지도 함께 달리기 시합을 하게 되었다. 그 순간순간이 즐거웠다. 아이가 좋아하는 캐릭터 놀이는 이름조차 외우기 어렵고, 레고는 설명서

만 봐도 머리가 지끈지끈 아팠는데, 달리기는 아무 생각 없이 그저 신나게 할 수 있어서 얼마나 다행인지!

그렇게 우리 마을 울주군 선바위 강변길에서 달리기가 시작되었다. 날마다 달리며 여기저기 뻗어진 시골길을 누비고 사계절 자연의 흐름을 오감으로 만끽하는 것은 우리의 일상이 되었다. 학생들과는 토요일 아침마다 밀린 숙제 벌칙으로 달리기를 했다. 학생들과 함께 시내까지 달려 나가 나들이를 하며 '달리기 여행'에 재미를 붙여갔다. 또 어느 주말엔 울산 근교에서 열리는 마라톤 대회에 다 함께 참가해 심장이 쫄깃하고 박진감 있는 달리기도 해보았다. 결승선을 통과하며 얻은 성취감과 할 수 있다는 자신감은 메인 보너스였다.

건강해진 몸에서 건강한 마음이 왔어

새 학기 어느 날이었다. 일을 마치고 늦게 귀가했다. 할 일이 많아 혼자 분주하게 움직이면서 투덜투덜, 부릉부릉하는데 서원이가 말했다.

"엄마! 화났어? 기분이 안 좋아?"

"아니야! 몰라! 넌 하던 거 하면서 놀아!"

약간 짜증 섞인 대답을 했더니, 아이가 다시 말했다.

"근데 왜 화를 내? 얘기를 해야 알지!"

"아니… 나는 일하고 와서 밥도 해야 하고, 집 정리도 해야 하고, 운동도 하러 나가야 하는데…"

내가 약간 울먹이자 아들이 이렇게 위로해 주었다.

"그럼, 내가 설거지해 줄까? 밥은 간단하게 먹으면 되지."

반대로, 서원이가 투덜거리는 날도 있었다. 한없이 자유롭고 싶은 십대이건만, 공교육 시스템에 속해 있어서 어쩔 수 없이 해야 하는 것에 불만을 터뜨리기도 했다. 또 엄마가 생활습관 등을 고치라고 요구할 때는 숨소리를 거칠게 씩씩거리기도 했다.

이런 날은 답답해하는 아이와 강변에 나가 속마음을 털어놓고, 강 저편을 향해 고래고래 소리를 질렀다. 그런 후 분노의 달리기를 시작했다. 누가 먼저 쓰러지나 죽도록 달렸다. 숨이 차고 온몸이 땀에 흠뻑 젖었다. 그러고 나면 마음의 응어리를 풀어낼 수 있었다. 이렇게 달리며 멀어질 법한 10대 아이와 마음의 거리를 좁혀 나갔다.

서로 힘들었던 시간에 함께 땀 흘리고 운동을 했다. 이런 시간이 있었기에 책임과 의무에 대한 물리적인 강요보다 그 속에 숨어있던 사랑과 우정을 꺼내어 공감하고 나눌 수 있었다.

몸 상태가 좋고 활력이 넘치면, 일단 기분이 좋고 나 자신이 긍정적으로 보인다. 다른 사람들을 챙겨줄 여력도 생긴다. 혹여 내게 예상치 않게 일어나는 일로 당황스럽거나 언짢아도 편하게 받아들이고 쉽게 넘어갈 수 있다. 하지만 내가 피곤하고 지치면 사소한 일에도 화가 나고,

속이 상한다. 조금만 상대를 헤아리면 이해할 수 있는 일도 서운하게 여긴다. 특히 내 몸이 아플 때는 에너지가 떨어져 무기력해지고 더 서러워지는 것을 느끼게 된다.

참 감사한 것이 있다. 운동을 하면서 몸의 감각을 잘 알고 있으니, 내가 피곤해서 눈물이 나는 건지, 아파서 슬픈 건지를 잘 알고 표현할 수 있게 된 것이다. 나 자신이 원하는 것이 무엇인지, 내 상태가 어떤지 알고 하는 소통은 서로에게 상처 주지 않고 힘이 되어 주곤 했다.

아이에게 물려줄 첫 번째 유산은 체력

한창 에너지를 뿜어내며 몸으로 놀며 커가는 아들과 매일 꾸준하게 운동을 했다. 해가 거듭될수록 운동은 우리에게 많은 것을 가져다주었다.

무엇보다 체력을 차근차근 키워온 일상에서 '삶의 기본기'를 얻었다. 기본기가 탄탄해야 삶 속에서 만나는 예상치 못한 변수에도 대응하는 힘이 생기고, 결국 헤쳐나갈 수 있는 듯하다. 수영의 발차기, 달리기의 조깅, 자전거의 페달링처럼 기본기는 다지면 다질수록 곱절로 발전한다. 거창하고 큰 목표를 이루기 위해 살다 보면 쉽게 지친다. 하지만 '어제보다 하나만 더, 어제보다 한 걸음만 더' 하며 나아가다 보면, 어제보다 나은 오늘의 나를 만난다. 나는 오늘의 목표를 이룰 수 있는 사람이고, 내일은 또 1cm 성장한 나 자신을 만나는 설렘을 느낄 수 있다. 결국, 진정 자신이 원하는 삶으로 나아가게 하는 단단한 뿌리 역할을 해주는 것이 탄탄한 체력이다.

서원이와 나는 달리기를 기본으로 수영과 사이클을 같이 하면서 철인 3종 대회에 몇 번 도전했다. 둘 다 달리기가 주 종목이다 보니 달리기 대회에서 느끼는 기쁨보다 철인 3종 대회에 출전했을 때 수영, 사이클 후 달리기를 했을 때 힘은 들었지만 더 짜릿하고 쫄깃한 희열을 느낄 수 있었다. 그렇게 동호인 카테고리에서 입상하면서 철인 3종 엘리트팀이 없는 울산시 대표 선수로 발탁되었다. 서원이는 중1~3 연령대 전국 소년체전에, 나는 고등학생부터 성인으로 구성된 전국체전에 출전했다. 엘리트 선수들처럼 우리를 지도하는 전문 코치, 지원해 주는 훈련 시스템 등은 없었지만, 일정을 마친 저녁과 주말을 활용해 서원이와 좋은 코치를 찾아다니며 우리 나름의 계획으로 훈련하고 대회를 준비했다. 운동이 곧 진로이고 직업인 선수들과는 실력이나 경기 운영 면에서 너무나 큰 차이가 느껴졌지만, 지역 '대표 선수' 자격으로 그들과 같은 조건으로 같은 경기를 뛰어 본다는 것은 특별하고 귀한 경험이었다. 그리고 그 경험들은 세상을 이해할 수 있는 더 넓은 시야를 갖게 하고, 한계 없는 더 큰 세상으로 데려가 주는 듯했다.

얼마 전, 동계 올림픽 경기를 보고 있던 서원이가 말했다.

"엄마! 난 울산시 이름만 달고 있어도 책임감 때문에 힘들어도 포기할 수가 없던데, 태극기를 달고 있는 국가대표들은 진짜 긴장되겠다. 그렇지? 인정?"

"그러게! 서원이가 그 마음을 알다니! 우리가 안 해 봤으면 몰랐을 텐데!"

가슴이 찡하면서도 웃음이 났다.

그때 우린 몇 해에 걸쳐 대표선수로 경기를 뛰면서 준비하는 과정에서 정말 많이 힘들어하기도 했다. 온 힘을 다해 최선을 다했으니 결과가 어떻든 후회 없다고도 했고, 후련해하기도 했었지! 또한 서로 의지도 했었지!

그리고 지금은 넘치는 체력으로 늘 긍정적인 마음과 올바른 선택을 할 수 있게 되었고, 원하는 것을 계속할 힘을 얻었지!

꿈을 향한 드라이브

서원이가 16살이 되던 어느 겨울날의 일이다. 그때는 이미 아이 스스로 알아서 잘했기에 하나하나 챙기지 않아도 되는 시기였다. 며칠을 게임도 안 하고, 밖에 놀러 나가지도 않고, 혼자 방문틀에 걸린 철봉에 매달리고, 턱걸이, 푸시업을 하며 시간마다 우유와 삶은 달걀을 먹고 있었다. 그렇게 사흘이 지났을까? 서원이가 진지하게 말했다.

"엄마, 내가 예고 가면 어떨 것 같아?"

"예고? 오! 예고? 멋지다~ 정말 신기한데? 무슨 과?"

가볍게 웃으며 대답했다가 다음 말을 이어가는 아이의 사뭇 진지한 표정을 보고 곧바로 자세를 바꿨다.

"내가 하고 싶은 걸 찾았어. 난 세계적인 배우가 될게!"

'아! 내성적인 네가? 사람들 앞에 서면 머릿속이 하얘진다는 네가 배우를?'

깜짝 놀랐지만 애써 태연한 척했다.

"아아… 배우…그… 래… 구체적으로 뭘 준비해야 하는지 한번 알아보자."

아이가 며칠간 침묵하며 고민한 시간만큼 나도 스스로 집중해 볼 시간이 필요했다. 코앞에 닥친 예고 입시부터, 어느 학교가 있는지, 무엇을 준비해야 하는지 등을 알아보니 결코 만만한 길이 아닌 듯했다.

'지금 살고 있는 아파트를 팔아야 하나?'

강변을 달리는데 갑자기 눈물이 마구 쏟아졌다. 서원이가 처음으로 하고 싶은 것이 생겼다고 이글거리는 눈빛으로 얘기했던 그 날. 내가 16살이 되던 그해에 아빠가 돌아가셨고, 그토록 하고 싶었던 음악과 연극을 그만두었다. 내가 행복한 것, 내가 꿈꾸는 것과는 무관하게 일단 혼자 남겨진 엄마가 원하는 학교에 진학하고, 돈을 많이 벌 수 있는 길이 뭔지 현실을 살펴야 했다. 내면의 목소리와 전쟁을 치르며 몇 년의 시간을 보냈던 일들이 주마등처럼 스쳐 지나갔다.

어차피 하겠다는 쪽이 이기게 되어있다는 것을 깨닫는 데는 그리 오랜 시간이 걸리지 않았다. 예고를 준비하기엔 너무 늦었고, 아니 불가능했던 타이밍이었지만, 최선을 다해보자며 연기자가 되는 데 필요한 것들을 지도해주실 전문가를 찾았다. 이른 아침부터 밤늦게까지 현대무용을 배우고, 연기 수업, 실용무용, 요가와 체형교정 수업, 자기관리 프로그램과 독서까지….

이 모든 수업을 따라가려면 하루 24시간이 부족했다. 한창 성장할 나이라 수면 시간을 줄일 수는 없었다. 라이드를 해주면서 일정을 소화했다. 그 후 1년의 시간이 지났고, 많은 변화가 있었다. 서원이는 집 앞에 있는 인문계 고등학교를 다니며 댄서로 방향을 구체화했다. 그리고 매주 기획사 오디션과 댄스 공연으로 바쁜 일상을 보내고 있다.

어느 날 아이가 말했다.

"엄마… 내가 철인 3종 운동을 해 놓은 게 정말 도움이 많이 되는 것 같아. 그리고 지구 한 바퀴 여행을 하면서 매일 온종일 걸었던 것도."

"아 그래? 체력이 좋아서?"

"응! 다들 온종일 연습하고 싶어도 힘이 빠져서 마지막엔 파워풀한 춤을 추지 못하는데, 나는 끝날 때도 똑같이 힘이 남아 있어."

아이들이 아직 하고 싶은 게 무엇인지 모르겠다고 하면, 우선 체력부터 길러보라고 말하고 싶다. 나는 감정에 자주 흔들리는 사람들에게, 그저 무심하게 운동화를 신고 문밖으로 나가보라고 이야기한다. 지금 당장 무엇을 해야 할지 모르겠다면, 허리를 곧게 세우고, 가슴을 열고, 팔을 쭉 위로 스트레칭하며 소리를 질러 보자. 가장 키가 커 보이게 서서 자신에게 말해보자.

"나 지금부터 강해질게!"

이것이 하고 싶은 것을 계속하는 힘을 준다. 늘 활력이 넘치는 일상을 즐길 수 있다. 누구에게나 몸을 먼저 움직여서 그 에너지 가득한 마음을 내어주면 여유를 만끽할 수 있다. 잊고 있던 꿈을 꺼내 더 큰 도전을 하는 용기는 덤이다.

손흥민 선수는 기본기를 강조하는 아버지의 지도를 받았다. 친구들이 경기 경험을 쌓을 동안 지루할 만큼 반복적으로 기본기를 닦았고, 탁월한 지구력과 기술로 세계적인 축구 선수가 되었다.

"네 마음대로 움직이는 최상의 몸으로 네가 만족하는 최고의 경기를 펼쳐라!" 이것이 손흥민 선수 아버지가 자주 했던 말이라고 한다. 손흥민 선수는 매일 자기보다 더 많이 운동장에서 달리고 훈련하는 아버지를 보면서 무슨 생각을 했을까?

기본기를 쌓는 동안에는 실제 결과가 곧바로 나타나지 않아 감흥이 없어 보인다. 하지만, 결국엔 성실히 기본기를 쌓은 시간이 지금의 우리를 있게 한 가장 값진 과정이었다는 것을 알아간다.

아이와 함께 운동화 끈을 묶고 집 밖으로 나가보자. 몸을 움직여보자. 그때부터 몸 쓰기 놀이가 익숙해진다. 다양한 도전을 하려면 먼저 체력부터 길러야 한다. 즐겁게 꾸준히 체력을 기르다 보면 어느 지점에 다다랐을 때 새로운 것에 도전하고 싶은 마음이 생길 것이다. 그 과정을 무한 반복하다 보면 멀게만 느껴지고, 불가능하다고 여겨졌던 꿈이 더는 꿈이 아니고 현실에 가까워지고 있음을 알아차릴 수 있다. 그 과정에 지속적인 힘을 내는 자신을 발견하게 될 것이다. 그것은 어느 영화보다 감동적이며 짜릿하다. 나 자신을 사랑하고 믿은 것이 쌓여가는 강렬한 순간이다.

삶의 기본기가 잘 다듬어진 건강한 개인들이 모여 행복한 가정을 이루고, 행복한 가정이 모여 조화로운 사회를 만들어 간다.

나는 지금 할 수 있는 것들을 통해 건강한 삶을 추구하는 사람들을 도우려고 한다. 글쓰기로, 강의로, 커뮤니티 소통으로. 변화하고자 하거나, 세상을 이롭게 하는 분들과 함께 달리고 배운다. 또 현장에서 아이들과 함께 뛰어놀며 내가 만족하는 최선의 순간순간을 만들어 가려고 노력한다.

내가 나로서 존재하는 자리

열심히 일한 당신, 떠나라!

지구 한 바퀴 프로젝트를 시작한 지 벌써 10년이 다 되어 간다. 이 프로젝트는 매일 5km를 21년 동안, 지구 한 바퀴 둘레인 약 40,049km를 달리는 것이다. 학기 중에는 국내 지역을 달리고, 방학 중에는 국외 지역을 달린다.

처음부터 지구를 한 바퀴 돌아보겠다는 거대한 꿈을 가진 것은 아니었다. 갑작스럽게 엄마가 하늘나라로 떠나고 삶에 대한 의미를 잃고 헤맬 때, 뒤통수를 꽝! 하며 불현듯 깨달음이 찾아왔다.

"인생… 언제 떠날지 모르고, 내일 당장 무슨 일이 일어날지도 몰라! 그저 오늘을 살아! 하고 싶었던 것을 해봐! 지금 못 하면 나중에도 못

해!"

나에게 소중한 사람, 하루하루를 일으켜 세웠던 사람이 떠나고 나니 더는 잃을 것이 없었다. 잃을 것이 없으니 두려운 것도 없었다.

"일단 떠나야겠다! 어디든, 한국을 벗어나 봐야겠다."

그 당시 꿈의 멘토를 운영하며 청소년 코칭을 하고 있었다. 중·고등 학생들과 한 학기 동안 4주간의 겨울방학 해외 프로그램을 준비했다. 지금 학부모 입장에서 생각해보면, 아이를 젊은 여성에게 맡기고 한 달 동안 외국 생활을 하게 한다는 것은 무모하지 않았을까 싶다. 지금의 나라면 쉽게 이해할 수 없는 일이었지만, 그 당시 삶에 대한 무기력과 절박함에 빠져 있던 나를 구해준 프로젝트였다. 그 당시 하던 일의 연장선상에서 학생들을 데리고 외국으로 가서 똑같이 해본다는 것은 정말 스스로 충분히 설득될 만했다. 아이를 돌봐주시는 시부모님도 이해할 수 있는 일이었다.

어느 나라로 떠날까? 동행할 동료 교사와 지구본을 뱅글뱅글 돌려보았다. 고민하던 중에 이런 생각이 들었다.

'아이들에게는 영어권 나라가 좋겠지. 추위에 취약하니 겨울에 안 추운 나라면 더 좋겠다.'

결국 남반구로 선택지가 좁혀졌다. 이왕이면 내가 잘 아는 곳으로 가는 것이 안전하겠다 싶어, 20대 초 난생처음 집을 떠나 생활해본 뷰티

풀 호주로 가기로 결정했다.

그 당시 만나던 사람과 함께 호주에서 살기로 약속했었다. 그런데 결혼식을 위해 급히 한국에 귀국했다가 아직도 돌아가지 못하고 있다. 그래서 호주에 대한 애환과 그리움에서 벗어나듯 호주로 떠나기로 했다.

캠프 규칙 중에는 '스마트폰 없이 갑니다!'라는 항목이 있었다. 그럼에도 불구하고 출발할 때부터 스마트폰 때문에 한바탕 난리를 겪었다. 우여곡절을 겪으며 생존본능의 절정에 노출된 환경으로 들어갔다. 그 속에서 코칭 프로그램을 진행해 보니 과연 성과가 좋았다. 국내에서 하는 기간과 가격, 정성 대비 여러 방면에서 꽤 높은 성취도였다. 우리가 직접 몸을 부딪치며 생존에 노출되어 보낸 시간이다 보니 누가 뭐라 해도 우리 스스로 특별한 고생에 남다른 의미를 부여했다. 그리고 우리만의 스토리를 만들었다. 그것만으로도 충분히 성과를 거둔 듯했다.

무모한 도전과 IRM 프로그램의 콜라보

IRM(Identity Relationship Managemnet, 정체성 관계관리) 프로그램은 한 학기 동안 주 2회 한두 시간 수업 및 주말 캠프 등으로 자신의 시간, 경제, 목표, 건강, 학습, 정신 관리 등을 스스로 관리할 수 있도록 코칭하는 프로그램이다.

한 달여 간 24시간 내내 같이 생활하며 PDCA(Plan, Do Check, Action)를 하고, 현지 생활 적응을 위해 계획한 다양한 미션 활동이 있었다. 도시 간 여행을 할 때 예상하지 못한 다양한 돌발상황들이 우리를 맞이했다. 준비되지 않은 새로운 도전을 매일매일 하는 것은 어느새 피할 수 없는 우리 일상으로 자리 잡았다.

예를 들면, 우리가 예약한 숙소가 인터넷 공지와는 달리 열악한 환경에 불법으로 운영되는 곳인 걸 알고는 호스트 아저씨가 잠든 사이 이른 새벽 몰래 숙소를 빠져나와야 했다. 가방을 잃어버리고 길을 잃기도 했다. 열차를 잘못 타기도 했다. 아이들은 본능적으로 몸집이 작은 선생님(나)을 보호하며 예기치 못한 상황을 해결해 나갔다. 그 과정에서 각자의 책임감과 숨겨놓은 기지도 발휘했다. 현장에서 때에 맞춰 구성되는 팀워크로 10대 아이들의 넘치는 에너지도 지혜롭게 소진했다.

특히 아이들은 그나마 믿고 따라온 인솔자인 내가 길눈이 어둡다는 것을 뒤늦게 알고 아연실색했다.(그 당시에는 그랬다. 10년간 전 세계를 돌아다니며 지금은 길눈이 밝아졌지만.) 유독 걱정이 많고 마음이 약한 사람이다 보니(지금은 진짜 아님. 10년 동안 배낭 메고 전 세계를 일주하다 보니 완전 강인하고, 유연하고, 초연하고, 튼실한 사람이 되었음.) 아이들은 정신을 똑바로 차리고, 한국에서와는 다르게 주도적이고 든든한 형들처럼 행동했다. 부족한 선생님을 지켜주고 챙겨줘야 한다는 책임감, 또는 저 선생님만 믿어서는 우리의 생존을 보장받을 수 없다는 불안감 때문인지 아이들은 일치단결하여 어려움을 극복했다.

아이들은 한국에 있을 때보다 서로를 더 챙기며, 하기 싫어하기보다는 주도적으로 뭐든 하려고 했다. 늘 미루던 과제도 "집 나오니 더 잘 된다." 하면서 장난치며 빠르게 해내는 등 계획 대비 실행력도 좋았다.

한국에서 IRM 프로그램을 진행하다 보면, 학부모와 학생들은 소소한 갈등을 겪는다. 아이가 기대한 만큼 빠르게 변화하지 않는다며, 학부모들은 조바심을 낸다. 학부모들의 무언의 압박은 아이와 교사에게 그대로 전달되곤 했다.

그러나 해외로 나가니 부모님과 얽힌 감정 에너지 소모가 없었다. 부모의 기대감에 은근 억눌리지 않아도 되고, 천천히 우리 페이스에 맞춰서 갈 수 있었다. 이것만으로도 큰 장애물 하나가 해결되는 느낌이었다.

도은표 지적자산 'IRM 프로그램'

IRM은 6단계로 진행된다. 이 프로세스는 아이들 코칭뿐만 아니라, 사업을 시작하거나 과업에 도전할 때 모듈로 사용할 수 있다.

- 1단계: 현실 점검. 나에 대한 데이터베이스 구축. 사업의 경우에는 시장조사.

- 2단계: 분석. 나에 대한 분석 또는 시장 분석.
- 3단계: 목표 설정. 나의 목표 설정.
- 4단계: 준비 및 계획. 목표를 이루기 위한 준비와 계획을 세분화하기.
- 5단계: 실행(Action).
- 6단계: 평가(Feedback).

이 과정을 거치면서 6단계 평가까지 시행해보면 시행착오를 알 수 있다. 그럴 때는 다시 3단계로 가서 목표를 수정하고 계획-실행-평가하는 단계를 무한 반복함으로써 내가 원하는 목표에 다다를 수 있다.

이미 목표가 있는 아이는 자신이 무엇을 좋아하는지, 무엇을 했을 때 행복한지 대부분 알고 있다. 그래서 1, 2단계를 거쳐 전략을 짜고 실행을 돕는 걸로 3개월에 마무리할 수 있다. 그러나 그 외에는 자신에 대해 잘 모르거나, 자신이 무엇을 하고 싶은지조차 잘 모르는 경우가 많았다. 어른조차도 내가 무엇을 원하는지 알지 못하는 경우가 많은데, 똑같은 교육 시스템 안에서 피교육자의 포지션으로 있는 아이들은 더더욱 그럴 것이다.

가끔 내 아이는 무기력하다며 아이 손을 잡고 와서 도움을 요청하시는 부모님들도 계셨다. 그런 아이들의 경우 프로세스 6단계 중에 좀 더 세밀한 1, 2단계가 필요했고, 목표를 찾는 과정까지 짧게는 6개월, 길면 1년 정도 프로그램이 진행되었다.

반면에, 호주에서 진행한 IRM 프로그램은 한 달 만으로도 효과 있는 결과를 얻을 수 있었다. 한국에서 주 2회 한두 시간씩 만나 운동과 시간·목표 관리 등을 코칭할 때는 서로 좋은 모습만 보고, 온전히 아이에 대해 알 수 없었다. 선생님보다 더 많은 일상을 보내는 엄마의 피드백에 많이 의지했다. 하지만 호주에서는 눈뜨면 잠들 때까지 24시간 내내 붙어 있으니 예외가 없었다. 평소 자신을 지원해 준 부모님이 계신 집에서처럼 생활하면 호주에서는 견뎌낼 수가 없었다.

예를 들면, 아침 시간에 주어진 운동 미션과 아침 식사, 하루 일정을 준비하는 짐 꾸리기까지 스스로 마치지 못하면, 벌금을 내야 하거나 아침을 못 먹는 일이 생겼다. 심지어 머리를 제대로 못 감고 떡진 머리로 나와 멋진 풍경 앞에서 인증 사진을 찍기도 했다. "아~ 쌤… 머리 떡졌어요~~ 좀 깨워주시지!" 하며 원망을 듣기가 일쑤였다.

매일 소소하게 토라지는 일을 겪으면서 아이들은 스스로 일정을 짜고, 예산에 맞게 지출하는 것을 알아서 해나갔다. 여행 후반에 머물렀던 멜버른에서는 아이들이 외식비 대신 좋은 숙소를 선택했다. 그리고 미션을 수행하면서 목표 의식, 팀워크를 다져나갔다. 나는 오로지 아이들이 스스로 선택할 기회를 제공하고, 몸과 마음을 잘 관리할 수 있게 체력 보강과 서로 위하는 마음을 가질 수 있도록 살뜰히 챙겼다. 기본적으로 잘 먹고, 잘 쉬어서 컨디션 관리를 하고, 서로의 마음을 잘 헤아리고, 우리를 여기에 보내주신 부모님께 감사하는 마음을 가지는 것만으로 충분했다.

해가 갈수록 학교에서 무기력한 친구들을 많이 만난다. 그들이 요구한 적은 없었지만, 태어날 때부터 주어진 부모라는 울타리와 내 집이라는 편안한 환경에 길들어진 익숙함으로, 스스로 안 해도 되는 것이 많은 일상에 젖어가는 듯하다. 특히 요즘은 부모 세대와는 다르게 외동아이가 많다 보니 더욱 그렇다.

우울감과 관련된 책을 읽다가 이 구절이 눈에 꽂혔다.

'모든 질병이 치료보다 예방이 효과적이듯, 우울감도 심각하게 발전되지 않으려면 내 삶은 내가 움직인다는 기본적인 자기 신뢰감을 되찾아야 한다.'

이것을 아이들에게 그대로 적용해 본다면, 아이들이 자신의 삶에 대해 스스로 선택할 수 있는 주체성을 찾아주어야 한다. 그 주체성을 스스로 찾아가고, 내가 세상에 꼭 필요한 소중한 사람이고 내 삶을 스스로 꾸릴 수 있다는 믿음과 자신감을 키워주어야 한다. 그리고 나를 둘러싼 세상을 좀 더 나은 세상으로 만들 수 있다는 희망을 품게 해야 한다.

'지구 한 바퀴 프로젝트'는 시작은 미흡했지만, 내가 하는 일에 특별한 의미와 영감을 얻었고, 설레는 꿈을 갖는 계기가 되기도 했다. 결국엔 '해외캠프에 도전하길 잘했다.'라는 내 선택에 별점 5개를 주는 만족감으로 마무리되었다.

2010년 겨울, 막연하고 무모했던 우리의 호주행을 계기로 수년간 연구했던 자기주도 학습과 코칭 프로그램의 확신을 얻었다. 다음 방학에도 해외캠프를 기획하게 되었다.

발전하는 '지구 한 바퀴 프로젝트'

해마다 가 보지 않았던 새로운 나라로 향했다. 유럽 남부, 동부, 서부 등으로 떠났고 그때마다 새로운 친구들이 참여했다. 한번은 여학생만, 한번은 남학생만, 그리고 첫 미국행에서는 나이 차이가 나는 학생들이 함께 팀워크를 이루었다. 누구와 함께하고 어디를 가든, 익숙한 동네에서 벗어나 지구 반대편 나라에서 진행될 IRM 프로그램을 준비하면서 한 학기를 보냈다.

"몇 달 후엔 부모님 없이 혼자 외국에서 지내야 한단 말이지?"

"저 조그마한 선생님만 믿고 가야 한단 말이지?"

아이들은 앞으로 자신에게 펼쳐질 일에 대해 설렘 반, 두려움 반으로 꽤 진지하게 준비했다. 때론 기대 이상으로 열성적이었다. 덕분에 우리는 부모님의 걱정이나 염려 대신 지지와 격려를 받으며 즐겁게 준비하고 떠날 수 있었다.

특히 두 번째 미국행인 13살 아이들과 47일간 떠난 캠프는 부모님들도 함께 1년 동안 준비했다. 준비하던 시간만으로도 부모와 아이들은 성장했다.(이 캠프 이야기는 박도은의 첫 책 《길 위에서 자라는 아이들》에 담겨 있다.)

해를 거듭할수록 아이들에게 세상은 넓고 삶은 참 다양하고 재미있게 만들어 갈 수 있다는 사실을 일깨워주고 싶었다. 또한 더 많은 것을 보여주고 싶었다. 아이들은 세계 각지에서 생활하며 내가 주고자 했던 진심을 하나씩 몸으로 체득해 갔다.

이탈리아 로마에서는 길을 잃었다가 숙소로 찾아오며 생존하기 위해 자신의 숨어있던 적극성을 깨웠다. 스위스 어느 마을에서는 공원에서 햇살을 만끽하고 있는 어른들과 마트 점원에게 "당신의 꿈은 무엇입니까?"라는 인터뷰를 하는 미션을 수행하며 다양한 꿈을 들었다. 그리고 영어로 통하지 않아 눈빛, 몸짓으로 의사소통을 하며 친구를 만들기도 했다. 아이들은 '지구촌 사람들은 모두 하나이고, 진심만 있으면 누구와도 통할 수 있다.'는 사실을 알아갔다.

아이들도 나도 처음 가는 곳에서는 서툴고 실수투성이였지만, 새로운 세상을 보는 설렘과 기쁨을 함께 나눌 수 있었다. 매일 웃었고, 매일 흥분했다. 매 순간순간이 새로워서 온몸의 감각을 열고, 세포들을 차렷시켜서 현실에 집중했다. 예상치 못한 일을 만나고 해결해 나가던 모든 경험은 우리에게 삶에 대한 태도와 지혜, 위기를 헤쳐나갈 힘을 선물했다.

낯선 나라, 낯선 땅에서 내 존재를 알아가고, 자신을 던져보고, 돌보고, 하기 싫던 일들을 하고, 상상하지 못했던 일들을 해결해 내며 새로운 자신을 발견했다. 그저 몰라서 두렵고, 해보지 않아서 겁먹었던 일을 해보면서 뛰어넘었다. 배우고 깨달았던 모든 여정은 꽤 긴장되고 겸손해지는 순간들의 연속이었다. 설레는 일상에서 새로운 꿈을 꾸고, 그것을 현실로 만들 수 있는 힘을 얻었다.

그동안 캠프에 참여했던 학생들은 이미 사회인이 되었다. 그들은 오래전 '지구 한 바퀴 프로젝트'에서 경험한 일들을 이렇게 회상했다.

"아~ 엄마 잔소리에서 벗어난 건 좋았는데, 더 큰 장벽이 있을 줄이야! 집 나가면 개고생한다더니 그 말이 정말 맞았어요."

"고생을 왜 사서 하는지 알았어! 유럽 캠프에 비하면 군대 생활은 아무것도 아니었어!"

"곧 출발하려는 비행기도 잡는 도은쌤 보면서 세상에 안 되는 일은 없다는 걸 배웠지!"

"체코에서 엄청 추웠던 날, 끓는 물에 라면수프만 넣은 국물맛은 지금도 잊을 수가 없어!"

"유학은 갑부집 애들만 가는 줄 알았어요. 제가 그때 호주에 따라가지 않았으면, 미국에 있는 대학에 다니는 건 상상도 못 했을 거예요."

"그때 스페인을 안 갔으면 내가 스페인어를 좋아한다는 걸 몰랐겠죠! 아마 멕시코도 안 갔겠지!"

"루브르에서 가이드용 닌텐도를 만지작거리며 게임을 개발할 아이디어를 얻었다니까요!"

한편으로는 쓰고, 한편으로는 꿀처럼 달았던 경험으로 아이들은 성숙해졌다. 그들의 행복한 모습을 지켜보면서 매번 떠날 수 있는 용기를 얻었고 그것이 나를 다시 일으켰다.

사실, 막상 아이들과 한 학기 동안 신나게 좋아서 캠프를 준비하다가도 출국 전날만 되면 그동안 힘들었던 순간들이 떠올랐다.

동유럽의 한겨울 추위를 몸으로 맞을 때는 집이 그리웠다. 독일에서 아이를 잃어버려서 발을 동동 구를 때는 다시는 해외캠프를 하고 싶지 않았다. 스위스 전통 집에서 머물 때 장작이 다 떨어져 난방되지 않은 적이 있었다. 가스 불에 물을 끓여 여자아이들의 긴 머리를 다 감을 수 있도록 해주고 나니 새벽 두 시가 넘었다. 허리도 아프고 빨리 자고 싶어서 눈물이 쏟아졌었다.

출국 전날, '그냥 집에서 편하게 지내지 왜 또 생고생하러 가려고 해?' 하며 가기 싫은 마음이 울컥 올라오곤 했다. 낯선 곳에 아이들과 함께 가야 한다는 두려움, 빤히 보이는 고생과 그 속에서 내가 감당해야 할 고단함을 미리 생각하면 온몸이 쪼그라드는 듯했다. 그런데도 출국 당일에는 씩씩하게 떠나고, 무사히 캠프를 마치고 다녀와서는 나도 모르게 다음 팀을 꾸려서 또 떠날 준비를 하고 있다. 한 학기 동안 기획하고 아이들과 준비하고 또 배낭을 메고 집을 나서는 이유는, 매번 다른 시간과 공간에서 그들과 함께 한계를 넘으며 얻는 강렬한 기쁨이 있기 때문이다. 그것은 연애하듯 설레고 건강하고 찐한 사랑 같은 것이다.

진정한 내가 되는 나만의 오리지널스

어린 시절에 아빠가 오래되고 낡은 세계 지도를 보여주었다. 그때는 지구촌 곳곳을 가 보겠다는 꿈을 꾸지 않았다. 그러나 아이들과 함께 지구촌 곳곳을 누비며 가슴이 뛰었다. 살아 움직이는 나를 재발견했다. 절망의 끝에서 선택하고 시작한 도전이 온전한 나를 찾아가는 길을 열어주었다.

내가 하는 일에 대한 확신과 자신감이 생겼고, 언제 어디서 내가 나다울 수 있는지 알게 되었다. 가 보지 않은 곳에서 아이들이 가진 강점을 발견해 주고, 그 능력을 잘 쓰도록 도와주는 것, 새로운 환경을 제공하고 도전할 기회를 마련해 주는 일들이 나를 일으켜 세웠다. 아이들이 행복해하고 성장하고 변화해 가는 모습을 지켜보면서 매번 감동했다. 그 감동은 내 삶에 기쁨과 보람, 더할 나위 없는 행복감을 가져다주었다. 그리고 그 안에서 1cm씩 성장하고 있는 나와의 만남은 가슴 찡하고 강렬했다.

앞으로 또 누구와 어느 나라에서 무엇에 도전하고, 그 길을 걷고 있을지 아무도 모른다. 하지만 분명한 것은 내가 무엇을 좋아하고, 잘할 수 있는지, 누구와 어디에서 무엇을 할 때 내가 진정 행복한지 알게 되었다.

사람은 누구나 태어날 때부터 자신만의 영재성이 있다. 나는 그것을 아이 스스로 찾아내어 써봄으로써 자신이 원하는 삶에 다가가도록 도우려고 한다. 더 큰 세상에서 재능을 이롭게 쓸 수 있게 다양하고 색다른 방법으로 많은 이들에게 메시지를 전하려 한다. 자신만의 행복을 가꿀 수 있도록!

한 학생이 진지하게 물었다.

"선생님 말씀은 잘 알겠는데요. 그런데 지금 당장 어떻게 해야 하냐고요?"

지금 곧바로 '나는 무엇을 좋아하고, 나는 언제 행복한지'를 적어보자. '그동안 하고 싶었는데 두려워서 하지 못한 것들'을 적어보자. 후회의 순간을 기억 속에서 건져 올려 고백하고 그것과 마주하는 용기를 내어 보자.

잘 모르겠다면, 내가 사랑하는 이들에게 "내가 잘하는 게 뭐야?" "내가 잘할 수 있는 게 뭘까?" "나를 칭찬하고 싶은 건 뭐가 있어?"라고 물어보자. 내가 몰랐던 얘기를 해 줄 것이다.

사랑하는 사람들, 소중한 사람들은 어느 날 예고도 없이 하늘나라로 떠났다. 나 또한 그럴 것이다. 죽음을 명상하며 삶을 더욱 열망하게 되었다. 오늘이 마지막 날일 수도 있으니 무슨 일이든 할 수 있는 기회가 있을 때 주저함 없이 실행하는 편이다.

한 번뿐인 인생이다. 누구에게나 똑같이 주어진 조건이다. 그리고 언젠가는 사랑했던 기억마저도 사라진다. 이 사실을 뼈저리게 느꼈기에 지금 이 순간을 꽉 붙잡는다. 100% 전력투구한다. 좀 더 많은 것에 도전해본다. 나쁜 것보다 좋은 것, 슬픈 것보다 행복한 것에 집중한다.

상실의 아픔이 간절한 오늘을 선물했다. 한 번뿐인 삶에서 무엇보다 나 자신을 사랑하고 타인을 사랑하는 마음을 선물로 받았다.

임계질량과 임계점

결국엔 힘을 발휘하는 마일리지

'빨리 잘하고 싶다!'는 언제, 어디서, 무엇을 하든 간에 누구나 원하는 것이다. 나 역시도 그간 해보지 않은 것, 살아온 과거와는 무관하게 무슨 일이든 빨리 능숙해지고 싶었다.

성적도 빨리 오르고, 다이어트도 최단기간에 성공하고, 투자도 최단기간에 최고 수익을 올리고 싶었다. 내가 해온 것과 무관하게 빨리 인정을 받고 싶었다.

"한 달 만에 성적을 최고로 올렸대."

"한 달 만에 10kg이나 뺐대."

"달리기 시작한 지 한 달도 안 됐는데 10km를 40분에 달린대!"

"한 달 만에 1억을 벌었대!"

심지어 연애도 단기간에 가까워지고 싶었다. 사랑하는 사람과 쌓는 추억과 익숙함이 필요한데도 말이다.

지구 한 바퀴 해외캠프를 다녀올 때도, IRM 프로그램을 시작하고 아이들이 코칭을 받을 때도 사람들의 반응은 다르지 않았다. 학부모님들은 아이들이 한 달여 간 배낭여행을 다녀오면, 갑자기 "아버님, 어머님~"하면서 예의가 좔좔 흐르고, 반듯하게 문안 인사를 하고, 자기 일정을 알아서 관리하고, 숙제도 알아서 척척 하고, 성적도 쑥쑥 오르는, 뭔가 획기적인 변화를 기대했다.

우리는 조급하게 모든 일을 빨리, 효과도 빨리, 성과도 빨리 내고 싶어 한다. 아이 교육도 마찬가지다. 아이에게 의사결정권을 주지 않고, 엄마 주도적으로, 혹은 학원 주도적으로 키워왔는데, 어느 날 갑자기 아이가 자기 주도적으로 하지 않는다고 불평한다. 심지어 캠프에 가서 아이를 주도적인 인간으로 변화시켜 오라고 신신당부한다. 이런 학부모님들을 만날 때마다 아주 난감하다. 무슨 일이든 '어느 날 갑자기'는 없다. 기본기를 갖추고 마일리지가 쌓여야 한다. 기본기가 어느 정도 쌓였을 때 예상보다 조금 일찍, 혹은 기다리고 기다리다 포기할 때쯤 그동안 쌓여있던 것들이 막차를 타고 짠! 하고 발현되기도 한다. 이것은 개인차가 있어 모두 다르게 나타난다는 것이 팩트이다.

우리는 오늘 어떤 임계질량을 쌓고, 어느 임계점을 향해 가고 있을까?

그 지점을 만나고 싶은데, 오늘 우리는 어디쯤 있을까?

지구 반대편을 갈 수 있는 체력 임계질량

한겨울에 한 달간 여학생들을 데리고 유럽을 돌기로 했다. '어제보다 하나 더!'라는 미션을 생각하며 매일 걷고 달렸다. 유럽을 머릿속에 그리며 체력단련을 꾸준히 했다. 그 결과, 눈이 쌓여 발이 푹푹 들어가는 스위스 알프스의 산자락에서도 낙오자 없이 걸을 수 있었다. 우리는 통나무집에서 단전 치기, 손 찌르고 막기, 발차기 등을 어제보다 하나 더 하며 체력을 쌓았다. 자신보다 큰 배낭을 메고 온종일 걸었는데도 무사히 다녀올 수 있었던 것은 하루도 게을리하지 않았던 운동 미션 덕분이었다.

13살짜리 아이들과 47일간 2,000마일이 넘게 미국 일주를 할 때도 마찬가지였다. 하루도 쉬지 않고 조깅과 줄넘기, 푸시업(Push-up), 싯업(Sit-up)을 하면서 단 한 명도 아픈 사람 없이 무사히 일정을 마칠 수 있었다. 그 여정을 함께할 수 있었던 것은 매일 하기로 약속했던 '운동'에 충실했기 때문이었다.

요즘 매일 두 장씩 꾸준히 읽는 책이 있다. 율곡 이이가 쓴《성학집요》이다. 자기 수양 부분에 이런 말이 나온다.

'길을 잃어버리지 않고 날마다 과정을 정하여 순서에 따라 부지런히 힘써서 나아가기만 하고 물러나지 않는다면, 아무리 먼 곳이라도 이를 수 있고 아무리 높은 곳이라도 오를 수 있다.'

동서고금을 막론하고 세상의 진리는 통하는 것 같다. 하루하루 한 걸음씩 내디딘 것이 내가 지구 한 바퀴를 돌 수 있는 용기를 주었다. 그리고 세계 지도를 보며 막연히 꾸었던 꿈을 현실로 이룰 수 있게 해 주었다.

마라톤을 완주한 것도, 처음 아이언맨 70.3에 도전해 우승한 것도, 매일 조금씩 달려 월 300km를 달리고, 매주 정해 놓은 거리만큼 사이클 페달을 밟았기에 가능했다.

첫 책을 출판할 때도 마찬가지였다. 한 문장을 쓰는 일부터 시작했다. 한 문장을 쓰니 한 페이지의 이야기가 나왔고, 매일 쓰다 보니 그것이 쌓여 한 권의 책이 되었다. '한결같음'이 이루어낸 성과다. 그 과정에 매일 새로운 나, 매일 새로운 지점에 서 있는 또 다른 나를 만날 수 있었다. 그런 내가 꽤 의젓해 보였고, 스스로 당당했다. 그 이후로는 불공평하게 보이던 세상이 노력 앞에서는 공평해 보였다.

코로나 팬데믹으로 해외캠프를 2년간 진행하지 못했다. 다시 시작하기에 앞서 학생도 서원이도 없이 오롯이 혼자 하와이로 떠났다. 한 달여

기간을 아이들도 없이 혼자 지낸 것은 처음이었다.

12월마다 열리는 호놀룰루 마라톤 대회에 참가하기로 했다. 부상 중이었지만 살살 몸을 달래며 매일매일 연습했다. 아프지 않고 회복될 정도로 주법을 바꾸고, 완주하기 위한 최소한의 장거리 훈련을 소화했다. 시차 적응을 위해 일주일 전 하와이에 도착해 날씨와 코스에 맞춰 훈련하면서 최상의 컨디션을 만들었다.

대회 당일, 나는 1km를 42번 달렸다. 5km를 삼시 세끼 챙겨 먹듯 달리는 나였지만, 그날은 1km를 5분~5분 10초로 달릴 때마다 "아! 해냈다!"고 스스로 아낌없는 칭찬과 격려를 해 주었다. 내가 달려온 곳이 멀어질 때마다 자연스레 나에 대한 믿음과 확신이 찾아왔다. 1km를 지날 때마다 짜릿한 성취감을 느꼈다. 그렇게 42번을 달리고 나니 골인 지점이 보였다.

호놀룰루 마라톤에서 피니시 라인을 밟으며

힘차게 달렸다. 37km 지점에서 느꼈던 피로감과 고통스러움은 온데간데없고, 팔을 힘차게 흔들며 두 다리는 앞을 향해 더 빠르게 움직였다. 입꼬리는 귀에 걸릴 만큼 올라갔다. 드디어 피니시

라인을 밟았다. 그 순간 절로 터져 나오는 나를 향한 감탄과 함성! 그 순간을 다시 한번 재연해보려고 해도 절대 할 수 없을 것 같다. 그 순간에만 나올 수 있는 절묘한 타이밍의 운명 같은 교감이었다!

'오늘 참 잘했어요' 스탬프 모으는 성취감

서원이는 17살이 되던 해에 진로를 엔터테인먼트 쪽으로 바꾸었다. 무용학원에 가는 차 안에서 이야기했다.

"엄마! 괜찮아? 난 조금 불안해…."

이 말을 듣고 갑자기 가슴이 쿵 내려앉았지만, 애써 태연하게 말했다.

"응! 난 좋아!"

"엄마는 듣지도 않고 무조건 좋데! 아이참~ 친구들은 이제 중3이 돼서 공부 안 하던 애들까지도 철들어서 공부하러 학원에 가는데. 내가 이렇게 무용학원에 가고, 연기 배우러 다니고, 요가 다니고, 그런 게 정말 괜찮아? 머리도 좋고 운동도 잘하는데 말이지! 우리가 예전에 얘기했던 과학자나 운동선수가 아닌데도 괜찮아? 엄마가 생각한 방향과 다른 걸 하는 게 괜찮냐고?"

"응! 난 좋아!"

"엄마, 또 철없이 말하지 말고!"

아들은 사뭇 진지했다. 심지어 분위기가 무겁기까지 했다. '이 녀석은

맨날 엄마를 구박해. 쳇!'

"서원아! 뭐가 불안해? 지금 네가 하고 싶은 거 하는데 안 행복해?"

"당연히… 행복하지."

운전석 쪽으로 몸을 향해 나에게 얘기하던 아이가 순간 등을 기대며 앉았다.

"서원아, 그냥 하루하루 최선을 다해…. 오늘 하루 뿌듯하고 즐거우면 돼."

"맞지. 엄마가 맨날 하는 말이지."

"서원이는 무슨 일이든 최선을 다하면서 행복하잖아!"

"그래! 맞아! 최선을 다하면 나머지는 하늘이 알아서 한다고 했지? 그럼 제대로 한번 해볼까?"

나는 '처음부터 끝까지 한결같이.'라는 말을 떠올렸다. 매일 한결같이 하면 날마다 새로워질 것이라고 이율곡 선생님이 말씀하시지 않았던가.

어린 시절, 아버지는 나를 데리고 자주 산을 오르셨다. 언니들과 다르게 유독 나를 사내아이처럼 키우셨다. 바둑, 장기를 둘 때도, 약수를 뜨러 산에 갈 때도 가장 작고 어린 나를 데리고 가셨다.

산에 오를 때마다 내려오시는 분들이 하나같이 나에게 "거의 다 왔다~" 하며 말씀하셨다. 그 말을 듣고 처음엔 '아~ 다 왔구나.' 하면서 힘든 것도 꾹꾹 참고 아버지를 따라 올라가곤 했다. 그런데 힘겹게 산을 오르고 또 올라도 다 온 게 아니었다. 어느 지점에서 만나든 어른들은

"거의 다 왔다~"며 같은 말씀만 하셨다.

이 말은 어른이 되어서 큰 깨달음을 주었다. 삶이 힘들 때 '거의 다 왔다~'라고 생각하며 버틸 수 있었다. 오늘 만족하지 않는 삶을 사는 데도 도움이 되었다. 내가 바라던 곳에 왔더라도 만족하지 않고 새로운 도전을 하게 되었다. 아버지는 어린 나에게 말없이 이 사실을 알려 주신 것 같다.

오늘 하고 싶은 일, 좋아하는 일에 최선을 다하고, 그 과정에서 새로운 나 자신을 발견하는 기쁨은 이루 말할 수 없다. 매일 새로운 나를 만들어 가는 오늘, 매일 1cm씩 성장해가는 삶이 곧 성공한 삶이 아닐까? 스스로 뿌듯하고 기쁘고 보람된 것을 매일 맛보는 삶. 그것이 성공의 참맛이 아닐까?

그때 알았더라면 좋았을 것들

20대에 짧게 직장생활을 하고 사업을 시작했다. 그때는 빨리 나이를 먹고, 성공한 여성 CEO가 되고 싶었다. 일부러 짧은 커트 머리를 하고 정장만 입고 다녔다. 그 당시에는 골프가 대중화되기 전이라, 소위 돈 있는 사람만 골프를 쳤다. 나는 사장님들 권유로 어린 나이에 골프 레슨을 받았다. 그곳에 오는 사람들의 여유가 부러웠다. 나이만 먹으면 나도 그렇게 되는 줄 알았다. 그래서 빨리 그들처럼 의젓하고 여유로운 모습을 갖추려고 애썼다.

일에만 매진했고, 힘들어도 힘들지 않은 척했다. 지치고 고단했지만, 다 거뜬히 해낼 수 있을 것처럼 일을 무서워하지 않았다. 모르는 것이 있어도 그런 것도 모르냐고 할까 봐 물어보지 않았고, 고민하는 모습조차 들키려 하지 않았다. 그래서 외로웠고, 늘 심장이 쪼이는 느낌이었다. 엄마가 세상을 떠나기 전까지는 그렇게 이미 어른이 된 것처럼 지냈다. 시간의 흐름을 타고 계절마다 누려야 할 특별함을 뒤로한 채, 그저 성공만 바라보며 홀엄마와 함께할 시간, 어린아이와 함께 추억을 만들 시간의 선물을 외면했다.

내가 진정 원하는 것은 좀 더 나은 사람이 되고, 세상에 도움이 되는 사람이 되는 것이었는데, 그게 무엇인지, 어떻게 하는지도 알아차리지 못하고 그저 일과 성공만 좇았던 것 같아 아쉬움이 남는다. 왜 사업 성공이 전부라고 생각했을까? 아버지가 돌아가시고 혼자 남은 엄마를 위해서 시작한 사업이었다. 그런데 성공을 향해 한 걸음도 떼보지 못했을 때 엄마를 떠나보냈다. 그 일을 통해 내 삶이 바뀌기 시작했다. 내 아이, 챙겨야 할 가족이 보이기 시작했고 무엇보다 나 자신을 살피게 되었다.

나는 누구이고, 내 삶의 목적과 방향은 무엇인가? 희미한 터널 속에서 헤매는 듯 까마득하게만 느껴졌지만, 심리학과 명상 호흡 수련, 그리고 철인 3종이라는 고독한 스포츠에 몰입하면서 나 자신을 치열하게 찾아갔다. 요란하게 흔들렸던 내 마음은 그 과정을 거쳐 고요해졌다.

지난 10여 년의 세월을 돌아보면서 나 자신에게 종종 묻는다.

'정말 네가 원하는 것이 맞지?'

'진심 네가 행복한 선택을 한 거지?'

'네가 혹여 보지 못하는 것이 있는 건 아닐까?'

이렇게 일상에서 자주 환기를 시키고, 다른 각도로 보려고 한다. 다른 사람이 무엇을 하는지, 뭐라고 말하는지에 내 마음을 뺏기지 않으려 한다. 더 나은 내가 되기 위해 노력하고 매일 나의 기록들을 쌓아가려고 한다.

새로운 날을 위해 쌓는 마일리지 패키지

'지금 바로 떠날 수 있는 상태가 되는 것.'

'지금 바로 도전할 수 있는 상태가 되는 것.'

예전엔, 하고 싶은 게 없을 때는 '일단 공부부터 잘해 놔~ 그럼 네가 원하는 대학에 갈 수 있고, 그때 하고 싶은 것이 생기면 쉽게 할 수 있어!'라고 생각했다. 아이들에게도 "공부를 잘해 놓으면 네 선택의 폭이 넓어지니, 일단 성적을 잘 받아 두는 것에 집중하자."라고 말하곤 했다.

어린 시절에 내가 지금 할 수 있는 것으로 부모님을 기쁘게 해 줄 수 있는 것은 학교에서 좋은 성적을 받아오는 것이라고 생각했다. 그래서 부모님과 함께 살던 시기에는 열심히 공부했다. 돌아보면, 분명 그때는 내가 할 수 있는 최선이었다.

지금은 공부보다는 "일단 체력부터 길러 놔~"라고 자주 얘기한다. 아이든 어른이든 먼저 체력을 길러 놓으면, 도전하고 싶은 무언가가 생겼을 때 주저하지 않고 도전해 볼 수 있기 때문이다. 체력은 에너지의 근간이다. 내가 체력을 강조할 수밖에 없는 경험과 근거는 이루 말할 수 없을 정도다.

기초 체력이 쌓여있으면, 언제든 내가 원하는 것을 발견했을 때 엉덩이 가볍게 일어나 한 걸음 나아갈 힘이 생긴다. 그리고 계속 배우고 익히는 힘도 나온다. 힘든 순간에 버틸 수 있는 힘도 체력이 뒷받침되어야 한다. 결국 체력이 좋다는 것은 내가 원하는 기준에 다다를 때까지 지속하는 힘을 발휘할 수 있게 해 준다는 의미다.

오직 나의 행복을 위한 순간을 살아가려고 한다. 책을 읽고, 달리는 것을 즐기고, 거기서 얻은 영감으로 글을 쓴다. 아주 단순하다. 사랑하는 것을 찾기 전까지 나는 많은 것을 잃기도 했고, 소중한 사람을 떠나보냈고, 스스로 몰아붙이며 괴로워했다. 그러나 지금의 나는 그 어느 때보다 고요하고 행복하다.

분명 또 다른 호기심에 이끌려 어딘가로 훌쩍 떠날 수도 있고, 새로운 것을 배울 수도 있고, 새로운 일에 도전할지도 모르겠다. 하지만 변하지 않을 거라고 확신하는 게 있다. 지금 한 걸음, 오늘 하루를 100% 전력

투구하며 스스로에게 정직하려 한다. 어느 순간이든 '나'라는 존재를 절대 잊지 않고, 나 자신에게 다정할 것이다!

기초 체력이 있으면 뭐든 할 수 있어요

영어로 배운 삶의 태도

영어를 공부하는 이유

"어떻게 하면 우리 아이가 영어를 잘할 수 있나요?"

부모를 교육하는 현장에 가면, 강의 중에 빼놓지 않고 등장하는 질문이다.

나는 해맑게 웃으며 대답 대신 질문을 한다.

"아아~ 영어요? 아이가 영어를 잘하고 싶어 하나요?"

학부모들은 당황해하는 모습이 역력하다. "에이~ 선생님, 왜 그래요. 농담하지 말고 가르쳐 줘요." 하면서 너스레를 부리신다. 그럴 때 한쪽에서는 "영어는 기본 아냐, 앞으로 더더욱 필요한 것이 영어 실력이잖아." 하시면서 웅성웅성하는 소리가 들려온다.

학부모들이 알고 싶어 하는 '어떻게'는 부모와 아이가 어떻게 해야 하느냐가 아니라 어느 학원 누구에게 맡겨야 좋은지를 묻는 것이기에….

사교육을 시키지 않는 나로서는 학부모들이 좋아할 만한 대답을 해줄 수가 없다. 그런 이유로 안타깝게도 속 시원히 정보를 나누지 못했던 적이 많았다. 이걸 알게 되기 전까지 나는 여러 해 동안 학부모님들에게 열성을 다해 소신껏 대답하고 다시 질문하곤 했다.

예를 들어, 아이들과 함께 몸으로 놀며 오감으로 익히는 엄마표 영어를 시도해 보라고 하면, 학부모들로부터 "어설프게 엄마한테 배웠다가 아이의 영어 기초실력을 망칠 수도 있지 않느냐?"라는 말이 돌아왔다.

지구 한 바퀴 프로젝트 이야기를 해주며, 다양한 나라의 문화 인류학적 체험으로 영어와 친밀해질 수 있으니 필요에 따라 경험해 보라고 조언을 하면, "영어 발음이 나빠진다."라는 그럴듯하지만 너무나 '노 땡큐, 오 마이 갓'인 답변을 듣기도 했다.

사교육을 받지 않고 엄마표 영어로 동네 친구들과 매일 아침 영상을 보고 놀이로 영어를 노출하고 있는 서원이의 예를 들었을 때, 영어학원을 운영하는 학부모님이 반기를 들었다.

"엄마표 영어를 하다가 학원 와서 처음부터 다시 배워요. 엄마표 영어는 아무나 못 해요. 대단한 엄마들만 하는 거예요. 부지런해야 할 수 있어요."

2022년 4월, 교육부가 발표한 통계자료에 따르면, 코로나 이후 각 가정에서 지출한 사교육비가 역대 최고치를 기록했고, 그중에서도 영어 사교육비에 가장 큰 비용이 지출되었다고 한다. 이 자료에서 "아이가 뭘 하고 싶어 하든, 일단 영어는 기본이야."라는 학부모들의 목소리가 들리는 듯했다.

국제화 시대에 전 세계가 문명화된 과학기술로 시공간을 초월하여 교류하고 있다. 지구촌 생활에 누구든 쉽고 익숙하게 접근할 수 있다. 당연히 영어를 잘하면 도움이 된다. 하지만 아직 자연 속에서 신나게 뛰어놀며 부모와 많은 추억과 정서적인 마일리지를 쌓아야 하는 유·초등 아이들에게 그토록 영어 사교육에 많은 시간과 돈을 투자해야 하는지 한번 생각해볼 만하다.

자기 의사를 정확하게 말할 수 있는 자신감, 자기표현을 자유롭게 할 수 있는 자존감, 모국어로도 충분히 상대를 설득할 수 있는 논리적인 사고체계를 갖추는 것이 우선이라고 정말 목청 높여 이야기하고 있지만, 엄마들의 선택은 달랐다. 영어권 나라에서 온 금발의 백인 영어 선생님과 가능하면 일찍 많은 시간을 함께하면 아이가 영어를 잘하게 될 것이라는 환상을 품고 있었다.

절친인 남아공 친구는 서울에서 가장 큰 규모의 영어유치원에 근무한다. 나를 만날 때마다 매번 호소한다.

"도은, 한국 엄마들은 너무 이해가 안 돼. 영어로 재미있게 놀고, 액티

비티 하다 보면 저절로 배우고 익히잖아? 그런데 아직 한국말로 자기표현도 정확히 못 하고 한글을 제대로 쓰지 못하는 조그마한 아이들한테까지 영어를 쓰고, 외우고, 영어시험을 준비시키려고 해. 난 너무 괴로워."

"그럼, 너는 수업 시간에 아이들하고 활동하고 놀이해!"

"그렇게 했다가 엄마들, 원장님, 동료 교사들한테까지 컴플레인 폭탄 맞았어!"

믿고 싶지 않은 안타까운 현실이었다. 아무리 쪼들리는 살림이어도 일단 영어는 가르치겠다는 엄마들의 굳은 신념에 관해 연구해 보고 싶은 심정이 들 정도다.

최승필은 《공부머리 독서법》에서 우리나라 성인의 독해 능력이 초등학교 3학년 수준에서 멈췄다고 이야기한다. 초4부터는 늘어나는 학습량으로 독서에 시간을 할애할 수 없으니, 초3까지 읽은 독서력이 초·중·고, 대학 생활까지 사고력을 뒷받침한다는 것이다.

한 심리과학 저널에 소개된 연구에 의하면, 두 가지 이상의 언어를 배우면 하나만 배울 때보다 머릿속에서 언어를 처리하는 속도가 훨씬 빨라진다고 한다. 그것은 내 생각을 빠르고 정확하게 정돈할 수 있다는 것이다. 맞는 말이다. 하지만 알맹이가 없는 생각은 힘을 발휘하지 못한다. 그래서 우선은 외국어에 앞서 아이의 정서와 사고력을 키우고, 순차적으로 영어를 경험하게 해 주어야 한다.

서원이의 첫 경험

서원이는 일곱 살 때 캠프에 참가한 형, 누나들과 함께 유럽 일주를 했다. 아이를 온전히 혼자서만 케어해 본 적이 없는 엄마였던 나의 두려움과 긴장감 따위는 그 누구의 공감도 얻지 못했다. 대책 없이 여행을 떠났던 터라 예상하지 못했던 일이 많이 일어났다. 특히 영어와 관련해 크고 작은 해프닝이 있었는데, 전혀 상상하지 못했던 일이었다.

첫 도시는 런던이었다. 코벤트 가든 근처 이탈리안 레스토랑에서의 일이다.

"엄마, 케첩 더 달라고 말해줘."

"서원이가 말해봐~."

서원이는 울먹이며 "엄마 미워! 난 영어를 모르잖아!"라고 말했다.

그때 예비 중학생이었던 민수가 서원이 귀에 대고 "케첩 플리즈 해봐!"라고 말했다. 눈이 동그래진 서원이가 울음을 그치며 점원에게 달려가 케첩을 받아오며 환하게 웃었다.

그러고는 "형! 물은 뭐야?"라고 물었다.

"워터 플리즈~"

"우후~ 쉽네."

"형아, '플리즈'가 '주세요' 맞지?"

서원이가 처음 경험한 실제 영어다. 플리즈만 하면 된다며 몹시 기뻐했다.

서원이는 영어를 따로 배운 적은 없지만, 상황에 따라 영어로 어떻게 말하는지 묻고, 듣고, 흉내 내면서 곧바로 말하는 것을 체득해 갔다. 그리고 영어가 왜 필요한지를 두 눈으로 보았고, 어떻게 말해야 원하는 것을 얻을 수 있는지도 알게 되었다. 영어를 배우고 싶은 동기를 마련했고, 영어를 배워야 하는 이유 또한 찾았다.

사실 서원이는 한글도 취학 전에 급히 익혔다. 일부러 그런 것은 아니었다. 일에 집중하다 보니 막연히 '학교 갈 때 배우면 되지!'하는 생각이 들었고, 서원이가 왜 한글을 안 가르쳐 주냐고 묻지 않아서 그런 것도 있다. (우서원, 미안….)

하루는 서원이가 유치원에 다녀오더니 갑자기 화가 나서 부릉부릉하며 말했다.

"엄마, 나만 한글 몰라! 나만 가게 이름을 몰랐잖아!"

그러면서 한글을 가르쳐달라고 재촉했다. 서원이가 한글 공부를 절실히 필요로 할 때 가르쳐서인지 스펀지에 물 스며들 듯이 빠르게 습득했다.

여담이지만, 시계를 볼 줄 알면 왠지 나를 더 볶을 것만 같아서 시계 보는 것을 가르쳐주지 않았다. 아니나 다를까, 벽시계를 보기 시작하고부터는 아이의 잔소리로 내 생활이 피곤해졌다.

교육 매거진에서 영어교육비에 관한 설문 결과를 본 적이 있다.

"영어를 배우는데 시간, 돈, 효과 면에서 가장 적기는 언제인가?"

대부분, '가능하면 어릴 때'라고 답했지만, 실제 증명된 데이터는 '성인일 때'였다. 즉, 자신이 필요로 할 때 배우는 것이 최소비용으로 최단기간 최대 효과를 볼 수 있다는 것이다.

절실함으로 배우는 영어는 다르다. 하고자 하는 마음은 모든 것을 뛰어넘는다. 그 마음의 힘은 영어뿐만이 아니라 삶의 모든 면에서 발휘된다. 《이토록 공부가 재미있어지는 순간》을 쓴 박성혁 저자도 15살까지 유치원 수준도 몰라서 대학입시를 걱정할 정도였지만, 공부에 대한 마음가짐을 달리한 후 명문대에 동시 합격한 이야기를 했다.

건강을 잃었던 사람들은 건강에 대해 절실함이 생겨서 강해지려고 안간힘을 쓴다. 무엇이든 스스로 하고자 하는 마음이 있을 때 결국 해낸다. 이것은 불변의 진리다. 그렇다면 한국에 살면서 영어는 오죽할까!

한국어로 말하면 벌금 5달러!

"한국어 사용 가능한 찬스! 이 시간 외에 한국말을 하면 벌금 5달러를 내겠습니다."

2017, 2018년 지구 한 바퀴에서 아이들은 미국으로 가기 전에 캠프 규칙을 지키겠다는 서약서를 썼다. 이것은 캠프에 참여한 친구들과 함께한 약속이었다.

한 학기 혹은 1년 동안 미국 캠프를 준비했던 우리는 유럽행과는 다른 규칙을 정했다. 마라톤 도전은 철인 3종 도전으로 바뀌었다. 외국인과 있을 때만 사용하던 영어 말하기는 24시간 특별한 토론이나 위급한 상황을 제외하고는 모두 영어로만 말하기로 업그레이드되었다.

미국 땅을 밟는 순간부터 오롯이 영어로만 소통하자! 이것은 영어 환경을 만들고, 외국인이 없는 상황에서도 영어를 듣고 말하면서 영어를 생활화하기로 마음먹었기 때문이다. 우리는 한국말을 배울 때 백번도 더 듣고, 틀리고, 말하기를 반복하는 과정에서 우리말을 습득했다.

친정엄마가 키운 조카는 어릴 적에 물을 "올치!"라고 불렀다. 할머니가 물을 마실 때마다 "옳지! 옳지!" 하며 감탄하니, 아이가 말하기 시작했을 때 "올치 주세요!"라고 했던 것이다.

24시간 영어 노출을 위해 캠프 준비기간 동안 엄마와 아이들이 모여 영어 워크숍을 했다. 아이와 함께 보내는 시간이 많은 엄마와 영어로 말하는 연습을 하기 위해서였다.

먼저, 집에서 엄마와 아이가 하는 대화를 한국말로 모두 적어보게 했다. 그런 다음 번역기를 사용해서 한국말을 영어로 바꿔 말하게 했다. 그다음에는 외국인 선생님과 함께 실생활에서 자주 쓰는 캐주얼한 표현으로 고쳐서 정리해 보았다. 그렇게 정리된 내용을 출국 전까지 엄마랑 생활하면서 자연스럽게 연습해 보도록 했다. 그 덕분에 "아이들의 벌금을 카드로 자유롭게 결제하게 해야겠어요." 하신 엄마들의 염려를 말끔히 해결했다.

CEO 교육을 받으러 갔을 때의 일이다. 내가 어떤 표정, 눈빛, 몸짓, 태도를 가져야 하는지를 트레이닝 받았다. 예상과 다르게, 의사소통 능력은 비언어적인 것이 93%이고, 언어 소통은 7%라는 점이었다. 영어가 내가 하고 싶은 말에서 7%밖에 해당하지 않는다니! 그러고 보니 영어를 공부하기 위해 처음 호주에 갔을 때도 영어 실력보다 영어적 사고, 그들의 문화와 마인드를 배우고 영어에 대한 인식의 변화를 더 크게 얻은 것 같다.

그래서 학부모들이 "어떻게 초등학생들에게 한국말을 못 쓰게 하면서 한 달 보름 동안 지내게 하냐?"라고 했을 때, 충분히 할 수 있다고 확신했다. 실제로 함께 간 상위권 성적의 여고생들보다 어린아이들이 훨씬 빨리 적응했다. 서원이는 영어 문법도 모르고, 아는 단어도 별로 없지만, 음식점에서 오더를 하고, 잘못 나온 메뉴를 바꿔달라고 요구하기도 했다. 얼마나 많이 영어를 아느냐보다 얼마나 실제로 연습하고 성취해 보았느냐의 시각으로 본다면, 의사소통의 목적을 위한 영어는 매우 흥미롭다.

실제로 미국에 있을 때 영어 노출도가 가장 적었던 아이가 특유의 자신감과 친화력 덕분에 미국 가족들 앞에서 먼저 시도하고 가장 큰 변화를 가져왔다. 낯선 곳에서도 "익스큐즈 미"하고 앞장서서 말을 걸었다. 학원에서 외우고, 쓰고 해야 했던 영어와는 다른 걸 경험하면서, 영어에 대한 막연한 두려움과 잘하지 못한다는 의기소침함을 버리고 자신감이 생긴 것이다. 그때 미국 가족들과 함께 생활하면서 얻은 자신감은 귀국 후에 영어 공부를 해보겠다는 의욕을 불러일으켰다.

엄마표 영어

어릴 때 처음 접한 영어는 아빠가 가르쳐주는 "I am a boy." "You are a girl." "This is a book."이었다. '소녀가 girl이고, 책이 book인지는 알겠는데, 이걸 어디에 써먹지?'라고 머리를 굴렸던 기억이 있다.

IRM을 정리하면서 영어 성경에서 "Don't be afraid!"라는 가슴을 훅 울리는 생명력 있는 영어가 다가왔다. 그 후로 영어 학습에 관한 다양한 방법과 콘텐츠를 찾아 헤맸다. 어떻게 하면 아이들에게 동기부여를 해주면서 영어를 재미있게 익힐 수 있을지 고민했다. 마술을 하며 영어를 말하는 것으로 유치원 영어프로그램을 런칭하기도 하고, 춤과 노래로 영어 뮤지컬도 시도해 보았다. 모두 좋은 퍼포먼스가 가능했고, 보여주는 공연으로 아이들에게 좋은 경험을 주기엔 충분했다. 하지만 영어 환경에서 제대로 영어로 소통하고 싶은 갈증은 여전히 남았다. 실제로 어디에서나 영어를 할 수 있는 기초가 탄탄한 학습 방법은 없을까? 영어로 하고 싶은 말을 조리 있게 하고, 영어를 듣고, 책을 읽고, 내 스토리를 설득력 있는 글로 쓰는 것까지.

우리나라 대표 엄마표 영어 '잠수네'를 접하고 많은 의문과 갈증이 해결되었다. 단계별로 소개된 DVD 영어책, 한국어책 등을 아이의 수준에 맞춰 꾸준히 보고, 듣고, 읽으면 되었다. 단, 그 지루하고 긴 시간을 매일 끼니 챙기듯 꾸준히 해야 하고, 주말에는 도서관에 가서 다양한 영어책과 한글책을 읽는 독서 몰입 시간을 가져야 했다. 외국 아이들도 읽고 보는 자료들은 영어권 나라의 가정생활과 친구들의 학교생활 등을 알 수 있어 저절로 영미권 문화도 접할 수 있었다. 서원이가 좋아했던 《헨리(Henly)》나 내가 좋아했던 곰돌이 가족의 일상생활 이야기를 담은 《베렌스타인 베어스》를 보고, 파자마 파티를 하고, 쿠키를 굽고, 포틀럭 파티를 했다.

엄마표 영어를 한 학부모들은 말한다.

"6세부터 중학교 때까지 영어학원을 열심히 보냈는데도 얇은 영어책 한 권 못 읽었는데, 엄마표 영어를 한 뒤로 읽게 되었다."

"해외에서 몇 년간 살다 왔는데도 읽기와 쓰기가 안 되었는데, 엄마표 영어로 기초를 다지게 되었다."

공통점은 아이의 영어 실력이 느리지만 차근차근 성장하고 있고, 매일 꾸준히 영화, 뉴스, 책, 신문 등을 보고 읽으며 영어를 즐기면서 탄탄한 영어 실력을 갖추게 되었다는 것이다. 문제는 엄마와 아이가 공동의 목표에 마음을 세우고 부지런히 움직이며 꾸준히 호흡을 맞춰야 한다는 것이다. 그러려면 엄마는 아이가 어디에 관심을 두고 무슨 매체를 좋아하는지 관찰해서 아이가 좋아할 만한 자료를 제공해야 한다. 아이의 흥미에 맞는 자료를 찾기 위해 인터넷을 뒤지고 여러 도서관을 다니며 발품을 파는 노력이 필요하다. 아이와 교감하기 위해 함께하는 시간을 늘리고 충분한 대화도 해야 한다. 한마디로 부모는 아이와의 유대관계에 정성을 들여야 한다.

엄마표 영어는 영어교육 정책이 바뀌어도 흔들리지 않고 대처할 수 있는 영어교육의 대안이다. 체력을 기르듯, 엄마표 영어를 하면서 매일 꾸준히 들인 노력은 정직했다. 서원이는 CNN 뉴스는 못 알아들어도 〈해리포터〉에 나오는 어려운 용어들은 알아들었다. 최소한 아이가 좋아하는 것은 영어로 다다를 수 있는 지점까지는 간다. 그리고 아이와 함께 노력했던 추억은 오래 남는다.

서원이와 '아침 영어'에 오는 친구들은 해리포터를 좋아했다. '자막 없이 해리포터 보기'를 목표로 매일 아침 아침밥을 먹으면서 해리포터를 보았다. 다음 장면에 뭐가 나오고 주인공의 다음 대사까지 외울 정도로 계속 반복해서 보았다. 그만 보았으면 했는데, 아이들은 시간이 지날수록 지겨워하는 것이 아니라 다음에 무슨 대화가 나오는지 서로 먼저 말하는 경쟁을 했다. 대본을 보면서 역할극을 하며 그럴듯하게 연기도 했다.

아이들은 2학기 내내 해리포터를 씹어 먹었다. 겨울방학 때는 일주일간 시간을 내어 오사카의 유니버설 스튜디오로 여행을 갔다. 아이들은 호그와트 성을 누비고 다녔다. 해리포터 마법 학교 교복을 각자 성향에 맞는 기숙사별로 선택해서 사 입고, 좋아하는 마법사 지팡이를 휘두르며 한 학기 동안 귀가 닳도록 들은 대사들을 읊어댔다. 그 후로 한동안 아침마다 망토를 입고 영어를 수업했다. 우리 집이 마치 호그와트 성이 된 듯했다. 해리포터 옷은 여전히 아이들의 보물 1호로 고스란히 옷장 속에 보관되어 있다.

충남 서천의 영어 박사로 알려진 아이는 좋아하는 애니메이션을 600번씩 보면서 영어를 잘하게 되었다고 한다. 이 사례만 봐도 영어를 빨리 잘하고 싶어 하는 마음은 내려놓고, 영어가 재미있어서 시간 가는 줄 모르고 빠져드는 과정을 성실히 보내야 한다.

남들을 쫓아가느라 바쁘고, 서두르는 영어가 아니라, 좀 더 멀리, 좀 더 길게 보는 영어가 되고, 아이가 엄마와 함께 실력을 키워가는 일상의 영어가 자리 잡기를 바란다. 그러면 영어가 재미있고 학습이 편하다. 가끔 목적에 따라 강하게 당겨 보기도 하고, 끊어지지 않게 강약을 조절하면서 엄마와 아이가 함께 알아가는 재미와 성취하는 기쁨을 맛보았으면 한다.

살아 있는 영어

2019년 여름, 하와이에 도착했다. 렌트한 픽업트럭에 한국에서 가져온 덩치 큰 자전거 백과 캐리어 등을 싣고 숙소로 옮겼다.

그때 서원이가 말했다.

"엄마! 라이딩하러 언제 가?"

"먼저 자전거 조립하고 테스트해보자. 토요일 새벽에 갈까?"

"빨리 하와이 친구들 사귀어서 와. 그래야 같이 놀지!"

몇 해 전 미국 본토 일주를 갔을 때 사이클 클럽에 가입했다. 거기서 유대인 가족을 만나고 특별한 친구가 되었다. 그것을 본 서원이는 미국에 오면 친구부터 사귀는 것이 행동 지침이 되었다.

영어로 말할 수 있으면 친구를 사귀기 쉽다. 현지 생활에 적응하는 데도 도움이 된다. 하지만 관계를 오랜 시간 지속하려면 공통의 관심사와 좋아하는 것을 함께하는 공감이 절대적으로 필요하다. 함께 달리고, 사이클을 타고, 바다 수영을 같이하면 금방 친해지고 영어 표현도 늘어난다. 일상을 함께하면서 교류하고 영어의 다양한 쓰임새를 익히는 과정에서 영어도, 우정도 깊어진다.

방송에서 한참 주가를 올리던 박경림 씨가 갑자기 뉴욕으로 유학을 떠난 적이 있었다. 그녀는 왕초보에서 전액 장학생으로 졸업하기까지의 노하우를 자신의 책에 담았었다. 역시나 유학 생활을 즐겁게 하려고 그녀 특유의 친화력으로 미국인 친구들을 적극적으로 만들었다. 그들의 문화 속에 푹 빠져 있되, 매일 영어를 잘하기 위해 꾸준히 노력하는 모습이 보기 좋았다.

연봉 10억의 스타 토익 강사 유수연 씨가 했던 말도 기억에 남는다. 영어가 안 들리는 것인지, 단어를 모르는 것인지를 구분하고, 매일 시간과 노력을 투자해 좋은 점수를 얻는 임계질량을 강조했다. 특히 영어 회화와 토익 점수 두 마리 토끼를 잡으려 하지 말고, 먼저 영어 듣기와 읽기, 토익 만점을 받는 요령을 익혀 만점을 받아보라고 독설을 날렸다.

내가 무엇을 원하는지 알아야 내가 써야 할 돈과 있어야 할 자리, 해야 할 일들이 선명해진다. 영어도 내가 원하는 것이 무엇인지 명확히 알아야 눈에 보이는 결과를 손에 넣을 수 있다.

"영어를 잘 듣고, 잘 말했으면 좋겠고, 영어시험도 100점 맞으면 좋겠고…."

이렇게 원하는 것이 많을수록 더 다양하고 꾸준한 노력이 필요하다. 선택권을 내가 아닌 누군가에게 맡기고 그저 따라만 가는 노력으로는 영어 실력이 늘지 않는다. 내가 재미있고, 내가 원하는 것을 찾아 능동적인 선택과 노력을 해야 한다.

13살 아이들과 미국 일주를 할 때 아이들이 가장 많이 떼창으로 불렀던 노래가 있다. 'Despacito'였다. 아이들은 한 구절도 빼먹지 않고 외우고 불렀다. 스페인에서 고딩 남학생들이 레스토랑 언니한테 꽂혀서 스페인어를 검색해서 손바닥에 적어 몇 번을 외우고 가서 말을 거는 것을 보았다. 하고자 한다면 그것이 어떤 언어이든 하게 되었다. 노래로, 구애의 말로!

서원이와 나에게 영어는 여전히 잘하고 싶고, 늘 넘어야 할 산이 많아 보이는 미지의 세계이다. 한국을 벗어나지 않았다면 그렇게까지 절박하게 느끼지 않았을 것이고, 일상생활에 젖어 우선순위에서 한참 밀릴 법한 세계이기도 하다. 하지만 우리에게 열린 세상은 크고 넓었고, 언어를 배우는 것이 그 나라에 가기 위한 우리의 마음가짐이었고, 기회를 만들 수 있는 기초 체력 같은 것이었다. 어쩌면 우리가 낯선 나라에서 만난 사람들에 대한 예의와 정성이기도 했다.

서원이는 고등학교 교과서에 나오는 단어들을 잘 외우지 못하겠다며, 왜 모르는 영어 단어가 이렇게 많냐고 가끔 좌절한다. 외국을 10년 넘게 다녔는데도 왜 그런 건지 의아해한다. 그런데 서원이는 무용학원의 수강생인 외국인 학생들에게 수업 내용을 통역해 주었다며 자랑을 늘어놓기도 한다. 모르는 단어와 표현은 번역기에서 찾아 기어이 해주고 싶은 말을 한다. 이렇게 자신의 필요에 따라 영어를 놓지 않고 꾸준히 공부하고 있다. 기초 체력을 기르기 위해 운동을 하고, 교양을 쌓기 위해 독서를 하듯, 영어를 가까이하면서 다양한 자신과 마주하고 있다. 영어를 잘하고 싶은 마음 때문인지 먼저 배우려는 삶의 태도를 얻었고,

계속하는 힘을 기르고 있다.

'모든 일에 실패는 없다. 오직 경험만 있을 뿐이다.' 이 말이 영어를 통해 좀 더 윤택한 삶을 살고, 넓은 선택권을 가지는 것에도 적용된다. 영어는 '꿈을 현실로 이어주는 것은 행동'이라는 것 또한 일깨워 주었다. 서원이와 나의 지구별 여행에서 영어는 체력만큼이나 큰 활약을 한 1등 공신이다.

세상에서 가장 섹시한 남자를 얻는 법

이런 사람 찾습니다

나에게는 내 이야기를 잘 들어주고, 공감해주고, 조언도 건강하게 해주는 사람이 있다. 내가 좋아하는 것을 나보다 더 좋아하고, 내가 잘하고 싶은 것을 나보다 더 잘하는 사람이 있다. 함께 해 주기도 하고, 먼저 앞서가기도 한다.

내가 만든 음식이 맛있을 땐 아낌없이 엄지 척 해주고, 맛이 없을 땐 맛 없다는 말 대신 "소금을 더 넣어봐." "덜 맵게 해봐." 하면서 구체적인 해결점을 알려준다. 혼자서도 행복하고, 같이 있어도 행복한 사람. 스스로 빛나고, 지금이 가장 뜨거운 사람이다. 좋아하는 것은 일정 기간이 지나면 변했지만, 무엇이든 푹 빠져드는 것은 한결같다.

그는 꾸준히 체력을 단련하고 독서를 한다. 외국어를 즐긴다. 반복되는 일상을 새롭게 여행처럼 꾸려간다. 옆에서 보면 연신 웃고, 배 아플 정도로 행복한 얼굴로 다닌다.

나는 그를 통해 오늘을 살아가는 삶의 태도를 배웠고, 나 자신을 더 사랑하는 법도 배웠다. 그리고 지금 이 순간을 행복하게 살려면 오롯이 내가 원하는 선택을 해야 한다는 것 또한 배웠다. 그것은 결코 이기적인 것이 아니라 타인을 배려하는 근간이 되고, 자신에 대한 배려인 것을 깨닫게 해 주었다.

그 사람은 2006년부터 만나온 내 아이, 17살 우서원이다.

같이 철인 3종 운동을 하며 친하게 지낸 미국인 친구와 한때 관계가 소원해진 적이 있었다. 연락도 잘 안 되고 나를 멀리하는 것 같아 마음이 쓰였다. 서원이게 말했다.

"친구가 연락해도 잘 안 받고, 나를 멀리하는 것 같아. 어떡해?"

하던 일에 집중하던 서원이가 1초의 망설임도 없이 "같이 놀자고 해!"라고 답을 툭 던졌다.

"놀자고 해도 안 놀아."

"계속 놀자고 해."

"그렇게 했다고. 그래도 안 논다고!"

답답해하며 울먹였더니, 서원이는 하던 일을 멈추고 나를 빤히 쳐다보며 말했다.

“그럼, 미안하다고 해.”

11살 아들에게 조언을 구한 엄마가 머리를 한 대 맞은 듯한 사건이었다. 내 마음을 알아주지 않은 것처럼 다른 사람의 마음도 알아주지 않고, 핵심을 잡아내지 못하고 겉만 돌던 나 자신을 돌아보게 된 짧지만 날카로운 대화였다.

서원이는 매일 좀 더 나아지고 싶은 오늘의 나에게 지금까지도 내 머리를 콩콩 때리며, “나아지려면 기존 패러다임을 완전히 깨고 새롭게 나아져!” 하며 냉정하게 망치질하는 신세대 넥스트 제너레이션이다. 20대에 엄마, 아내, 며느리라는 책임을 피해 온전히 나로서 빛나고 싶었던 나의 열망을 매일 쪼갠 녀석이다. 어떤 날은 살살 톡톡, 어떤 날은 아주 강하게 후려치곤 했다. 그것도 17년 동안 꾸준히! 그래서 서원이 이야기를 빼고는 지금의 나를 설명할 수 없다. 내 삶의 가장 길고, 밀도 있는 시간을 함께했고, 서로 영감을 공유한 사람이며, 꿈을 향해 달려온 러닝메이트이기 때문이다. 아이를 키우며 내가 자랐고, 가르치며 내가 배웠다는 사실을 인정해야 한다.

‘지구 한 바퀴’의 최고 수혜자

서원이가 일곱 살 되던 가을 어느 날이었다.

"나도 이제부터 엄마랑 지구 한 바퀴 같이 갈 거야! 할머니 집에서 엄마를 기다리지 않을 거야!"

서원이는 같이 가도 되냐고 묻지 않고, 통보하듯 단호하게 말했다.

헉! 아이를 데려가면 고생길이 훤한데. 학생들 인솔하기도 벅찬데, 아직 서툴고 손이 많이 가는 꼬마까지 챙겨야 한다니! '안 돼, 안 돼.'

혼자 고민을 거듭했다. 아이가 엄마를 보고 싶어 하는 마음을 아프게 하고 싶지도 않고, 데려가자니 잘 챙겨줄 자신이 없고. 생각이 뒤섞여 엉망일 때 유치원 원장님께 조언을 구했다.

"경험은 어릴 때 할수록 좋아요. 당연히 고생은 하겠지요. 그래도 시간이 지나면 엄마와 아들의 값진 경험이 될 거예요. 상황이 된다면 꼭 함께 가서 많이 보여주고 경험해 보라고 권하고 싶네요."

20년 넘게 한결같은 교육관으로 생태유치원을 운영하시는 교육자다운 말씀을 해주셨다. 자연 속에서 체험하며 건강한 아이들을 기르는 경험을 강조하셨다.

여전히 자신은 없었지만, 서원이와 동행하기로 결정했다.

"가방 안 들어 줄 거다. 안 업어 줄 거야. 형들이랑 똑같이 걷고, 매일 숙제도 해야 돼. 엄청 힘들어."

온갖 협박에도 불구하고 아이는 자기 키만 한 트렁크에 짐을 챙겼다. 서원이는 7살 겨울에 처음으로 엄마, 형들과 유럽으로 향했다. 행복해 하는 아이를 보니 신기하기도 하고, 좋기도 하고, 이쁘기도 하고, 힘들기도 했다. 하루에도 몇 번씩 고단함과 행복한 마음이 왔다 갔다 했다.

난생처음이었다. 아이의 24시간을 온전히 알고, 한 달을 꼬박 아이와 함께한다는 것은 심지어 출산 후 몸조리할 때도 경험하지 못한 것이었다. 아이가 언제 자고, 언제 일어나는지, 낮잠은 몇 시쯤 자고 싶어 하는지, 배꼽시계처럼 정시에 밥을 먹고 싶어 하는 것도 알았다. 정해진 식사 외엔 물만 마시는 것도 처음 알았다. 아무리 맛있는 음식이 있어도 끼니때가 아니면 안 먹는 것이 신기했다.(맛이라도 보면 어때서? 엄마랑 형들이 그렇게 권유하는데.)

아이와 매일 함께 눈뜨고, 짐을 꾸려 떠나고, 온종일 걷고, 침대 하나에 나란히 누워 이야기를 듣다 함께 잠들다 보니 아이의 24시간 바이오리듬을 알게 되었다. 지금껏 느껴보지 못했던 신비한 감동이었다. 덕분에 한국에서도 제대로 못 하던 엄마 노릇을 한 듯했다.

런던의 타워 브릿지에서 졸려서 우는 아이를 업고 밤길을 걸었다. 내 등에 붙은 작은 아이의 심장 소리를 듣고, 내 목을 감싼 고사리손을 느끼며 가슴이 뭉클했다. 이듬해 다시 타워 브릿지에 갔을 때도, 책이나 매체에 나오는 타워 브릿지를 볼 때도, 서원이는 "엄마! 내가 삐쳤던 다리지? 배가 지나갈 때 중간 다리를 올렸다 내렸다 하는 타워 브릿지!" 하고 말했다.

깜깜한 새벽, 네덜란드에서 독일로 가는 기차를 놓칠세라 잠든 아이를 등에 업고 초고속으로 달려 기차에 올라탔었다. 터질 것 같은 심장과 땀에 흠뻑 젖은 온몸을 느끼며 내 안의 괴력을 발견했다. 아이들이 이구

동성으로 말했다.

"쌤! 대박이에요! 발이 안 보이던데요."

아이를 구하기 위해 사자 우리 쇠창살을 맨손으로 벌리고, 차를 들어 올리는 엄마들의 괴력이 나에게도 있었다. 나도 분명히 엄마였다.

파리의 지하철역에는 늘 길거리 공연인 버스킹 향연이 펼쳐진다. 아코디언 소리에 신이 나서 몸을 흔들흔들하는 서원이에게 굽슬굽슬한 그레이 헤어에 키가 큰 백인이 다가가는 것을 보았다. 소매치기였는지 서원이 배낭에 손을 넣으려고 했다. 그것을 보자마자 반사적으로 아이에게 달려가 "이봐! 당신 미쳤어? 저리 꺼져!" 하고 소리쳤다. "이건 내 직업이야!" 하는 그와 말싸움을 했다. 그가 자리를 뜬 뒤 사람들이 다가와 괜찮냐고 물었다. 내 가슴이 하나도 떨리지 않는 것이 신기했다. 그때 내 눈엔 서원이만 커다랗게 보이고, 그 소매치기는 아주 작게 보였다. 모성애 착시효과로 용기가 솟아난 듯했다. 가끔 서원이가 "엄마! 파리에서 소매치기도 잡았잖아?"하고 말하면, 또 잡아보라고 할까 봐 덜컥 겁부터 난다.

조연인 줄 알았는데 알고 보니 주연

유럽행을 시작으로 7살 서원이가 합류한 지구 한 바퀴 프로젝트는 우리 모두에게 더 많은 재미와 섬세함으로, 가장 진한 사랑이 가미되었다. 지구 반 바퀴를 돌아 다른 시공간으로 이동할 때 일어나는 뇌의 폭발과는 다르게, 온몸 구석구석의 세포들이 모두 들고 일어나는 듯했다. 지나서 생각해보니, 그것은 세상에서 가장 위대하고 강한 '사랑'이라는 에너지였다.

바르셀로나에서 약 60km를 자전거로 이동한 적이 있었다. 추운 파리와 비교해 스페인의 날씨는 봄날 같았다. 아름다운 풍광에 빠져들어 너무 자주 멈춰 서서 놀았는지, 예상 시간보다 많이 지체되었다. 마음이 급해 페달을 마구 돌려 속도를 올렸다.

서원이는 복잡한 파리 시내에서도 자전거를 곧잘 탔다. 그런데 그날은 40km 이후부터 울면서 페달을 굴리며 따라왔다. 급기야 큰소리로 통곡하면서 자전거를 타고 있었다.

"쌤~ 서원이가 심하게 울어요! 멈춰야 할 것 같아요."

고1 아이가 자전거를 내 옆으로 붙이면서 말했다. 해변에서 자전거를 멈추었다. "서원아~ 왜 그래?"하면서 다가가자, 나를 와락 안으면서 서러움에 지쳤는지 "이제 자전거 안 탈 거야!" 소리치며 눈물, 콧물이 범벅이 되어 통곡했다.

"아~ 쌤! 서원이 힘든가 봐요!"

"맞아요! 아직 어린데 자전거 60km는 무리에요!"

"우리 쌤 진짜 너무해!"

아이들에게 한바탕 핀잔을 들었다.

“아니… 서원이가 그냥 잘 따라오니까 해지기 전에 빨리 도착해야지 하는 생각밖에 없었지.”

숙소까지 가려면 아직 가야 할 거리가 꽤 남았고, 게다가 해가 뉘엿뉘엿 지고 있어서 어떻게 해야 할지 난감했다. 웅성웅성. 아이들이 서원이를 둘러싸고 의논하더니 바로 앞 맥도날드에서 쉬었다 가자고 했다. 간식을 먹고 에너지를 충전해서인지 아이들이 밝게 웃으며 다시 출발하자고 했다.

어둠이 깔리는 해변 길을 눈에 불을 켜고 두런두런 이야기하며 천천히 자전거 페달을 굴렸다. 숙소에 도착해서 그날 밤 마무리 미팅을 했다. “서원이는 어린데도 대단하다.”는 찬사와 “도은쌤은 정말 계모 같다. 무모하다.” 등의 핀잔이 뒤섞여 나왔다. 모두가 함께 무사히 해냈다는 뿌듯함으로 풍성한 밤이었다.

여행을 하며 새로운 나도 발견했지만, 새로운 서원이의 모습도 발견했다. 사건이 일어날 때마다 아이에게 미안하기도 하고 기특하기도 했다. 하지만 매번 달라지지 않는 것은 낯선 환경에서 우리가 직면한 어떤 상황도 반드시 해결되었고, 불필요했던 순간은 하나도 없었다는 것이다. 그 모든 순간은 작은 깨우침, 잔잔한 감동, 짧은 웃음 포인트라도 남겨놓고 지나갔다.

매일 대중교통으로 이동한 탓에 대기하는 시간이 많았던 유럽에서는 이동하며 할 수 있는 놀이를 많이 개발했다. 특히 형, 누나들이 어린 서원이와 함께하는 놀이를 많이 생각해냈다. 끝말잇기, 첫말 잇기, 영어로 끝말잇기, 무언의 369, 스무고개 등등 다양했다.

네덜란드에서 짐을 맡기는 보관소에서 서원이와 실랑이를 벌였다. 나는 가방이 무거우니 맡기자고 했고, 서원이는 굳이 장난감을 가방에 넣어 가겠다고 했다. 험악한 분위기는 점점 고조되었고, 급기야 아이가 울음을 터트렸다. 내가 서원이에게 울어도 절대 들어 줄 수 없다고 하자, 서원이는 가방을 내려놓으며 "치!"하고 고개를 돌렸다. 그때 옆에 서 있던 중학생 형이 장난기가 발동하여 "치약!"하고 서원이에게 말하자 서원이는 "약속!"하며 끝말잇기를 했다. 결국 서원이는 가방 없이 자리를 떠났다.

센트럴 역을 벗어나 눈 앞에 펼쳐지는 암스테르담을 느끼며 자연스레 스무고개 놀이를 했다.

"다리가 몇 개입니까?"

"없습니다."

나의 도전에서 우리의 도전이 된 지구 한 바퀴 프로젝트. 나는 새로운 곳에서 새로운 경험을 하면서 지금 여기 이 순간에 존재하는 현재(Present)를 선물(Present) 받았다. 그 순간들이 쌓여 현재에 집중하는 힘이 길러졌다. 지금까지와는 다른 우리 자신을 만나고, 모르던 세계에 발을 내딛으면서 몰라서 막연하고 두렵던 것들에 대한 경계가 점점 없어졌다. 두려움을 뛰어넘으면 우리는 늘 새로운 감동과 사랑으로, 행복이라는 이름으로 보답을 받았다.

서원이와 나는 개를 무서워했다. 덩치 큰 개는 말할 것도 없고, 앙앙 짖는 작은 강아지도 멀리서 우리 쪽으로 오고 있으면, 곧바로 가던 방향을 바꿀 정도였다.

미국 일주를 하면서 앨라배마주에서 한 달여 머무른 적이 있었다. 그때 같이 사이클을 타면서 친구가 되고 지금도 가족처럼 가깝게 지내는 유대인 가족과 두 해에 걸쳐 함께 시간을 보냈다. 그때 할머니, 할아버지가 손주들을 데리고 이틀에 한 번꼴로 유기견 보호소에 들러 두세 시간 산책도 하시고 강아지들과 시간을 보내시곤 했다. 그리고 그곳에 정기적으로 기부도 하셨다.

나와 서원이도 늘 함께 따라나섰다. 처음엔 무서워서 문밖에 서 있었다. 강아지, 고양이들과 같은 공간에 있으면 잔뜩 긴장하고 얼음처럼 굳었다. 그분들은 우리에게 한 번도 무섭지 않다고 얘기해 주신 적도 없고, 그저 우리를 지켜보셨다. 어느 순간 우리는 아주 작은 강아지를 안을 수 있었고, 짖는 강아지한테 가까이 가는 것도 무섭지 않게 되었다. 두 해째가 되니 커다란 개도 위협하기 위해 짖는 것이 아니라, 반가우니 터치해달라고 짖는 것임을 알게 되었다. 커다란 개와 함께 산책을 하니 세상에 두려운 것이 하나도 없었다.

지금 우리 집엔 1년 전부터 많이 먹고 힘도 센 안내견으로 유명한 래브라도 리트리버 두 마리가 같이 살고 있다. 서원이는 자기보다 더 많이 먹는 동생을 매일 아침 끌어안고, 귀가하면 제일 먼저 찾으며 더 많이 웃는다. 그리고 나는 예전에 서원이와 늘 함께했던 달리기를 개 아들 둘과 더 다이내믹하게 하며 자연과 더 가까이 더 많이 즐기고 있다. 강아지를 데려오면 우리가 더 행복해질 거라는 서원이의 끈질긴 설득이 매일 증명되고 있다. 아들 하나에 개 아들을 둘이나 키우느라 허리가 휠지언정!

스스로 잘 가고 있는 아이의 밑거름

사소해 보이지만 매일 반복되는 일상의 익숙함은 지금과 다르게 살아가고, 새로운 환경에 적응하는 것을 종종 어렵게 할 때가 있다.

서원이는 7살부터 학기마다 외국으로 떠날 준비를 했다. 짐을 싸고, 한 달간 비울 집을 정리했다. 그리고 도착한 곳의 생활에 곧바로 적응했다. 며칠, 몇 주, 또는 한 달 동안 지낼 나라의 음식, 사람들, 문화에 금방 마음을 붙이는 '금사빠(금방 사랑에 빠지는 사람)'였다. 설레고, 익숙하고, 흥분하고, 초연하기를 무한 반복했다. 휘두를 때마다 휭휭 소리 나는 회초리처럼 강하고 부드러웠다.

독일 프랑크푸르트에서 있었던 일이다.

"내일은 6시 기차를 타고 하이델베르크로 떠날 거야. 5시 30분에 숙소 정문에서 만나자."

이렇게 약속했는데, 한 학생이 나오지 않았다. 나는 정시에 기차역으로 향했고, 아이들은 아무도 그 친구에 대해 언급하지 않았다. 기차역에서 아직 오지 않은 아이를 기다렸다.

'분명 어젯밤 마무리 미팅 때 하이델베르크로 이동한다고 했으니 역으로 오겠지?'라고 생각했지만, 너무 걱정되었다. 겉으로 담담하게 말했다.

"한 시간 지난 걸 보니 아침 집결지를 잘못 알았나 보다. 모두 가서 찾아보자!"

숙소로 가 보니 그 아이는 이미 떠난 상태라 흔적도 없었다. 도대체 어디로 간 것일까? 전날 갔던 시티로 바쁘게 걸어갔다. 광장에 덩그러니 앉아 있는 남학생이 보였다. 서원이가 "형아~~" 하면서 달려가 이산가족 상봉하듯 반겼다. 나도 안도의 한숨을 내쉬었지만, 태연한 척하며 학생들을 앞세워 다시 기차역으로 갔다. 역에 동그랗게 모여 서서 이야기를 나누었다.

'왜 아무도 그 친구가 없는 것을 말하지 않았는지?'

'전날 미팅을 하면서 집합 시간과 장소를 알려주었는데 왜 시티로 가 있었는지?'

그런 다음 내 진심을 전했다.

"하나를 더 보기 위해 우리 계획대로 움직이는 것이 중요한 게 아니야. 우리가 덜 보고, 늦어지더라도 제대로 깨우치고, 스스로 돌아보며 성장하는 것이 중요해."

그러는 와중에 혼자 시티에 가 있었던 아이가 말했다.

"쌤~ 머리가 너무 떡이 져서 꼭 감아야 했어요. 그런데 형들이 먼저 씻고 순번을 기다리다 보니 늦었어요. 머리를 감고 나왔는데 아무도 없었고, 아는 곳이 시티뿐이라서 거기 가 있었어요. 기차역은 생각도 못 했어요. 죄송합니다."

그때 서원이가 형을 올려다보며 말했다.

"형아~ 나처럼 밤에 미리 머리를 감고 자면 되지~"

새벽에 일찍 움직여야 하는 유럽 일정은 모두에게 고단했지만, 서원이는 정시에 나가야 한다는 걸 잘 알고 있었다. 심지어 모이는 시간에 못 나갈까 봐 가방까지 메고 잤던 아이가 아니던가! 7살에게 너무 가혹한가? 하지만 한 번도 강요한 적은 없다.

'단지, 아이들을 인솔하며 매일 밤 피드백을 하고, 다음날 일정 체크에 분주했던 엄마 옆에서 놀며, 엄마가 혼자 하는 말들을 들었을 테지. 기차를 놓치면 손을 부들부들 떨며 급히 일정을 바꾸고, 비행기를 놓쳐서 눈에 눈물이 그렁그렁하며 심장 쪼이는 엄마 손을 꼭 잡으며 느꼈을 테지.'

매번 고군분투하는 엄마와 함께한 서원이의 선택이었을 것이다.

10년이 지났다. 서원이는 스스로 일정을 관리하고, 혼자 알아서 자기 일상을 꾸려간다. 아주 가끔 학원에 태워달라고 할 때가 감격스러운 요즘이다.

15살 때까지 늘 내 옆에서 내가 하는 일들을 지켜보고 있던 아이였다. 스스로 해보라고, 혼자서도 가 보라고 말해본 적은 없다. 하지만 이미 혼자 스스로 자기 삶을 잘 꾸려가며 빛나고 있다.

헤르만 헤세의 말처럼 사랑하는 사람은 참 행복하다!

"세상에는 단 하나의 마술, 단 하나의 힘, 단 하나의 행복이 있을 뿐이고, 그것은 사랑이라고 불리는 것이다."

20대 때 이 글귀를 읽었을 땐 무슨 말인지 잘 몰랐는데, 지금은 알 것만 같다. 하나씩 알아가는 여정에 늘 서원이가 함께였다는 사실을 잊지 않으려고 한다.

우리, 각자의 자리에서 할 수 있는 것에 최선을 다하며 마음껏 성장의 자유를 누리자.

5장

4남매의 엄마에서 나를 사랑하는 사업가로

김진영

10여 년간 4남매 육아에만 전념했다.

가족에게만 집중하며 살다가 '나'로 사는 삶으로 바뀌면서

하루하루가 즐겁고 벅찬 감동을 느낀다.

작은 실행, 도전 그리고 꾸준히 지속하는 힘으로

꿈을 이루어가는 과정 자체의 행복감을 전하고 싶다.

시작하기엔
너무 늦지 않았을까?

어쩌다 영국

살면서 우리는 많은 선택을 한다. 어떤 선택은 인생을 송두리째 바꿀 정도로 큰 영향을 끼친다. 그러기에 '최선'의 선택을 위해 여러 가지 옵션을 고려하고, 장단점을 분석해보고, 그 선택에 따르는 책임과 결과에 대해 예측하고 준비하느라 많은 시간을 보내기도 한다.

하지만, 때로는 아무것도 재지 않고 자신의 직감을 믿고 선택하면, 오히려 더 쉽게 시작할 수 있다. 너무 무모하거나 즉흥적으로 보일 수도 있겠지만, 인생의 중대한 선택을 그런 식으로 해왔다. 그리고 내가 선택한 것들에 대해서 후회는 없다. 왜냐하면 내가 했던 선택 대부분은 어떤 행동을 '하는 것'에 중점을 두었기 때문이다. '행동을 하느냐', '하지 않느냐'를 두고 선택할 때, '하는 것'을 선택했을 때가 후회가 남지 않았다. 그리고 무언가를 하는 것을 선택하는 데에는 그렇게 많은 시간이 필요하지 않았다.

고등학교 시절, 연극에 푹 빠져서 일반 대학(지금은 기억도 나지 않는 이공계 학과)에 합격하고도 가지 않고, 재수해서 이듬해 연극학과에 입학했다. 연기 실력으로 들어간 것이 아니라, 성적으로 들어간 연극연출학과였지만, 자유로운 영혼들이 모인 곳이라는 생각에 기대감이 컸다. 그러나 대학 생활은 기대했던 것과 달랐다. 부모님께 휴학을 선포하고 친구와 부산 여행을 떠났다. 여행 마지막 날, 수화기 너머로 엄마가 짧게 물으셨다.

"너, 영국 갈래?"

어릴 적에 영국으로 유학 가서 정착한, 얼굴도 가물가물한 외사촌 오빠가 아이를 돌봐줄 사람이 필요하다고 했다. 솔직히 '아이를 돌봐줄 사람이 필요하다'는 얘기는 귀에 들어오지 않았다.

"어, 갈게."

엄마의 말이 채 끝나기도 전에 이미 결정을 내렸다. 한 달 뒤 큰이모가 주신 비행기표 한 장만 달랑 들고, 영국행 비행기에 올랐다.

자유보다 안정을 택한 10년

준비 없이 결정한 유학은 그리 평탄치는 않았다. 2개월 만에 외사촌 오빠 집에서 나오게 되면서, 낯선 영국 땅에서 일과 공부를 병행하는 생활이 시작되었다. 물가가 비싸기로 유명한 영국에서 대학교 학비와 생활비는 꽤 만만치 않은 비용이었다.

해외 유학을 보낼 형편이 되지 않았던 부모님께는 서울에서 대학을 다닐 학비만큼만 보태달라고 하고, 나머지 학비와 생활비를 버는 조건으로 영국에 머물렀다.

낮에는 학교에서 공부하고, 저녁엔 아르바이트하는 생활을 이어갔다. 이후 인턴십을 거쳐 취직을 했다. 직장에 다니면서도 주말이나 일이 없는 날에는 남편을 도와서 마켓, 벼룩시장(Car boots sale) 등에서 장사를 했다.

나의 20대는 24시간 빡빡하게 공부와 일로 채워졌다. 해외 생활에 관해 간혹 부러워하면서 물어오는 친구들이 있었지만, 정작 나는 영국 문화를 즐기기보단 하루하루 살아가기 바빴었다.

일에 지쳐가던 20대 후반, 서른 전에 아이를 가지겠다는 계획이 있었는데, 생각처럼 쉽사리 아이가 생기지 않았다. 때마침 남편이 새로운 일을 시작하게 되면서 다니던 직장을 그만뒀다.

얼마 지나지 않아 첫째를 임신하게 되었고, 이후 줄줄이 4남매를 낳아 10여 년 동안 거의 육아를 전담했다.

20대에 10년 동안 쉴 새 없이 공부와 일을 병행하면서 살아서였는지, 임신하고 아이를 키우는 과정이 정말 편하고 좋았다. 그리고 이전 직장생활과 다르게, 육아를 시작하면서 본격적으로 영국인들의 문화에 깊숙이 들어가 살게 되었다.

아이를 가지기 위해, 영국 생활 10여 년 만에 처음으로 GP를 등록했다. 영국엔 GP(General Practitioner) 주치의 서비스가 있는데, 일반적인 1차 진료는 여기를 통해서 받고 좀 더 전문적인 치료는 주치의의 소견서를 받아서 큰 병원의 전문의에게 보내진다.

특히나 영국에서 임신과 출산 과정을 겪으면서, 영국의 투박하면서도 전통적인, 하지만 진짜 산모와 아이를 배려하는 그들만의 문화를 배웠다. 미드와이프(Midwife)라는 산파가 임신 과정부터 출산까지 책임을 지고 관리해주는데, 잦은 초음파 검사 대신, 문진과 줄자로 태아와 산모를 돌봐줬다. 출산 방식도 자연주의 출산으로 가정분만을 많이 권장하는데, 출산 과정이 의료행위이기보단 엄마와 아이가 만나는 일련의 과정으로 느끼도록 해 주었다.

출산 후에도 이 과정이 연결되는데, 출산하자마자 24시간 아이와 엄마가 함께 있게 하고, 출산 직후 젖이 돌지 않아도 적극적으로 모유 수유를 권장했다. 내가 첫아이 때 2~3일 정도 젖이 나오지 않아, 이틀째 되는 날 분유를 먹이면 안 되겠냐고 하니, "신생아는 안 먹어도 안 죽으니 빈 젖을 자꾸 물려요!"라고 단호하게 산파가 얘기했다. 퇴원 후에도 산후 관리해주는 헬스 비지터(Health Visitor)나 산파들도 아이의 성장

상태를 확인해주면서 모유 수유를 적극적으로 권장하고 도와줬다.

아이와 엄마를 적극적으로 보호하고 배려해주는 문화를 체험하며 안정적인 생활을 이어갔다. 그렇게 네 아이의 엄마가 된 후, 자유로움보다는 안정적인 생활에 익숙해져 갔다.

정말 '이대로' 좋아?

넷째를 낳고 혼란스럽고 정신없었던 시기가 지났다. 4남매 엄마라는 말이 익숙해질 때쯤이었던 것 같다. 오랜만에 고등학교 때 단짝과 통화를 했다. 이런저런 사는 얘기를 하다가 친구가 한마디 던졌다.

"니 진짜 괜찮은 거 맞제?"

뒤통수를 한 대 얻어맞은 기분이었다. 나는 진짜 괜찮은 것일까?

아마도 친구와 이야기하면서 줄곧 아이들 이야기만 한 것 같다. 4남매의 엄마로서 힘든 적도 있지만, 4남매가 주는 행복이 컸다. 생활 면에서도 아주 바쁘기는 했지만, 특별히 어려움이 있는 것은 아니었다. 소비를 많이 하는 편이 아니어서 넉넉하고 부유하진 않아도 불편 없이 지냈다. 하지만 딱히 미래가 설계되어 있거나, 앞으로 어떻게 살아야지 하는 계획 같은 것도 없었다. 아니, 생각하고 싶지 않았다는 게 더 맞는 얘기인 것 같다.

'그런 건 남편이 알아서 다 하겠지. 나는 4남매를 돌보고 챙기면서 내

할 일을 다 하고 있잖아.'

그렇게 전업주부가 나에겐 디폴트인 양, '4남매 맘'이라는 말과 상황에 안주해 그저 하루하루를 보냈다. '4남매가 있으니 육아만 하느라 다른 것은 할 수 없어.'가 당연한 시선이었고, "어떻게 아이 넷을 도움 없이 다 돌봐요?"라고 하는 주위의 얘기에 스스로 자기합리화를 하고 있었다.

"나는 4남매 때문에, 아이 넷을 봐야 하니까, 다른 것을 할 수 없어. 육아만으로도 빠듯해."

그런데… 진짜? 그럼 나는? 정말 '이대로' 괜찮은 걸까?

사소하지만 절대 사소하지 않다

30분 일찍 시작한 날, 모든 것이 바뀌었다

변화의 시작은 30분이었다.

아침 6시 전후로 일어나는 아이들을 피해 혼자만의 시간을 가져보기로 했다. 나는 변화가 필요함을 느낄 때 크게 2가지를 한다.

첫째, 주위 환경 바꾸기.

둘째, 생활 방식 바꾸기.

아이가 없었다면 바로 이사를 했겠지만, 아이들이 생기고 난 후로는 주위 환경을 바꾸는 것이 그리 쉬운 일이 아니었다. 그래서 2가지 중 내가 곧바로 할 수 있는 것을 하기로 했다. 그것은 '생활 방식 바꾸기'였다.

큰 변화를 기대하기보다는 우선 내가 할 수 있는 것을 찾아봤다. 아침 5시 30분. 아이들이 깨지 않게 숨죽여서 조용히 거실로 내려왔다. 일단 일어나긴 했는데, 마땅히 할 게 없었다. 헤드폰을 끼고 피아노를 치려다가 그마저도 애들을 깨울까 봐 조심스레 내려놨다. 소파에 드러누워서 뒹굴뒹굴하다가 책장에서 예전 다이어리와 노트를 꺼내 보기도 하고, 먼지가 뽀얗게 앉은 몇 권 안 되는 한글로 된 종이책들도 들춰봤다. 시끌벅적한 게 익숙해서인지, 새벽의 고요함이 어색했다. 이윽고 아이들이 하나둘씩 내려오면서 그 시간도 끝이 났다.

그렇게 2~3일은 빈둥빈둥 특별히 아무것도 하지 않았다. 어색한 적막, 왠지 모르게 그 시간이 기다려졌다. 고요함 속에서 오로지 내가 만들어 내는 소리에만 귀 기울이는 시간. 누구의 방해도 받지 않고, 어떤 역할로도 불리지 않는, 온전히 '나'로 있는 시간. 그렇게 하루를 조금 일찍 시작한 날, 나는 10여 년 만에 어떤 역할에도 속하지 않은 '나'와 대면했다.

거창할 필요는 없다

아침 시간을 조금 더 의미 있게 보내는 방법이 없을까 하며 검색을 했다. '미라클 모닝.' 지금이야 미라클 모닝 열풍이라 부를 정도로 유명하고 많이들 하지만, 그때는 그렇게 유행하진 않았다. 아니, 적어도 내 주위엔 없었다. 그래서 일단은 해보기로 했다.

'기적의 아침', 이름은 거창했다. 하지만 6분이면 된단다. 언젠가 구매해두고 쓰지 않은 빈 노트를 하나 준비하고, 먼지 쌓인 책들 중 하나를 꺼내 들고, 미라클 모닝 형식에 맞춰 시작했다. 순서는 임의대로 바꿔 운동을 마지막에 했다.

침묵 - 확언 - 시각화 - 읽기 - 기록 - 운동

초반에는 그 의미와 방법도 잘 모르던 '침묵, 확언, 시각화'는 잘되지 않았다. 심지어 어떤 날은 침묵시간에 명상한다고 하곤 그대로 다시 잠이 들기도 했다.

'읽기와 기록'은 많이 활용했다. 그때 나에겐 독서 습관 같은 건 없었다. 1년에 겨우 1~2권 읽을 정도였다. 처음에는 하루 한두 장을 내키는 대로 읽었다. 억지로 더 읽으려고 하지도 않았다.

'기록'은 꿈 많던 10~20대에는 바인더를 들고 다니면서 틈만 나면 쓰던 경험이 있었다. 하지만 아이가 생긴 후 내가 기록한 것은 수유 시간, 아이들 일정 기록, 첫아이가 아주 어릴 때 잠시 참여하던 맘카페에 글쓰기 정도가 전부였다. 무엇을 적을까?

친정엄마가 보내주신 책 중에 《매직》이라는 책을 통해 감사일기 쓰기를 했던 기억이 났다. 감사일기 쓰기를 시작으로 점점 패턴을 만들어, 감사한 것 3가지, 전날 해낸 것, 그리고 오늘 해야 할 일 등을 기록했다.

미라클 모닝 노트

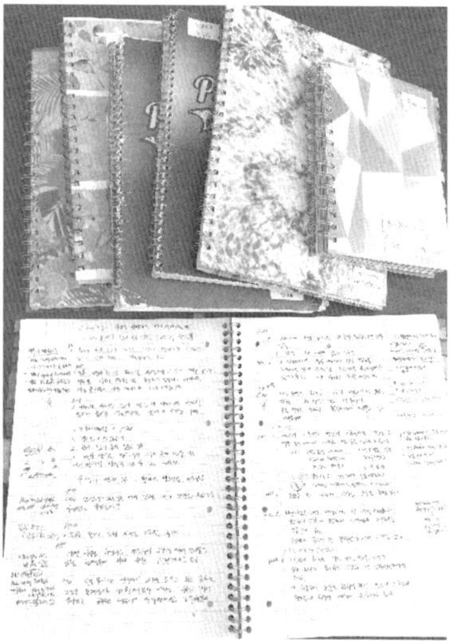

독서 노트

❶ 5시에 일어나서 미라클 모닝을 실천해서 감사합니다.

❷ 막내가 밤에 안 깨고 푹 자서 감사합니다.

❸ 남편이 아이들을 씻겨줘서 감사합니다.

그렇게 하루가 이틀이 되고, 일주일, 그리고 한 달이 지나니 어느새 하나의 루틴으로 자리 잡았다. 30분이 1시간, 2시간이 되었고, 4시 30분 기상이 일상이 되었다.

습관 쌓기의 힘

한두 장씩 읽던 책 읽기가 조금씩 익숙해지면서 독서 시간이 길어지기 시작했다. 아침 시간 30분으로는 부족했다. 전자책을 구매해 읽으면서 오디오북으로도 들었다. 그렇게 한 권, 두 권 쌓이면서 한 해 동안 150권을 읽었다.

감사일기를 쓰면서 이전엔 불만이었던 것들이 하나둘씩 다르게 보였다. 눈에 넣어도 아프지 않을 네 아이들, 가족이 우선인 남편, 시부모님, 친정 부모님이 가까이 없어서 어떤 간섭도 받지 않는 상황 등이 감사하게 느껴졌다. 해낸 것을 쓰면서 자신감 근육이 0.1%씩 붙는 것 같았다. 기록을 통해 삶을 감사하고, 오늘 하루 점을 찍은 나를 인정하고, 원하는 것을 그려보면서 하루를 계획했다.

새벽 시간을 활용하면서 '나만의 시간'을 더 갈구하게 되었다. 낮 동안의 틈새 시간, 저녁 시간 등도 나를 위한 시간으로 채워갔다. 저녁 시간에 애들을 재우고 빨래를 개면서 드라마를 보던 시간에 책을 읽거나 자기계발 영상을 보았다. 이동할 때는 이어폰을 끼고 오디오북을 들었다. 아침 루틴을 조금씩 변경해서 경제 공부도 하게 되었다. 그렇게 자연스레 생활 방식이 바뀌었다. 저녁 시간에 보던 한국 드라마도 더는 보지 않았다. 아이들을 등교시키고 종종 동네 아줌마들과 다니던 카페도 다니지 않았다. 하나의 작은 습관에 다른 습관들을 덧붙이고, 없애고 싶은 습관들을 대체했다.

의지가 필요하지 않았다. 이 시간이 감사했고 진짜 살아 숨 쉬는 것을 느꼈다. 내가 선택한 시간에 일어나서 만든 '나만의 시간'은 나에게 휴식이었고, 나를 찾는 시간이었고, 나를 성장시키는 시간이었다.

꿈 많던 시절의 나를 돌아보았다. 그러면서 다시 꿈을 꾸기 시작했다. 꿈을 꾸는 데 늦은 때는 없다. 바로 오늘, 내가 꿈꾸기 시작한 순간이 가장 빠른 때다. 거창할 필요는 없다. 아주 작은 사소한 일상의 변화로 인생을 바꿀 수 있다!

왜 그렇게
열심히 운동하세요?

웨이트 트레이닝, 운동 습관을 만들다

처음 운동을 시작하게 된 계기는 '다이어트'였다. 학창 시절, 식욕은 늘고 운동량은 줄어들면서 살이 쪘지만 그게 불편하거나 신경에 거슬리지는 않았다. 사춘기가 지나면서 스스로 자각하는 계기가 생기면서부터 본격적인 다이어트를 시작했다.

20대의 하루하루는 살과의 전쟁이었다. 온갖 극단적인 식이요법을 하고, 간간이 홈트로 이소라 다이어트, 조혜련의 태보 등 연예인 운동을 따라 했다. 다이어트를 위한 운동만을 했고, 극단적인 식이요법 후유증으로 수없이 요요를 경험했다.

직장을 그만두고 서른이 되기 전에 아이를 갖고 싶었다. 임신 준비를 위해 몸을 돌보기로 했다. 이전의 극단적인 다이어트 대신, 건강하게 식단을 조절하고 운동을 했다. 처음에는 수영하러 다녔고, 건강하게 살을 빼면서 얼마 지나지 않아 첫아이를 임신했다.

첫아이 임신기간에는 출산에 도움이 된다는 이야기를 듣고 남편과 매일 2~3시간씩 걸어 다녔다. 임신과 출산 기간이 처음으로 '다이어트'의 강박에서 벗어난 시기였다. 이때 시작한 수영과 걷기로 다이어트를 위한 운동이 아닌 순수한 운동에 대한 재미도 조금씩 느꼈다. 그렇게 나는 건강한 식이조절과 운동의 효과로 건강하게 4번의 자연분만을 했고, 출산 후 회복도 빠르게 했다.

셋째 아들을 낳고 가장 힘들었던 시기에 웨이트 트레이닝을 접하게 되었다. 처음에는 머신 운동만 하다가, 온라인에서 열심히 검색해서 초보 루틴을 보고 따라 해보았다. 머신 운동만 하던 루틴에서 프리웨이트 동작을 하나둘 했고, 폭풍 검색 그리고 본격적인 독학에 들어갔다.

운동 관련 블로그, 칼럼, 영상 등의 매체를 통해 나만의 루틴을 짜서 하나씩 시도했다. 웨이트 트레이닝은 광범위하고 알아야 할 것도 많아서, 알면 알수록 더 재미가 있었다.(해부학적인 원리까지 포함하면 그 양이 방대하다.) 프리웨이트, 머신, 케이블, 바벨 등의 기구를 이용한 동작들의 자세를 따라 해보고 익히는 과정에서 단지 몸을 움직이는 행위에서만 그치는 것이 아니라, 나의 몸에 관해 공부하는 느낌이었다.

바른 자세로 동작을 하기 위해 헬스장에 있는 전신거울을 통해 뚫어져라 내 몸을 바라보았다. 진짜 나의 체형, 몸매, 소소한 행동, 버릇 등을 알게 되었다. 그리고 나를 똑바로 바라보는 것에 익숙해져 갔다. 자세를 바로 하지 않으면 원하는 부위에 자극을 받지 못하고 부상의 위험도 있기에 더 신경을 쓰면서 하다 보니 체형에 변화가 생겼다. 둥글게 말렸던 어깨가 펴지면서 가슴도 펴졌다. 가슴부위에 근육이 만져졌다. 하체 발달형으로 콤플렉스였던 허벅지의 물살들이 점점 탄력성을 띠기 시작했다. 몸의 변화를 보면서 더더욱 웨이트 트레이닝에 대한 애착도 강해졌다. 주 3~5회의 웨이트 트레이닝을 꾸준히 지속했다.

2020년 3월, 코로나 팬데믹으로 영국 전역에 격리가 시작되었다. 필수적인 외출(생필품 구입 등의 활동)을 제외하고는 집 밖을 나갈 수 없었다. 손발이 묶인 것처럼 꾸준히 가던 헬스장을 가지 못하니 아쉬움에 홈트만 하던 차에 인스타그램에서 켈리 최 회장님이 진행하는 '100일 운동 프로젝트'에 참여하게 되었다. 하루 10분만 하면 된다고 했지만, 나의 루틴대로 진행했다. 혼자서 하는 홈트는 자칫 흐트러지기 쉽다. 그런데 인스타그램에 인증하고 서로 응원하는 과정을 겪으면서 자연스럽게 일상이 되었다.

그 이후 '끈기 프로젝트- 보디 프로필 편'에도 참여했고, 때마침 영국에 격리도 풀려서 난생처음 PT를 받았다. 그동안 혼자서 배워왔던 운동을 확인 받고 미세하게 교정도 받으면서 더더욱 웨이트 트레이닝에 재미를 붙였다. 보디 프로필 후 요요가 왔음에도 운동은 지속해서 했다. 왜냐하면 운동은 더는 나에게 다이어트를 위한 도구가 아닌, 그 자체가 나를 반영하고 있기 때문이었다.

습관을 형성하는 것에서 중요한 것이 '정체성'의 변화라고 한다. '나는 ~하는 사람이다.'라고 스스로 인식하고 정의를 바꾸는 것. 변화의 시작은 다이어트였지만, 그렇게 나는 운동하는 사람이 되어 있었다.

오래달리기는 질색인데…

보디 프로필 촬영의 디데이 마지막 한 달을 남겨두고, 가장 싫어했던 '달리기'를 시작했다. 오래달리기를 싫어해서 학창 시절에도 운동회 마지막에 하던 마라톤은 거의 걸어 다니거나 중간에 이탈했었다. 헬스장에 다니면서도 '러닝머신'은 최대한 피해 다니곤 했었다. 그랬던 내가 달리기를 해보기로 하다니!

'런데이'라는 앱을 활용해서 걷고 뛰고를 반복하다가 30분 연속 달리기를 하는 훈련 프로그램을 진행했다. 처음에는 1분 달리는 것도 숨차고 힘들었는데, 조금씩 늘리니까 할 만했다. 이내 욕심을 부려 원래 프로그램의 추천이었던 주 3회 달리기 대신 매일 달렸다. 당시 웨이트 트레이닝과 스피닝, HIIT 클래스까지 병행해서 운동하는 상황이었는데,

매일 달리기까지 하다가 결국 오버트레이닝으로 발목에 무리가 와서 운동하지 못하게 되었다.

1주일 정도 걷는 것 외에 다른 운동을 하지 못하자, 그나마 친해질 뻔 했던 달리기는 나와 멀어져 갔다. 모든 운동을 무리하게 병행한 것은 생각하지 않고 그중 가장 마지막에 시작했고 아직은 어색한 사이였던 달리기에 모든 책임을 전가했다. '나와 달리기는 맞지 않아'라는 생각이 굳어지면서 다른 운동만 하며 시간을 보냈다.

운동과는 거리가 멀었던 남편이 그 당시 달리기를 함께 시작했는데, 내가 그만둔 이후에도 매일 밖으로 나가 달렸다. 코로나로 3주간 앓았던 시기를 제외하고 1년을 하루도 쉬지 않고 나갔다. 꾸준한 달리기로 인해, 고혈압에 만성피로가 있던 남편이 피로감이 많이 없어지고 점점 활기찬 생활을 되찾았다.

그러던 와중에, 철인 3종 선수, 달리기 러버인 박도은 님을 만나게 되었다. 철인 3종이라는 것에 나도 한번 도전해보고 싶었다. 그 시작으로 달리기를 해보기로 했다. 그렇게 다시 달리기와 마주했다.

먼저, 3월 13일 10k 마라톤 대회에 등록해두고 훈련을 시작했다. 단, 과욕을 부리지 않고 진행하기로 했다. 1년 만에 다시 뛰는 거라서 처음에는 인터벌로 걷고 뛰고를 반복했다. 그렇게 인터벌로 걷고 뛰기를 반복하다가 2주 정도 지났을 때 30분을 연속으로 뛰었다. 그리고 그 이후부터는 조금씩 거리를 늘려가면서 달리기를 시작했다.

10k 마라톤 완주

목표는 더도 말고 '주당 500m'씩 늘리기. 매일 조금씩 늘리는 것이 아니라, 일주일에 한 번만 장거리를 뛰고 나머지 요일에는 강약을 조절하면서 뛰었다. 살짝 무리가 오는 듯한 날에는 쉬기도 하고, 퍼스널 트레이너와 박도은 님께 자세와 훈련 팁에 관해 물어도 보고, 유튜브에서 자세 교정 영상들을 보면서 하나씩 시도해봤다. 다시 달리기 시작한 게 12월이었는데, 10k 대회 전인 2월 말 11km를 완주했다. 그리고 3월 13일 10k 마라톤에서 남편과 함께 그 당시 최고 기록인 58분 31초로 10km를 완주했다.

박도은 님이 리드하는 '워너비 러너'라는 커뮤니티에 달리기한 것을 인증하고 서로 응원했다. 다른 사람들이 겪는 문제들을 보면서 해결 방법을 찾아보기도 하고, 서로 정보를 공유하면서 많은 도움을 받았다. 특히, 지구 반대편에 함께 응원해주는 사람이 있다는 것이 엄청난 힘이 되었다.

마라톤 대회에서 뛰면서 정말 힘들 때 박도은 님이 해줬던 이야기가 떠올랐다.

"뛰다가 죽을 것 같아도 절대 안 죽어요."

보시다시피 진짜 죽지 않았다. (웃음) 인간은 생존본능이 강해서 죽지 않을 만큼 제어가 가능하다는 것과, '한계'란 건 내가 마음으로 그어놓은 것일 뿐 넘어서는 것이 충분히 가능하다는 것도 깨달았다. 그저 내 잠재의식이 놀라서 그것을 거부하지 않을 정도로 '조금씩만' 늘리면 좀 더 수월하게 할 수 있다는 것도 알았다.

움직임의 힘

매일 운동이 일상이 된 어느 날, 김리아 님을 통해 댄스를 접했다. 춤은 나와는 거리가 먼 것이었다. 나에게 춤은 타고난 감각이 있어야 하는 것이었고, 그래서 내가 즐기기보단 잘하는 사람을 보는 게 그냥 좋았다.

춤에 대한 막연한 환상 같은 건 있었다. 음악에 몸을 맡겨 느낌 있게 '나만의 춤'을 추고 싶은 환상. 단, 춤에 관한 기준점이 있었다. 댄서나 연예인들, 아니 음악에 몸을 맡겨 멋지게 추는 사람들이 기준점이 되어 그에 미치지 못하는 나의 모습이 어색했다. 더 엄밀히 말하면, 내가 그렇게 멋지게 추지 못하니, 그런 모습이 남들의 눈에 어떻게 보일까가 신경이 쓰였다. 그러면서 '몸치'라는 말로 스스로 방어하고 있었다. 사전에서 정의하는 '몸치'란 '노력을 해도 춤이나 율동 등이 맞지 않고 어설픈 사람'을 일컫는다.

댄스를 배우고 매일 조금씩 반복해서 추면서 익숙해짐을 느꼈다. 처음에는 버벅거리면서 아무리 해도 안 되던 안무들이 어느새 몸에 익었다. 성공적으로 음악에 맞춰서 따라 추고 나면 엄청난 성취감을 느꼈다. 몸치는 '노력을 해도' 춤이 되지 않는 사람인데, '노력'을 조금 해보니 따라 할 수 있게 되었다. 더는 그냥 허우적거림이 아니라 동작들이 보이기 시작했다. 무엇보다 춤을 따라 추면서 엄청나게 집중하게 되고, 그 와중에 틀리면 틀린 대로 웃겼고, 음악과 함께해서 신이 났다. 어설프지만 집중해서 따라서 추다 보면 땀도 나고 입꼬리가 하늘을 찌를 듯 올라가면서 가슴 뛰게 즐거웠다. 멋지고 이쁘게 잘 추는 것을 떠나, 나의 몸으로 표현해내는 아름다움, '움직임' 자체에 신비함을 느꼈고, 춤을 추는 동안 시종일관 행복을 느꼈다.

웨이트 트레이닝과 달리기로 몸의 한계를 시험해서 성취감을 느꼈다면, 춤은 음악에 몸을 맡겨 몸의 움직임 자체에 집중하고 즐기는 계기가 되었다. 순수하게 움직임 자체의 고유한 매력, 나의 몸이 만들 수 있는 선이 신기했다. 움직임은 생각보다 엄청난 파워를 지니고 있다. 육체적으로 건강해져서 컨디션이 좋아지고 20, 30대 때보다 더 활력 넘치는 체력을 가지게 된 건 많은 것 중의 작은 일부분일 뿐이다.

따로 챙겨서 휴식을 취하지 않아도, 달리기를 하고, 춤을 추고, 운동을 하는 순간들이 자연스럽게 휴식이 되었다. 생각이 복잡할 때, 일이 버겁게 느껴지는 날에는 그냥 가방 하나 메고 운동을 하러 가거나, 상쾌한 바람을 맞으며 달리고 나면 언제 그랬냐는 듯이 의욕이 불끈 솟아오른다. 종종 영감 덩어리를 안고 돌아와서 흥분을 감추지 못하고 열심히 기록을 남기기도 한다.

운동은 일상에서 많은 도전의 시뮬레이션 역할을 해 주었다. 움직임을 익히는 과정은 새로운 일을 시도하고 배우는 데 적용되어 차근차근 해내게 하는 원동력이 되었다. 운동 습관은 일상생활의 다른 좋은 습관을 만드는 토대가 되었다.

달리기, 웨이트 트레이닝 등 한계에 도전하면서 나의 성향도 알게 되었다. 한계에 부닥쳤을 때 내가 스스로 어떤 이야기를 하는지, 어떤 패턴으로 심리상태가 변화하는지 알게 되어, 내가 원하는 방향으로, 내가 원하는 행동을 할 수 있었다.

춤을 배우면서 어설프고 어색하던 것들이 수정과 반복을 거치면서 몸에 점점 익숙해진다는 것을 몸소 깨달았다. 이 과정에서 특히 내가 자신 없고 익숙하지 않은 일을 마주했을 때, 어색하고 어설픈 게 당연하다는 걸 인정하게 해 주었다. 춤에 익숙해지듯 새로운 일도 조금씩 익숙해질 수 있다는 믿음이 생겼고, 한 걸음씩 더디지만 지속하면서 스스로 기다려줄 수 있게 되었다.

운동은 생활 속에 스며들어 지금도 나의 인생에 작은 반란을 일으키고 있다.

엄마의 이유 있는 돈 공부

돈을 공부하다

독서 습관이 자리 잡으면서 날라리 모범생이었던 학창 시절의 학구열이 샘솟았다. 책을 통해 배우고, 자기계발 영상 등을 보면서 새로운 것을 알아가는 재미가 있었다.

하지만 4남매의 엄마이고 마흔을 앞둔 나이에 단순히 '배우고 싶은' 마음만으로는 뭔가 부족하단 생각이 들었다. 4남매 육아 외에 무언가를 지속하기 위해선 주위의 사람들보다 나 자신을 설득할 만한 현실적인 이유가 필요했다. 물론, 나 자신으로 살아간다는 것이 충분한 이유가 될 수는 있지만, 상황만 달라졌을 뿐 엄마라는 역할도 어찌 보면 내가 선택한 것이고 그에 대한 책임을 등한시하고 싶지 않았다. 그래서 현실과 공부가 만나야 했다.

내가 배우고 공부하는 것이 경제적으로 도움이 되기를 바랐다. 하지만 오랜 시간 나에게 집중하지 않고 지냈던 터라 내가 정말 원하는 것 그리고 내가 할 수 있는 것이 무엇인지를 알지 못했다. 그래서 우선은 '돈'부터 공부하기로 했다. 방법은 단순했다. '돈'과 '부'가 제목에 들어가는 책을 읽었다. 《엄마의 돈 공부》, 《부자 아빠 가난한 아빠》, 《아들 셋 엄마의 돈 되는 독서》, 《부의 본능》, 《돈을 부르는 말버릇》, 《1일 1줄 돈 버는 습관》, 《백만장자 시크릿》, 《부의 추월차선》, 《나는 오늘도 경제적 자유를 꿈꾼다》 등의 책을 읽었다. 돈과 부에 관련된 책들을 여러 권 읽다 보니 '마인드'가 중요했다. 구체적인 돈 버는 방법보다 성공하는 '습관'을 만들어야 한다는 것을 깨달았다.

죽은 공부 말고 살아 숨 쉬는 공부

대학 시절, 일과 학업을 병행해야 하는 상황에서 밥 먹듯이 밤을 새워가며 에세이, 논문 등을 준비했었다. 밤낮없이 일하고 공부하는 나를 보며 남편은 종종 이렇게 말했었다.

"야, 너 대단하긴 한데… 그렇게 공부한 거 나 써먹냐?"

전공이 호텔경영학이었고 관련 직종에서 일하긴 했지만, 대학 시절 그렇게 밤새워 공부한 것들을 진짜 활용했는지는 솔직히 의문이었다.

인턴부터 시작해서 직접 몸으로 경험하고 배운 것들은 일하면서 적극적으로 활용했지만, 대학에서 공부했던 이론들을 과연 제대로 써먹었을까? 도움이 되기는 했지만, 가성비를 따졌을 때 그만한 결과와 성과를 얻었는지는 잘 모르겠다.

물론 그때 공부한 것들이 나의 밑바탕에 깔려있다는 건 안다. 하지만 공부가 좀 더 효율적이면서 즉시 실행 가능하고 활용할 수 있길 원했다.

'어떻게 하면 공부한 것을 써먹을까?'

인풋이 있으면 아웃풋이 있어야 한다. 책을 읽으면서 이것을 고민했다. 그래서 독서를 활용하는 법부터 하나씩 따라 했다. 가장 기본적인 독서의 아웃풋인 글쓰기, 그중 가장 기본인 '독서 노트'를 작성하기 시작했다. 그리고 크게 3가지 분야로 나누어 읽으면서 실행했다. 가장 기본 바탕이 되는 '마인드'를 강화하는 것들, 습관 변화를 위한 것들, 그리고 현실적으로 결과물이 있고 '돈'과 직결될 수 있는 것들로 나누어서 읽고 실천에 옮겼다.

습관을 만들고 정착시키기 위해 습관 관련된 책들을 여러 권 읽고 정리해서 나에게 맞게 한 가지씩 단계적으로 실행했다. 마인드에 관한 것도 비슷한 방법으로 나에게 맞는 것을 찾을 때까지 변경하고 맞춰가는 작업을 계속해서 했다. 이때 마인드 강화와 습관 만들기를 하면서 사업의 튼튼한 기초를 다질 수 있었다. 현실적인 결과물, 즉 실용적인 것들도 내가 손쉽게 당장 할 수 있는 것부터 하나씩 해나갔다. 그중 처음에 한 것이 '블로그 운영'과 '이베이(ebay)'였다.

시행착오? 자신감 쌓기

영국에서 '이베이'는 한국의 '스마트 스토어'와 비슷한 위치에 있는 전자상거래 플랫폼이다. 아마존 같은 전자상거래 플랫폼과 비교해 절차가 간소해서 일반인들이 쉽게 접근할 수 있고, 중고 물건부터 도매 물건까지 다양한 거래를 할 수 있다. 나도 '이베이'를 통해 물건을 자주 샀었고, 남편의 지인 중 이베이 사업을 했던 사람이 있어서 접근이 어렵지 않게 느껴졌다. 그래서 이베이에서 물건을 팔아보기로 했다.

영국에서 통하는 방법이어야 했기에 영국인이 쓴 이베이 관련 서적을 읽고 유튜브 영상을 찾아서 봤다. 동시에 집에 있던 물건들부터 하나씩 팔기 시작했다. 예전에 남편이 장사했던 물건 중 재고로 남아있는 것과 아이들 물건을 정리해서 이베이에 팔았다. 하나씩 주문이 들어오고 팔리기 시작하니까 재미가 있었다. 광고를 올리는 것도 점점 익숙해져서 물품을 늘렸다.

때마침 '스퀴시'라는 장난감이 영국에서 유행하기 시작했고, 중국 온라인 도매 플랫폼인 알리바바에서 사들여 팔기로 했다. 그 당시 알리바바는 대량 판매 위주였다. 그래서 물량에 따른 단가 차이가 컸다. 하지만 처음부터 확인도 되지 않은 물건을 대량으로 사들이기엔 부담이 컸다. 그래서 단가가 높더라도 최소로 사들일 수 있는 물량(MOQ)을 주문했다. 결과적으로 중국에서 수입해 들어온 장난감은 실패였다. 관세와 배송비 때문에 중국 직통 혹은 드롭 쉬핑으로 저가에 파는 업체들과 가격 경쟁이 되지 않았다. 이베이 장사를 통해 많은 것을 배웠다. 물건을 검색하는 과정부터 수입, 주문, 포장, 배송과정 등 실질적인 사업에 관한 것들을 터득했다. 그리고 무엇보다 생각한 것을 실행하고 시도하기 전까지는 나한테 맞는 일인지 알 수 없다는 것을 실감했다. 다행히 소규모로 주문하여 손실은 크지 않았다.

그 이후에도 여러 가지 시도와 실패를 했다. 플랫폼을 옮겨 아마존에서 팔아보기도 했고, 엣지, 레드버블 등에서 디지털 물품을 시도해보기도 했다. 아마 계속 공부하고 시도했으면 성공했을지도 모른다. 하지만, 지금은 이것들을 하지 않는다. 이러한 과정에서 사람과의 직접 소통이 없는 사업을 할 때 열정이 잘 생기지 않는다는 것을 깨달았고, 열정이 생기지 않는 일은 아무리 돈이 되고 사업성이 좋아도 지속하기 어렵다는 것도 알았다.

현재 나는 2개의 사업체를 운영하고 있다. 이 일을 찾기까지 많은 시도를 했고 시행착오를 겪었다. 하지만 그 시도한 것을 후회하지 않는다. 그것들을 해보지 않았다면 분명 미련이 남았을 것이다. 나에게 맞는지 아닌지 알지 못했을 것이다. 지금도 선택의 순간에 스스로 묻는다.

'내가 지금 이 순간 눈을 감는다면, 이 일을 하지 않은 것을 후회할 것인가?'

만약 그래도 선택하기 힘들다면, 하는 쪽을 택한다. 하지 않은 일은 내가 컨트롤 할 수 없지만, 한 일에 대해서는 내가 생각하기에 따라 가치를 부여할 수 있으니까.

방구석에서 모든 것을 해결할 수는 없을까?

부동산 교육비만 3,000만 원?

돈에 관련된 책을 읽으면서 접하게 된 것이 부동산이었다. 첫 돈 공부 책이었던《엄마의 돈 공부》를 통해 부동산에 흥미가 생겼고, 추천 책들을 하나씩 찾아 읽던 중에 로버트 기요사키의《부자 아빠 가난한 아빠》를 알게 되었다.

처음 이 책을 읽었을 때는 그야말로 뒤통수를 한 대 얻어맞은 느낌이었다. 지금까지의 '돈'에 관한 개념, 수입에 관한 개념을 바꿔주었다. 단순히 돈을 많이 버는 것이 중요한 것이 아니라, 그 수입의 성질이 중요하다는 것을 깨달았다. 그리고 어떻게든 현금흐름 4분면의 오른쪽, 사업가나 투자가가 되어야겠다는 생각이 간절했다.

현금흐름 4분면

현금흐름 4분면은 《부자 아빠 가난한 아빠》에 나오는 개념이다. 자신이 돈을 버는 방식에 따라 E(봉급생활자, 피고용인), S(자영업자, 전문직), B(사업가), I(투자가)로 나뉘는 표를 말한다.

이어서 부동산 관련 책들을 하나씩 읽었다. 한국 책, 영국 책 구분 없이 봤다. 한국 책들은 그나마 조금씩 이해가 가기 시작했는데, 영국 부동산 관련 책은 아무리 봐도 쉽게 이해되지 않았다. 당시 영국에 있는 한국 사람들과는 거의 교류가 없었고, 주위의 영국 친구들도 부동산에 관해서 관심은 있으나 투자나 사업을 하는 사람은 없었다.

그러던 중에 우연히 페이스북의 광고로 '리치 대드' 무료 부동산 세미나를 발견했다. 리치 대드는 로버트 기요사키가 운영하는 회사였다.

'이걸 무료로 한다고?'

반신반의하는 마음으로 신청서를 작성하고 떨리는 마음으로 세미나장으로 향했다. 내가 받은 세미나는 리치 대드의 영국 협업회사인 '레거시 에듀케이션 얼라이언스(현, 어셋 아카데미)'가 주관하는 것이었다. 2시간의 무료 세미나에서 새로운 세상을 본 느낌이었다. 곧이어 그 자리에서 홍보했던 3일짜리 유료 세미나를 등록했다.

첫 세미나 한 달 후에 이루어진 유료 세미나에서 3일 내내 다른 세상에 사는 사람들을 만났다. 그들은 내가 책에서 봤던 성공한 사람들의 마인드를 가지고 행동하는 사람들이었다. 이미 어느 정도 궤도에 오른 사람들도 있었고, 시작한 지 얼마 되지 않았음에도 엄청난 성장을 한 사람들도 있었다. 그 사람들이 가진 부동산 포트폴리오도 놀라웠지만, 다루는 돈의 액수와 사람들을 대하는 태도 등을 보면서 마치 꿈을 꾸는 것 같았다. 나도 그들처럼 되고 싶었다.

수업을 받는 내내 가슴이 쿵쾅거렸다. 3일 동안 아침 6시에 집에서 나와서 온종일 워크숍을 하고, 저녁 9시 넘어서 집으로 돌아와 밤늦게까지 과제를 했는데도 조금도 피곤하지 않았다. 세미나 2일 차에 2년 정규교육과정을 홍보했다. 가격을 듣는 순간 멘붕이 왔다. 2만 파운드, 한화로 3,000만 원이었다. 오만가지 생각이 들었다. 우선은 내가 해낼 수 있을까 하는 두려움과 함께 이걸 하지 않으면 평생 후회할 것 같은 생각이 교차했다. 문제는 수중에 2만 파운드가 없다는 것이었다.

직장을 그만둔 이후, 10여 년간 4남매 육아를 하면서 생활비를 제외하곤 남편이 돈 관리를 주로 했는데, 그만한 여윳돈이 있는지 알지 못했다. 남편에게 미리 전화해서 상황을 설명하고 교육비를 얘기했다. 2일 차 수업이 끝난 후 밤늦게 집에 도착하니, 남편이 대뜸 물었다.

"할 수 있을 것 같아?"

"음… 솔직히 겁나는데… 할 수 있을 것 같아. 아니, 해야 할 것 같아."

"그럼 네가 할 수 있는 만큼 해봐."

44번 또 65번의 거절과 기록의 힘

남편의 전폭적인 지지와 함께 부동산 투자 여정이 시작되었다. 정식 교육은 온라인 10주 과정과 전화 상담이었다. 10주 과정에 마인드 세팅과 기본적인 전략, 지역 선정, 조사, 임장 등이 포함되어 있었다. 결국 교육은 실행을 위해 도와주는 것이지 교육 자체로는 의미가 없다는 생각에, 세미나 직후부터 본격적으로 움직이기로 했다. 세미나는 내가 움직이게 하는 트리거 역할을 해 주었다.

우선은 '부동산'을 무엇보다 우선순위에 두었다. 집안 곳곳에 세미나에서 설정한 '부동산 목표'를 적어서 붙여놓았다. 더불어 마인드를 강화해 주는 문구들도 적어놓았다. 그리고 수시로 볼 때마다 읽었다. 그때마다 세미나에서 받은 열정과 가슴 떨림이 되살아나는 것 같았다.

"Every problem has a solution."

(모든 문제에는 답이 있다.)

"It's not what we do once in a while that shapes our lives. It's what we do consistently."

(어쩌다 한 번 하는 일로 우리의 삶이 좌지우지되지 않는다. 우리의 삶을 좌지우지하는 것은 바로 우리가 꾸준히 하는 것이다.)

온라인으로 지역조사를 시작했다. 영국에 산 지 20년이 넘었지만, 런던과 근교 지역 외에는 아는 곳이 거의 없어서 지역을 선택하기 힘들었다. 내가 사는 곳에서 6시간 이내 거리에 있는 모든 지역을 조사했다. 처음에는 부동산에 전화하거나 찾아가는 것조차 떨리고 긴장되었다. 그래서 지역조사를 하면서 동시에 스크립트를 만들고 실제 상황을 떠올리면서 연습했다. 3주 정도의 지역조사 후 북쪽의 도시 리버풀로 정하고 임장을 다녔다.

4남매를 학교에 등하교시켜야 하는 상황이어서 일주일에 한 번 토요일에만 갈 수 있었다. 주중에 조건에 맞는 집들을 찾아서 미리 부동산에 전화하고 적어도 대여섯 채의 집을 볼 수 있게 약속을 잡았다. 토요일에 새벽 기차나 버스를 타고 5시간 거리에 있는 리버풀을 돌아다녔다. 그렇게 4개월, 어느 정도 지역에 대해 알게 되고, 부동산에 연락하고 오퍼를 넣는 등의 절차도 익숙해져 갔다.

세미나 이후에 지역 네트워크 미팅에 여러 번 참여하면서, 첫 번째 집은 1년에서 18개월 이상이 걸릴 수도 있고, 수없이 많이 거절을 당할 것이라는 조언을 많이 들었다. 그래서 머리로는 익히 알고 있었지만, 막상 현실로 겪기 시작하니 마음이 불안해지고 점점 초조해졌다.

그런 와중에 'Serviced Accommodation(에어비앤비 사업)'에 관해 흥미를 느끼게 되었고, 교육과정 중에 선택해서 배우게 되었다. 수업 첫날 직감적으로 나한테 딱 맞는 전략이라는 느낌이 왔다. 원래 전공이었던 호텔업과 비슷한 계열이어서 어렵지 않게 느껴졌다. 그리고 이걸로 우선 현금흐름을 만들어야겠다는 결정을 내렸다.

전략에 맞춰 다시 조사한 후, 런던 남쪽 해안도시인 브라이튼으로 투자지역을 변경하고 임장을 다니기 시작했다. 집에서 기차로 1시간 남짓 거리여서 주중에도 다녀올 수 있어 좀 더 빠르게 진행할 수 있었다. 단, 집을 보는 건 빨랐지만, 법률상으로 까다로운 조건 때문에 계약이 성사되기가 쉽지는 않았다.

44번의 거절을 당하고, 45번째 집을 방문했다. 드디어 조건에 맞는 집을 찾았고 계약이 성사되었다. 첫 번째 집을 세팅하고 운영한 지 6개월 뒤 2번째 집을 계약했다. 첫 번째보다는 좀 더 수월할 것이라고 기대했던 2번째 집도 65번의 거절 끝에 계약이 성사되었다. 44번, 65번의 거절. 내 인생에서 이렇게까지 한 가지로 거절을 당해본 적이 있었나 싶을 정도의 횟수였다. 그런데도 내가 버티고 지속할 수 있었던 건 2가지 이유 때문이었다.

❶ 부동산 교육기관에서 만난 사람들의 실전 경험담이 도움이 되었다. 80번을 거절당했다는 사람, 18개월 만에 첫 계약을 한 사람 등

나보다 앞서 시작한 사람들이 어떤 장애물을 겪고 넘어섰는지에 관한 이야기는 나에게 시도해 볼 수 있는 기준점을 만들어 주었다. 그래서 힘들어도 '임계점'의 기준이 생기니 좀 더 수월하게 진행할 수 있었다.

❷ 목표가 뚜렷했고, 상상하면서 확신이 생겼다. 수시로 목표와 마인드 강화 문구들을 읽으면서 어느새 나에게 그것들이 새겨진 것 같았다. 부동산 교육 초기에 목표와 계획을 세우고 기록하면서 첫 계약 날짜를 적어두었고, 구체적으로 계약하는 모습과 함께 집 인테리어를 하고 세팅해서 운영하는 모습을 상상하곤 했었다.

물론 목표를 기록하고 읽고 상상한 것만으로 이루어진 것은 아니다. 기록한 것을 읽고 상상함으로써 오늘 하루 한 걸음 앞으로 나아갈 힘을 얻었다. 그리고 정말 신기하게도 내 노트에 적어놓았던 첫 계약 날짜에 실제로 계약이 성사되었다. 믿든 믿지 않든 우리는 생각한 대로 된다.

일하지 않아도 들어오는 수입 만들기

사업을 시작했을 때 목표는 빠르게 확장해서 원하는 현금흐름을 만들고, 나만의 여유 시간을 갖는 것이었다. 그래서 사업을 시작하면서 처음부터 어떻게 하면 내가 일하지 않아도 돌아가는 시스템을 만들 수 있을까 고심했다. 돈이 일하는 시스템 만드는 책과 시간 관리 책들을 선별해서 읽으며 정리했고, 부동산 교육에서 배운 것들을 적극적으로 활용하여 나에게 맞는 시스템을 하나씩 만들어 갔다.

맨 먼저 내가 하는 모든 일을 기록했다. 그중에서 소프트웨어나 각종 서비스 등을 활용하여 자동화할 수 있는 것들을 찾아 구분했다. 또한 내가 꼭 하지 않아도 되는 일과 당분간 내가 해야 할 일들을 구분 지었다. 소프트웨어들을 익히면서 세팅했고, 자동화할 수 있는 문서들을 만들었다. 자동화로 해결이 되지 않는 일들은 아웃소싱을 했다.

그 첫 번째로 나를 도와줄 '비서'를 고용했다. 아주 단순한 작업부터 하나씩 일을 넘겼다. 비서에게 단계적으로 일을 넘기면서 권한도 조금씩 주었다. 수정사항은 계속 함께 고쳐가면서 매뉴얼도 업데이트했다. 그렇게 시스템을 만들어 6개월이 지난 후에는 70% 이상의 일을 위임했고, 1년 반 정도 되었을 때부터는 정기적인 상황 보고와 꼭 필요한 경우에만 나에게 연락하게 되었다.

집을 청소하고 관리하는 일은 집을 계약하기 전부터 미리 수소문해서 용역팀을 구했다. 초반에는 남편이 세팅, 수리 등을 하다가, 단계적으로 이런 작업도 용역팀에 넘겼다. 용역팀도 비서와 직접 소통할 수 있게 채팅 그룹을 만들어 두고 함께 일하게 했다.

2번째 집의 세팅이 끝난 당일, 코로나로 영국 전역이 격리에 돌입했다. 코로나로 영국 전역이 격리되고 여행이 금지되어 모든 예약이 취소

되었다. 예약이 취소된 것보다 더 걱정스러웠던 건 앞으로 예약이 들어올 길이 막힌 것이었다. 비상사태에 돌입해, 페이스북의 각종 온라인 커뮤니티를 통해 계속 소통하면서 대책을 마련했다. 온라인 커뮤니티에서 영국 정부의 최신 방역정책과 운영할 수 있는 조건, 코로나로 인한 피해보상 등의 정보를 입수하고 차근히 실행했다. 병원과 필수직업군(Key Worker)들에게만 숙박 제공이 가능하게 되어 이전 고객들, 페이스북 커뮤니티, 지역회사들에 연락하여 수소문했다. 결론적으로 얘기하자면, 감사하게도 무사히 이 시기를 버텼다. 이를 통해 비상사태에서도 대처하는 시스템으로 정비했고, 팀들과도 더 끈끈해지고 이후 더 많은 권한을 넘겨주는 계기가 되었다.

이 과정이 모두 수월하게 이루어진 것은 아니다. 팀 간의 소통에 문제가 생겨 내가 중간에서 오해를 풀어주기도 했고, 신뢰가 쌓이기 전인 초반에는 24시간 좌불안석 대기조의 생활을 하기도 했다. 계속해서 내가 원하는 시스템을 만들기 위해 질문했고, 그에 대한 방법을 찾고 적용했다. 지금은 어느 정도 시스템이 자리를 잡아 최소한의 모니터링만으로 내가 거의 개입하지 않아도 일이 돌아가고 있다. 아마도 상황이 바뀌면 지금의 시스템을 또 변경해야 할지도 모른다. 하지만 질문하고 계속해서 방법을 찾으면 나에게 맞는 답을 구할 수 있을 것을 안다.

당당하게 테이블에 앉아라

진정한 동반자로 인정하기

"자기야, 빨래 좀 개어 줘."

세탁기에 돌리고 건조는 했으나 미처 치우지 못해 산더미처럼 쌓인 빨래를 보면서 남편에게 얘기했다.

"내가 하면 이상하게 갠다고 하지 말라면서?"

아, 내가 하지 말라고 했지. 남편을 전적으로 믿지 못하고 막아서고 있었다.

'엄마의 문지기 역할(Maternal gatekeeping)'이라는 말이 있다. 엄마가 집안일이나 육아 등을 상대 파트너, 혹은 자신이 아닌 다른 사람이 하는 것을 못마땅하게 여기고 막아서는 것을 일컫는다. 나는 그 '문지기 역할'을 하고 있었다. 문지기처럼 지키고 서서 남편이 집안일과 육아에 더 적극적으로 참여할 기회를 박탈했다. 그러면서 집안일과 육아에 적극적으로 참여하지 않는다고 불만을 토로했다.

내가 정해 놓은 집안일의 규칙을 깨지 못하고 있었다. 빨래 개는 방식부터 옷 수납하는 방법까지 모두 내 방식을 만들어 놓고 그것을 그대로 따르기를 강요했다. 그 틀에 남편을 맞추려 하고 집안에서 남편의 자율성을 인정하지 않았다. 막 걸음마를 배우는 아기가 휘청거리더라도 내버려 두면 넘어지면서도 한 발 한 발 떼고 걷게 되듯이 남편에게도 시도해 보고 넘어질 기회가 필요했다. 익숙지 않은 집안일과 육아라면 당연히 서툴 것이고, 스스로 자신만의 방법을 찾아갈 터였다. 남편이 기저귀를 아기 머리에 채우는 한이 있어도, 일단 맡겼으면 어떤 방식으로 하든 내버려 두어야 한다.

"오케이, 어떻게 하든 상관없으니까 앞으로 빨래는 자기가 개."

남편을 진정한 동반자로 인정하고 책임을 하나씩 넘겨주면서 자연스럽게 집안일이 분담되기 시작했다.

슈퍼우먼의 환상

사업을 처음 시작할 때 남편이 나에게 물었다.

"사업을 본격적으로 시작하게 되면 분명 일에 몰두해야 하고, 아이들을 소홀하게 대할 수도 있어. 그럼 어떻게 할 거야? 감당할 수 있어?"

그때 나는 균형을 맞추면서 할 수 있을 거라고 했다. 맞벌이 부모님 밑에서 자랐기에 무엇이든 스스로 하는 것이 당연했었고, 우리 아이들도 당연히 그러리라 생각했다. 단, 내가 미처 생각하지 못한 부분이 있었다. 부모님은 내가 태어날 때부터 맞벌이를 하셨고, 난 아주 어릴 적부터 그것에 익숙해져 있었다. 반면, 우리 아이들은 내가 옆에 있는 게 익숙했다. 나름 독립적으로 키웠다고 생각했지만, 거의 온종일 내가 아이들 옆에 있었고, 굳이 도움이 필요하지 않은 일도 해주고 있었다.

내가 일일이 챙겨주지 않자, 아이들 방은 점점 지저분해졌다. 장난감, 책 등이 널브러져 있는 건 기본이고, 입고 벗어놓은 옷들도 쌓여갔다. 결국 내 손이 안 가는 곳이 거의 없었다. 그러면서 아이들에게 짜증을 내는 일이 잦아졌다. 나는 다 해내지 못했다. 아니, 애초에 다 하려고 했던 건 환상이었다. 슈퍼우먼이 되고자 했던 환상.

오프라 윈프리와의 인터뷰에서 글로리아 스타이넘이 한 얘기는 나의 뒤통수를 시원하게 한 대 내리쳤다.

"모든 일을 혼자서 다 할 수는 없어요. 풀타임 직업을 두 개 가진 사람은 없듯이 말이죠. 그리고 완벽한 자녀를 둔 사람도 없고요."

내려놓기로 했다. 내가 할 수 없는 것들을 인정하기로 했다. 그리고 남편에게 협조를 구했다.

“솔직히 아이들 챙기고, 집안일 하면서 사업까지 전부 감당하기가 벅차. 그러니까 자기가 아이들을 맡아줘.”

내가 슈퍼우먼이 아님을 인정하고 남편에게 도움을 청한 이후부터 많은 것이 바뀌었다. 이전에는 내가 주 양육자이고 남편은 보조 역할로 ‘도와주던’ 상황이었다면, 이제는 남편과 내가 같은 ‘주 양육자’ 입장에서 바라보기 시작했다. 아니, 오히려 남편이 더 주도적인 위치로 변했다.

우리 부부는 아이들이 독립적으로 하나씩 할 수 있게 집 안에서 시스템을 만들어 갔다. 우선, ‘놀이 형식’으로 아이들에게 ‘포인트제’를 만들었다. 아이들은 점수를 모아 원하는 걸 하거나, 용돈으로 교환했다. 집안일을 하나씩 쪼개어 아이들이 분담해서 했다. 빨래 널기, 방 청소, 설거지, 심지어 식사 준비 등 아이들이 대부분의 집안일을 하기 시작했다.

모든 것이 순조롭게 진행된 것은 아니다. 아이들이 방 청소를 한 다음에 살펴보면, 물건들을 켜켜이 쌓아놓기만 했고, 입었던 옷, 안 입은 옷을 한꺼번에 옷장 안에 쑤셔 넣기도 했다. 덜 마른 옷을 그대로 걸어서 접으려고도 하고, 빨래를 털지도 않고 널어서 꾸깃꾸깃한 상태 그대로 있기도 했다. 그중 아침 식사 준비하기가 가장 인기 있는 집안일이었는데, 서로 하겠다고 한참 실랑이를 벌이다가 아침 식사가 1시간이나 지체된 적도 있다.

우리는 조금 지저분하면 지저분한 대로, 복잡하면 복잡한 대로 즐기기로 했다. 아이들끼리 실랑이를 벌이고 싸워도 내가 해주지 않으면 알아서 해결했다. 중요하지 않은 사소한 것에 집착을 버리고, 더 중요한 것에 집중하니 수월하게 하나씩 해결이 되어 갔다. 숙제, 준비물 등을 스스로 챙기는 것은 기본이고, 학부모 상담, 발표회 등 엄마가 필요할 때는 미리 얘기해 주었다. 아이들은 점점 더 독립적으로 되어갔고, '포인트'를 얻기 위해서 하던 것들이 생활 일부가 되어 습관화되어 갔다.

Mind the Gap, 따로 또 함께

나의 성장이 곧 사업의 성장과 직·간접적으로 연관이 있다고 생각하기에 하루 중 많은 시간을 나의 성장에 집중했다. 일과 중에는 남편, 아이들과 함께하는 시간도 포함되어 있었다.

남편과 매일 아침 함께 달리고 있다. 속도 차이가 나서 따로 달리긴 하지만, 따로 함께하는 시간이다. 달리기를 하고 집으로 돌아오면 아이들을 하나씩 안아준다. 그리고 등·하교 시간에는 아이들에게 집중한다. 최근에는 아이들과 함께 자전거를 타고 동네를 한두 바퀴씩 돌고 온다.

매주 '가족회의'를 하고 있다. 한 주간에 있었던 일들을 서로 나누고, 각자 한 주 동안 잘한 것, 배운 점, 서로에게 서운했던 점 등을 이야기한다. 함께 즐겁게 해보고 싶은 일에 대한 아이디어도 나누고, 다가올 한 주 동안 각자 하고 싶은 것, 이루고 싶은 목표 등을 나눈다.

일과 가족을 이분법처럼 나누기보다, 내가 하는 일에 아이들이 자연스럽게 참여할 수 있게 했다. 집을 세팅할 때는 온 가족이 같이 가서 손을 보고, 고객들에게 크리스마스카드 등을 보낼 때도 같이 쓰고, 우표를 붙인다.

첫째 아이는 종종 영상편집, 교정작업 등의 일을 도와주기도 한다. 한국시간으로 아침 5시 30분에 줌으로 비대면 스트레칭과 춤을 추는 모임인 '워너비 모닝'을 진행하고 있는데, 둘째와 셋째 아이는 함께 참여하기도 한다. 영국의 서머타임이 되기 전까지는 꾸준히 함께 춤을 췄고 그 덕분에 지금은 우리 부부가 달리기하러 나가는 아침 6시에 아이들끼리 '워너비 모닝'을 진행하고 있다.

이전에는 시간을 양적으로만 여겨서 시간에 쫓기는 느낌이 들었다. 하지만, 어느 순간부터 시간의 '질'에 더 집중하면서 마음의 여유를 찾기 시작했다. 우리 가족은 물리적인 시간으로 보면 함께하는 시간이 그렇게 길지는 않다. 대신 공통분모를 만들어 최대한 활용하고, 단 5분이라도 충실하게 함께하는 시간을 만들었다. 짧지만 집중하는 시간 덕분에 관계도 좋아졌고 일도 효율적으로 하게 되었다.

영국 지하철을 타면 자주 나오는 말이 있다. "마인드 더 갭(Mind the gap)." 플랫폼과 객차 사이의 간격을 조심하라고 나오는 안내 방송이다. 아무리 가까운 사이라도 적절한 갭이 필요하다. 부부 사이도, 부모와 자식 관계에도 '간격'이 중요하다. 우리는 각자 따로 성장하는 시간과 공간이 필요하다. 그 간격을 존중할 때 함께함도 더 의미가 있고 성장할 수 있는 게 아닐까.

영어가 삶에 스며들다

영어, 소통의 도구

"How are you?"

"I'm fine. Thank you."

영국에 처음 왔을 때 했던 말은 이것뿐이었다. 기분이 어떻든 간에 "How are you?"에 대한 대답은 한결같았다. 그런데 어학원에서 만난 외국 친구들은 달랐다. 나처럼 알아듣지 못하는 것도 비슷하고 대화도 단어로만 하는데, 그 친구들은 대답을 매번 달리했다.

"So so."

"Not so great."

"Fantastic!"

그렇게 자신의 진짜 느낌을 표현했다. 나에겐 생소한 경험이었다. 누군가 질문을 하면 꼭 '정답'을 말해야 한다는 생각 때문이었는지 기계적으로 진짜 느낌이 아닌 똑같은 답만 하던 나에게 의문을 품게 했다. 그 때의 나에게 영어는 공부였다. 배워서 말하는 남의 나라 언어, 그래서 '정답'이라는 게 존재했다. 하지만 어학원에서 만난 유럽 친구들에게 영어는 '소통의 도구'였다. 한 단어를 사용하더라도 자신의 진짜 느낌과 생각을 표현했다. 그리고 그 친구들은 소통이 되지 않을 땐 자기 언어를 섞어가며 손짓, 발짓하며 온몸으로 대화를 이어갔다.

그 당시 내가 하는 말이 틀릴까 봐 전전긍긍하며, 오히려 아는 단어도 제대로 활용하지 못하고 있던 나에겐 상당한 충격으로 다가왔다. 그 이후부터 영어에 관한 생각이 바뀌었다. 그리고 더는 영어를 공부로 여기지 않았다. 나를 표현하고 소통하는 도구로 생각하기 시작하자 자꾸 활용해야겠다는 생각이 들었다.

내가 다니는 길, 공부하는 어학원, 아르바이트하는 곳에서는 항상 비슷한 말을 쓰고, 그 틀 안에서 벗어나기가 쉽지 않았다. 그래서 새로운 시도를 하기로 했다. 낯선 사람들을 만날 기회를 만들었다.

어학원 수업과 아르바이트가 끝나면 동네 앞에 있는 펍(영국식 술집)에 갔다. 영국에서 펍은 다양한 사람들이 모여 서로 자연스럽게 섞이는 공간이다. 축구나 럭비 등의 스포츠 중계를 함께 즐기기도 하고, 퀴즈대회 같은 이벤트도 하고, 가족들끼리 식사를 하러 가기도 한다. 펍은 단순한 술집의 개념보다는 좀 더 복잡하면서도 일상과 밀접하게 연결된 곳이다. 그래서인지 평소에는 무뚝뚝한 영국 사람들이 펍에서는 조금 무장해제된 듯 사교적으로 대한다.

내가 다녔던 펍은 동네의 작은 펍이어서 할아버지들이 많이 왔다. 거기에서 만나는 영국 할아버지들과 한두 마디씩 대화를 하기 시작했다. 할아버지들이 하는 이야기의 3분의 2는 알아듣지 못했다. 하지만 더듬더듬 단어로만 말해도 귀를 기울였고, 자신의 이야기도 천천히 들려주었다.

한번은 한국전쟁에 참전했던 영국 할아버지를 만났다. 나도 모르는 한국의 그 당시 이야기를 파란 눈의 할아버지가 들려주는 게 신기했다. 모든 상세한 이야기를 알아듣지 못했지만, 눈빛과 마음으로 통하는 것을 느꼈다. 덕분에 단어로만 표현을 하더라도 내가 하고자 하는 이야기를 하게 되었고, 듣는 귀가 조금씩 열렸다. 이때의 경험은 '영어'에 대한 인식을 바꿔줬을 뿐만 아니라, 영국 사람들에 대해서 조금이나마 이해하는 계기가 되었다. 그렇게 영어의 장벽을 허물고 소통의 도구로써 받아들였다.

느려도, 틀려도 괜찮아

우리 집 4남매는 영국에서 태어나서 성장하고 있는 이민 2세이다. 아이들은 모두 영어가 한국어보다 편하고 오히려 한국어를 어색해한다.

첫째와 셋째 아이가 유치원에 처음 들어갔을 때 1년 가까이 말을 하지 않았다. 두 아이는 각기 다른 이유로 말을 하지 않았던 것 같다.

첫째 아이는 유치원(Pre-school)에 들어가기 전에 플레이그룹(유아들을 위한 놀이모임)에 다니기는 했지만, 집에서 사용하는 언어는 한국어였다. 만 2살 반(30개월)에 유치원에 다니기 시작했다. 그 당시에는 한국어도 영어도 아직 하지 못했다. 하지만 내가 하는 말이든 영국 친구들이 하는 말이든 반응을 해서 크게 걱정하진 않았다.

그 후 1년 가까이 아이는 한국어도, 영어도 하지 않고 자신만의 언어로 의사소통을 했다. 유치원 선생님도 우리 부부도 걱정하지 않았고, 그저 기다려줬다. 어느새 한두 단어를 영어로 말하더니 입이 트이기 시작했다. 초등학교 때 글쓰기 대회에서 입상한 글이 책에 실려 출판된 경험도 있는 선배 작가이기도 하다. (웃음)

지금 첫째 아이는 중학교 2학년이다. 또래 아이들보다 어휘력이 뛰어나고, 쉴 새 없이 말하는 수다쟁이이며, 글쓰기와 책을 좋아한다.

셋째 아이는 자존심이 강하고 지기 싫어하는 남자아이이다. 만 2살 반에 유치원에 갔는데, 말을 전혀 하지 않았다. 첫아이와 다르게 조금 걱정이 되었다. '소리'를 거의 내지 않았기 때문이다. 그래서 언어치료사(Speech and language therapist)와 상담도 해보고 자폐 검사도 했다. 결과는 정상으로 나왔다. 두 가지 언어 환경에서 자란 데다가 지는 것을 싫어하는 아이의 성향상 자신이 틀리게 말하는 것에 대해 더 조심스러울 수 있다고 했다.

그렇게 1년 반이 지나 만 4살 무렵부터 말을 하기 시작했다. 말로 표현하는 것보다 몸이 먼저 움직이는 아이여서 이후에도 언어발달 속도가 조금 더딘 편이었다.

드디어 초등학교 리셉션(정식 1학년 전 학년)에 입학했다. 담임 선생님은 아이가 말수가 조금 적긴 하지만 자신의 페이스대로 잘하고 있다고 했다. 우리 부부는 조급한 마음을 가라앉히며 아이의 속도에 맞춰 기다리기로 했다.

초등학교 3학년이 된 셋째 아이는 지금 의사소통에 전혀 문제가 없다. 자신의 스토리북을 그리고 쓰는 것을 즐겨한다. 그리고 웬만한 챕터북, 해리포터 책도 완독할 정도로 읽기 능력이 향상되었다. 심지어 내 책장에서 《Strength finder》, 《You were Born Rich》 같은 책을 꺼내서 읽기도 한다. 매주마다 도서관에 가서 책을 한 보따리씩 빌려와도 모자랄 정도로 책을 즐겨 읽는다.

4남매는 특이한 환경에서 자랐다. 주변 사람들은 아이들이 2가지 언어를 동시에 접하는 환경에 있어서 아주 좋다고 이야기한다. 아이들은 분명 좋은 환경에서 혜택을 누리고 있다. 하지만, 실제로 아이마다 차이가 있었고, 2가지 언어를 동시에 접해서 혼란을 겪기도 했다. 우리 부부는 한국어든 영어든 상관하지 않고 아이가 좋아하고 관심 있는 것들 위주로 접근했다. 그중 가장 많이 활용한 건 책이었다. 특별히 무언가를 해준다는 생각보다는 아이들의 속도에 맞춰 믿고 기다려줬다. 아이들은 각자의 페이스대로 어느새 언어의 장벽을 뛰어넘었다. 아이들이 영어를 습득하는 과정에서 영국의 절대평가제와 개개인의 속도에 맞춰가는 교육 시스템의 도움을 받았다. 유치원과 초등학교에서 모두 아이들의 페이스에 맞춰 주었다. 다름을 인정하고, 마음껏 실수할 기회를 주었고, 우리 부부는 기다려주는 것을 배웠다.

영어를 잘한다는 것

영어로 외국인과 대화할 때 '영어를 모국어로 사용하는 외국인'과 대화하는 것을 대부분 상상한다. 그런데 현실에서 영어로 대화할 때는 순수 영어권 사람들보다 영어가 모국어가 아닌 사람들과 대화하는 경우가 더 많다. 즉, 다양한 인종의 사람들과 다양한 억양으로 대화를 하게 된다. 그렇다면, 영어를 잘한다는 기준은 무엇일까?

예전에 반기문 전 UN 사무총장의 영어 연설에 대해 한국 사람들과 영어권 사람들이 어떤 반응을 보였는지 방송한 적이 있었다. 반기문 전 총장의 연설이라는 걸 밝히지 않고, 연설만 들려준 후 각자 평가하게 했다.

한국 사람들은 발음이 너무 딱딱 끊어져서 촌스럽고, 영어를 잘하지 못하는 것 같다면서 40~60점 정도의 점수를 줬다. 반면에 영어권 사람들의 반응은 달랐다. 그들은 90점 후반대로 점수를 후하게 주었다. 반기문 전 총장이 아주 높은 수준의 단어를 사용했고, 문장구조도 좋았고, 의사전달이 명확하게 잘 되어 아주 훌륭한 연설이라고 평가했다.

이렇게 발음이 기준이라면, 실제로 영어를 거의 모국어처럼 유창하게 하는 인도인들도 영어를 잘하지 못하는 것일까?

영국 런던에는 50% 이상의 사람이 외국인이다. 그리고 50%가량의 영국인 중에서도 많은 사람이 이민자이고, 그중 인도와 주변 국가 출신들이 상당한 비율을 차지한다. 영국인들이 '아시안'이라고 할 때 주로 상상하는 동양인은 인도 계열의 사람들이다. 많은 인도인이 대영제국의 식민 지배의 영향으로 영어를 연방급 공용어라고 하며, 많은 분야에서 주로 영어를 사용한다. 영국에 사는 인도 계열 이민 2, 3세들은 발음이나 억양이 영국 표준영어 수준이지만, 여전히 상당수의 사람은 인도식 억양과 발음을 강하게 한다.

또 다른 경우, 영국의 웨일즈 사람들은 웰시라는 자신들의 언어를 따로 쓰면서 동시에 영어를 사용한다. 그들의 억양과 발음은 영어를 하는데도 영어처럼 들리지 않는다.

스코틀랜드식 영어, 잉글랜드 북부지방의 영어 등 각 지방마다 특유의 억양과 발음을 해서 알아듣기 힘들 때도 많다. 한국도 경상도, 전라도, 제주도 등 지역별로 사투리가 있고 표현도 다른 것처럼, 외국인들이 쓰는 영어도 한국어 사투리와 크게 다르지 않다. 그것은 틀린 게 아니라 다른 것이다. 내가 쓰는 한국식 영어도, 한국 사투리라고 여기면 좀 더 쉽게 영어에 접근할 수 있다.

영어를 잘하는 기준은 개인적인 목적에 따라 다를 수 있다. 하지만 영어는 언어이고 언어의 기본적인 목적은 '소통'이다. '발음'과 '정확한 영문법'보다는 소통과 의사전달 능력이 더 중요하다. 즉, 문법의 정확성이나 발음보다는 내가 하고자 하는 이야기가 제대로 전달되고 소통에 무리가 없으면 되는 것이다.

부동산 교육과정 중에 매달 모이는 네트워킹이 있는데, 그때 자신의 경험담을 나눈다. 첫 번째 집을 세팅하고 사업을 시작한 지 얼마 안 되었을 때 나의 경험담을 나눌 기회를 얻었다. 많은 영국인 청중 앞에서 작은 동양 여자가 한국 사투리가 섞인 영어로 더듬더듬 이야기했다. 많은 사람 앞에서 발표한 경험이 전혀 없었던 내가 유창하게 말했을 리가 없다. 내가 아는 영어로 솔직하게 경험담을 털어놓았을 뿐이다. 고급스러운 표현으로 유창하게 말하는 영국인들처럼 세련된 나눔은 아니었지만, 그 자리에 있던 사람들은 나의 이야기에 모두 귀 기울여 들어주었다. 나눔이 끝난 후 많은 사람이 와서 질문하고 격려해주었다. 그들은 한국 사투리로 하는 영어보다 그 안에 담긴 '경험'과 내 '이야기'에 집중했다.

흔히 언어습득에서 '임계량'을 이야기한다. 그만큼 일정 시간 그 언어에 노출되어야 하고 경험을 해야 한다. 그러기 위해선 마음껏 실수하는 기회를 넓히고 경험해야 한다. 문법적으로 정확하지 않아도, 한국 사투리, 된장 발음이어도 괜찮다. 유창하게 말하지는 못해도 의사전달을 위해 노력하고, 부딪히고 실수하면서 고쳐나가면 된다. 나는 지금도 마음껏 실수할 기회를 나에게 주고 있다. 그렇게 영어가 삶에 스며들었다.

혼자 꾸면 꿈이지만,
같이 꿈꾸면 현실이 된다

모든 것의 시작, 독서 모임

책을 읽고 활용하는 것을 중점으로 두면서 가장 하고 싶었던 것 중 하나가 '독서 모임'이었다. 내가 읽은 책을 사람들과 나누고 싶은 마음도 있었고, 사람들은 똑같은 책을 읽고 어떻게 해석하고 적용할까도 궁금했다. 그러던 중 켈리 최 회장님이 인스타그램에서 '100일 독서 끈기 프로젝트'를 진행했고, 그 이후에 '독서 모임'들이 생겼다. 온라인 줌으로 만나는 독서 모임인 '켈리호 북크루즈'의 결성 소식을 듣게 되었고 곧바로 합류했다.

영국에 살면서 한국 사람들과 소통할 기회가 거의 없었다. 독서 모임을 하면서 떨리기도 하고 어떻게 발표할까 고심하기도 했다. 준비를 많이 해놓고서도 발표할 땐 두서없이 횡설수설하기도 했다. 영국에 온 이후로 한국어로 발표나 진행할 기회가 없었기에 독서 모임은 그것을 시도하고 연습하는 기회가 되었다. 발표를 더 잘하기 위해서 여러 가지 툴을 활용하여 정리하고 준비했다. 독서 노트에 작성한 것을 따로 파워포인트로 정리하거나 마인드맵을 활용하면서 다양한 툴에 익숙해졌다.

'켈리호 북크루즈'에서는 매달 멤버들이 돌아가면서 독서 모임의 진행을 맡았다. 이 경험으로 온라인 줌으로 진행하는 요령, 리더로서 사람들과 소통하는 법, 나에겐 조금 생소했던 한국식 토론문화를 이해하는 계기가 되었다.

독서 모임에서 함께 책을 읽고 얘기하는 건 책 나눔 이상의 것이었다. 자기계발서를 읽은 후 꿈 이야기를 하고 다짐하면서 서로의 꿈을 응원해주었다. 인문 고전을 읽으면서 마음속 아픔을 꺼내기도 하고 상대방의 아픔을 위로해주었다. 그렇게 자연스레 서로 이야기를 나누었고 나의 내면을 들여다보았다. 그러면서 끈끈한 정을 쌓아갔다.

지금은 내가 직접 리더로 '워너비 북클럽'이라는 독서 모임을 결성해 멤버들과 함께 나누고 성장하고 있다.

한 번도 만난 적 없는 사람과 동업하다

독서 모임이 특별해진 이유가 한 가지 더 있다. 이전에는 상상하지 못했던 도전을 하게 되었다. '켈리호 북크루즈'에서 한 번도 만난 적 없는 사람과 동업을 하게 되었다. 무책임하고 모험적으로 보일 수도 있지만, 매우 신중하면서도 진지한 선택이었다.

동업은 결혼파트너를 결정할 때만큼이나 신중하고 잘 선택해야 한다고 한다. 그만큼 '신뢰'를 기반으로 하고 서로가 잘 맞아야 가능한 것이다. 진짜 절친인 사이도 힘든 것이 동업이다. 동업자는 인생에서 가족을 제외하곤 가장 우선순위이고, 일과 커리어에 관한 것이므로 정말 중요하다.

이 책의 공저자이기도 한 김리아 님과의 만남은 잔잔한 호기심으로부터 시작되었다. 처음에는 켈리스 중 춤을 잘 추어서 주목했다. 인스타그램에서 눈길이 가는 사람이었다. 독서 모임을 함께하면서 좀 더 깊은 이야기를 할 기회가 생겼다. 그녀는 소소한 것까지 상세하게 이야기를 할 정도로 당당하고 솔직했다. 자신의 꿈을 위해 하나씩 시도하고 이루어내는 것을 보면서 기특하기도 하고 멋지기도 했다. 어느새 진심으로 그녀를 응원했다.

그러던 어느 날, 김리아 님이 아주 조심스럽게 협입을 제안했다. '워너비 댄스핏 클래스'를 조금씩 도와주면서 꿈 이야기를 구체적으로 나누었다. 그녀의 꿈 이야기를 들으면서 둘이 함께하면 뭐든지 다 해낼 수 있을 것 같았다. 우리는 정식으로 동업계약서에 사인하고 본격적으로 꿈을 함께 그려가기 시작했다.

온라인 사업, 결국은 사람이다

온라인 사업, 그중에서도 교육사업은 코로나 이후 가장 급변한 분야이다. 그중에서도 줌을 이용하여 이루어지는 라이브 교육은 많은 분야에서 활용되고 있다. 온라인 사업의 장점은 세계 어디에서든 인터넷을 사용할 수 있으면 연결이 된다는 것이다. 우리는 호주, 영국 그리고 한국을 연결해서 회사를 운영하고 있다. 어찌 보면 온종일 기계만 바라보고 있는 것 같지만, 실제 온라인 세상에서는 24시간 사람들의 소통이 활발하게 이루어지고 있다.

모든 사업에서 중요한 건 '사람'이다. 소셜미디어에 보이는 글, 이미지, 영상을 단순히 콘텐츠로만 들여다볼 것이 아니라, 그 뒤에 있는 사람들을 봐야 세계관이 달라진다. 우리는 온라인에서 사람을 봤고, 어떻게 하면 도움을 줄까를 고민했다. 그중에서도 '좋은 엄마'로 살기 위해 오늘도 나를 잊고 사는 엄마들에게 도움을 주고 싶었다. 그리고 그들에게 가장 필요한 건, '나 자신을 스스로 찾고 사랑하는 것'이라고 생각했다.

내가 나를 인정해주고 바라봐주고 나를 위해 순간순간을 살아내는, 나 자신의 워너비.

'내가 나의 워너비가 되자.'

활기찬 에너지로 삶을 사랑하도록 지원하고 워너비들과 함께 자기애 넘치는 커뮤니티를 만드는 것. 이것이 우리가 그리는 꿈이다. 우리는 그 꿈 이야기를 온라인 세상에서 물리적인 한계를 무너뜨리며 만들어 가고 있다.

"호주에 사는 선생님께 춤을 배우고, 영국에 사는 분이 아침 댄스로 나를 깨워줄 거라고는 상상도 하지 못했어요. 직장생활의 따분함을 댄스로 날려버리며 나를 더 사랑하게 되었어요."

"춤과 함께하면서 인생이 더 풍요로워졌어요."

"워너비 댄스는 춤에 은근 로망이 있던 저에게 매일 아침 제일 먼저 도착하는 선물이자 축복 같은 파티타임이에요."

"저는 워너비 하면, 누군가에게 다시 챙김을 받는 느낌이어서 좋아요."

아침 30분 나만의 시간이 나로 사는 삶의 트리거가 되었듯이, 엄마들에게 그 변화의 '트리거'를 선물하고 싶다는 마음으로 시작한 '워너비 모닝'. 책을 읽고 얻은 인사이트를 나누며 때론 힘이 되기도 하고 실행과 도전의 자극제가 되어주기도 하는 '워너비 북클럽'. 워너비 댄스핏에서 시작해 이제는 워너비 월드라는 이름으로 함께 도전하고 성장하고 있다.

우리 회사 '워너비 앤 코'는 아직 걸음마 단계다. 우리는 '워너비 베이비'로서, 나는 '워너비 아빠', 김리아 님은 '워너비 엄마'라고 부르고 있다.

웃자고 하는 표현이지만, 회사를 키워가는 과정은 '온전한 인격체'를 길러내는 과정과 같다. 사회에서 맡은 소임을 다하고 사람들에게 선한 영향력을 끼치는 온전한 인격체로 성장하길 바라고 있다.

나는 사랑으로 키운 4남매와 열정과 꿈으로 낳은 회사들이 있다. 귀한 아이들과 회사가 독립적으로 중요한 역할을 하면서 주어진 사명을 잘 감당해 사회에 공헌하는 그 날을 꿈꿔 본다.